致青春 126

降落我心上

（上）

翹搖 著

高寶書版集團

目錄
CONTENTS

第一章　恒世航空

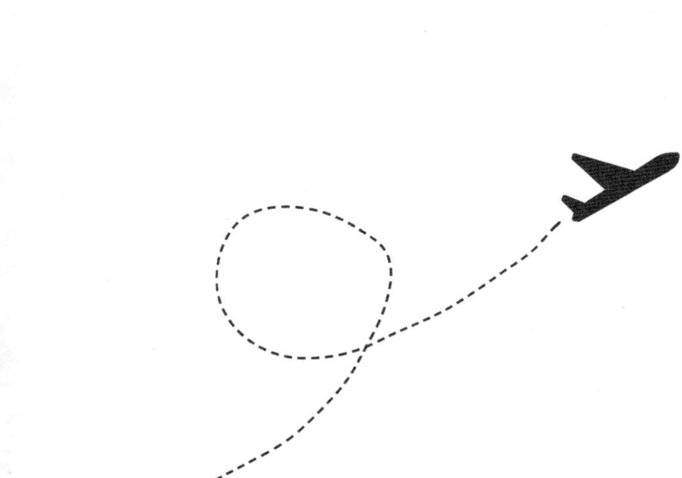

江城，秋。

一陣風吹散了夜空中遮住月亮的濃雲，灑在地面的光芒便亮了些，田地裡的稻子被映成了暗金色，隨著風蕩起了淺淺的波浪。

這是淩晨的郊區農田，安靜得好像植物都沉睡了般。

而與田埂相連的柏油路一路追著光亮通達前方，被一條黃漆生生截斷，與恢弘大氣的機場跑道遙遙相望。

這個時間的機場，與田地截然不同，正燈火通明，人員忙碌，一架波音七三七平穩落地，十幾輛擺渡車有序前行。

阮思嫻拉著飛行箱疾步走向恒世航空乘務部會議層，她腳下生風，額頭沁著細汗。

進了電梯，她拿出手機看了眼時間，十二點四十一，距離本次航前協作會只剩不到五分鐘。

電梯門打開，阮思嫻穿過人來人往的大廳，轉向會議室走廊。

B32會議室門口站了幾個與她穿著同款藍色制服的空服員，正湊在一起閒聊。

「阮思嫻，妳怎麼現在才來？」

人群中的江子悅回頭問道。

阮思嫻趕上了，鬆了口氣，「出門的時候遇到點事。」

江子悅是座艙長，不得不提點一下：「下次注意點，別的也就算了，妳明知道今天的航班很重要。」

阮思嫻點頭說好。

今天這趟航班，江城直飛倫敦，是世航核心國際航班。

特別的地方在於世航運行副總監傅明予也搭乘這趟航班。

平時傅明予出行多是私人飛機，搭乘世航的機會不多，所以江子悅作為座艙長，看到乘客名單的第一時間就在本次乘務組小群組裡囑咐了一番。

阮思嫻朝會議室看了一眼，「裡面還沒出來？」

江子悅：「嗯，不知道這個航班的在磨蹭什麼，我們機長也還在洗手間。」

「那我也去洗手間整理一下絲巾，再補個妝。」

阮思嫻離開宿舍的時候害怕遲到，於是小跑了一路，脖子出了汗，膩在絲巾裡，很不舒服。

阮思嫻說完便匆匆去了洗手間，打開水龍頭洗了個手，食指沾著水把散落的兩根髮絲別到耳後。

她看著鏡子中的自己，精緻的妝容，一絲不苟的盤髮，端莊修身的制服——還不錯，但卻毫無特點。

唯有脖子上歪得有點像兔子垂耳的絲巾讓她看起來和其他空服員有一絲不動。

但也僅僅是她眼裡的不同，不會有人注意到。

如今這歪得挺有趣的絲巾也不得不被她自己解開，然後重新調正。

垂下手的同時，阮思嫻摸到制服內襯口袋裡的一個東西。

她頓了下，解開一顆釦子，伸手掏出那個東西。

是一封信，信封上面用紅色的蠟封了口。

——這就是導致阮思嫻出門晚了的原因。

今天下午，室友司小珍得知傅明予乘坐阮思嫻跟飛的航班，便寫了這封信，然後囑咐她一定要找機會交給傅明予。

看阮思嫻不太願意的樣子，司小珍紅著眼睛說：「我們每天一起看書，一起準備招飛考試，明明下週就要報名了，結果飛揚計畫說取消就取消！妳真的不想再爭取一下嗎？」

飛揚計畫是世航的內部招飛計畫，每年都會從恒世航空內部員工中挑選出一部分進行機師培養，職位不限，性別不限。到了今年，眼看著要到「飛揚計畫」報名時間了，掌管飛行部的傅明予卻取消了這個計畫。

這對別人來說只是一個不痛不癢的小改動，但對於阮思嫻和司小珍這種因為這個計畫進世航的人來說簡直就是致命一擊。

阮思嫻張了張嘴，像是要拒絕的樣子，司小珍又說：「我寄了很多封郵件給他都沒有收到回覆，現在只有這個辦法了。我知道妳覺得這個方法很可笑，可是萬一呢？萬一傅總是一個平易近人又善良的人，他看了我的信就願意再酌情考慮一下呢？而且……」

阮思嫻揚了揚手，打斷司小珍的話，並收下這封信。

「妳在幹什麼？」

突然，江子悅推開門，半個身體探進來，「機長來了，趕緊開會了。」

阮思嫻連忙把信藏到身後，點頭道：「好，這就來。」

這個小動作被江子悅捕捉到，目光警覺地掃過，「妳拿了什麼？」

阮思嫻不想被江子悅看見她手裡的東西，可是剛剛那個下意識的躲藏動作太過明顯，反而有些此地無銀三百兩的意思。且江子悅探究的眼神都遞過來了，阮思嫻只能拿著手裡的東西輕輕晃了下。

「就這，沒什麼。」

待江子悅看清那信封，緊抿的嘴唇鬆懈下來，「什麼亂七八糟的，快點走吧，別拖拖拉拉了。」

阮思嫻把信塞進內襯口袋裡，扣著釦子朝江子悅走去。

這次航前協作會因為要客名單裡有傅明予，機長格外重視，比平時多講了二十分鐘。結束的時候便該登機了，但又接到塔臺通知，由於流量管制，他們要延誤幾個小時。

時間一下子又閒了下來，機長站起來活動一下筋骨，對旁邊兩個副駕駛說：「去買點吃的？」

三人便起身出去了，留下乘務組的人在會議室裡。

又是延誤，大家都要等著，還不算飛行時間，會議室裡漸漸有了小聲的吐槽。

期間阮思嫻出去接了個電話。

電話還沒掛，阮思嫻便聽到屋子裡的聊天聲越來越熱烈，好像在討論什麼開心的事情。

「你們在聊什麼呢？」阮思嫻推開門，「我在外面都聽到你們的聲音了。」

江子悅把乘客名單捲起來撐著太陽穴，歪著頭笑道：「她們在打賭，看今天誰能拿到傅總的電話號碼。」

阮思嫻不解的「嗯」了一聲，「要幹什麼？」

「妳說呢？當然是泡他！」

「好不容易遇到跟他同一個航班，難得的機會啊，此時不上更待何時！」

「十幾個小時的長途呢，我就不信找不到機會要聯絡方式了，實在不行就學別人潑個咖啡什麼的，哈哈哈哈。」

「潑咖啡太狠了，我看等顛簸的時候趁機摔一跤吧，正好摔到人家懷裡。」

潑咖啡……摔跤……

阮思嫻聽得眼角直抽。

十年前的偶像劇都不這麼演了好嘛。

不過大家既然這麼說，也聽得出來真的只是在開玩笑。

阮思嫻笑著坐下來，指甲戳了戳太陽穴。

「妳們做什麼夢呢？」

說完愣了一下。

怎麼把心裡話說出來了。

會議室裡的氣氛短暫地凝滯了一下。

很快又因一個毫不在乎的說法熱烈起來。

「做夢又不犯法，而且啊……」那個人壓低聲音說，「傅總的哥哥，另一位傅總的未婚妻就是空服員，兩人就是在飛機上認識的，這叫什麼，一切皆有可能。」

「話放在這了啊，誰以後要是成了老闆娘，可別忘了幫我升個職，別的不說，先讓我當座艙長唄。」

「喲，看在妳上次幫我臨時換班，我要是當了老闆娘，妳立刻升座艙長。」

「那我就先謝謝您了，不過萬一我才是未來老闆娘呢？」

阮思嫻聽了半天，越來越茫然，「不是，妳們怎麼這麼興奮，萬一對方是個肚子比孕婦還大的老頭子呢？妳們也泡？」

此話一出，大家笑得花枝亂顫。

阮思嫻更迷糊了，「妳們笑什麼？」

「哎呀，看來我們阮阮真的兩耳不聞窗外事，來，姐給妳看一下照片。」

江子悅一手勾住阮思嫻的脖子，一手掏出手機，翻了張照片出來給她看。

這張照片很明顯是偷拍的，傅明予穿著一身筆挺高級的西裝，外面披了一件黑色大衣，正疾步朝公司總部大門走去。

他肩寬腿長，腳步邁得很大，挺直的背脊和腿部的流暢線條與服裝相得益彰，氣質穿透照片抓人眼球，讓四周的人物的自動虛化。

即便這張照片根本沒拍到他的臉。

怪不得空姐這麼興奮，情有可原。

不過只看這麼一眼，阮思嫻就在心裡澈底抹除了「平易近人又善良」這一串形容詞。

不可能，絕對不可能。

這兩個形容詞跟他沒有任何關係。

這裡面的人放肆地開著玩笑，完全沒注意到虛掩的門外，乘務部經理王樂康的臉黑得像包公。

王樂康旁邊站的，就是本次話題中心主角傅明予。

樓層燈光大亮，偶有匆忙的腳步聲在冗長的走廊裡迴盪，清晰可聞。

卻不如這道門內的笑聲清晰。

這笑聲跟刀子似的，一下下往王樂康耳裡鑽。

他悄悄瞥了傅明予一眼，只見他低頭翻閱著手裡的文件，目光沉靜，好似沒有聽見裡面的對話。

但若真的沒有聽見，他又何必停留在這裡。

屋子裡聲音越來越放肆，王樂康如芒刺在背，恨不得衝進去喝止裡面的人。

可是傅明予不動聲色，他哪裡敢先動。

片刻，傅明予緩緩闔上手裡的文件，原封不動地還給王樂康。

王樂康伸手去接，文件卻在離手心微毫的地方停滯。

「這就是你近期的整頓效果？」

一句話，讓王樂康繃緊了背脊，不知如何應答。

這事說來好笑，兩個月前，恒世航空的國際核心航班上發生了一件「美談」。一個雙艙空姐不小心灑了咖啡在ＶＩＰ乘客身上。

這位客人身分不凡，是江城鋼鐵實業大股東的小兒子。

但因為這次服務事故，兩人不僅沒有結怨，反而結緣，一段戀情來得快且令人豔羨。

自此之後總有空服員悄悄效仿，那段時間服務「事故」率突然飆升。

別的也就不說了，偏偏這種事情被世航的一個小股東遇見，當做笑話說給傅明予聽了。

男歡女愛的事情外力不能阻擋，但是以工作之便行私人之欲，這是服務業的大忌。

所以那個月的部門總結會議上，傅明予提及此事，王樂康立刻表示自己會整頓亂象。

誰想就在王樂康彙報工作的當口，這種「亂象」被傅明予撞了個正著。

「如果她們不想幹這份工作了，隨時提出來，恒世航空向來不強留。」

傅明予鬆了手上的力道，文件終於落到王樂康手心。

雖然只是幾頁紙，卻重得像一斤鐵。

也不知過了多久，江子悅咳了兩聲，「好了，別鬧了，等等機長上來了。」

話音一落，會議室的門被推開，進來的卻是王樂康。

他常年笑呵呵的一張臉皺成一團，烏雲密布，大家當然能猜到沒好事發生。

一屋子的人面面相覷，誰都不敢先開口，只能屏氣凝神地看著王樂康。

王樂康往會議桌前一站，一肚子火想發，臉色變了又變。

但奈何這人平時斯文慣了，再生氣也不怎麼吼人，最後只是伸手指了指面前幾個人。

「上次開會說的事情全都忘了？我告訴妳們，今後給我老實點，下班後妳們要幹什麼都隨便，但是工作時間給我老實點了，要是再搞些有的沒的，全都給我滾蛋！」

阮思嫻微微皺了皺眉。

她等等要在飛機上送信給傅明予。

王樂康該不會是指她吧？

應該不是吧，他什麼都不知道。

但人在心虛的時候總覺得別人任何眼神都別有意味，阮思嫻抬起頭，想在王樂康的臉上尋蛛絲馬跡，可惜只看到他怒氣滿滿的背影以及被摔上的門還在輕微晃動，留下一屋子人莫名其妙。

「老大怎麼了？」

「誰知道呢，更年期到了嗎？」

「誰招惹他了？」

有人突然醒了神，「是不是因為今天傅總在這趟飛機上啊？」

「不會吧，我們今天只是說說而已，他怎麼會知道？」

「行了。」江子悅作為座艙長，隱隱覺得跟她們剛剛的玩笑有關係，「準備準備，登機了。」

最終大家也不確定王樂康是為什麼發火，但卻不敢再造次，到了飛機上各個老實得像沒有感情的機器人。

等機長做完繞機檢查，登機口準備著先放行頭等艙客人。

但在這之前，要先迎接特殊客人。

機長領著機組人員恭恭敬敬地站在客艙入口。

阮思嫻本該站在第二排，但她的個子在乘務組裡最高，站在人群裡顯眼，於是自動退到了最後一排。

半分鐘後，眾人等待的那位終於在廊橋出現。

那一瞬間，阮思嫻明顯感覺到四周的氣氛有微妙的變化，身旁幾位空服員都小幅度往前傾了些。

凌晨的夜色濃稠如墨，唯有通道白熾光亮。

傅明予大步流星走來，手持著手機，正在打電話。

直到接近客艙口，他看見黑壓壓一群人，幾不可察地皺了下眉頭，隨即掛了電話。

他身後還跟著一位同齡年輕男性，應該是助理或者祕書。

兩人一前一後，進了飛機，掃視眾人一眼。

寬敞的飛機，莫名出現一股壓迫感。

阮思嫻偷偷打量著他，心裡打鼓似的。

信了司小珍的邪，居然奢望著這樣的人能一時心軟。

明明這個人渾身寫滿了「我沒有心」四個字。

機長年齡較大，笑呵呵地說：「傅總，歡迎乘坐本次機組。」

傅明予伸手與他相握，道了一句「辛苦」，再看向一旁的乘務組，猝不及防撞上阮思嫻打量的目光。

兩道視線相撞，阮思嫻還沒來得及做出反應，他便移開了目光，隨後步入頭等艙。

毫不遮掩的無視。

阮思嫻甚至覺得，剛剛那一眼是不是錯覺。

飛機進入巡航狀態後，空服員們開始活動，在休息室忙碌時，頭等艙幾個空服員私底下還是忍不住小聲討論此刻坐在前排的傅明予。

阮思嫻也在經過傅明予身邊時悄悄看了幾眼。

他和祕書坐在同一排，頂頭的閱讀燈開著，加深了他臉上的輪廓。

比起照片，真人好看一些。

這樣的人，董事長的兒子，又年紀輕輕空降高層，也難怪會讓人想入非非。

阮思嫻摸著口袋裡那封信，已經打了無數次退堂鼓。

世上哪裡有那麼多表裡不一的人，傅明予渾身的氣質已經表明他從來都是站在雲端的，有普通人的十分之一好說話都是妄想，何況奢求其他。

但誠如司小珍所說，試試看也不虧什麼，不行就算了。

阮思嫻這樣想著，走路的時候慢了些，思量著要怎麼跟他開口。

正好這時候該送咖啡了，阮思嫻有了點動力，立刻往儲備間走去。

江子悅在她旁邊準備食物，正在對著冰櫃擠眉弄眼，嘴裡還念念有詞。

阮思嫻心裡裝著事情，沒注意聽，直到江子悅戳了她一下。

「妳走什麼神？」

阮思嫻咳了兩聲掩飾尷尬，「妳剛剛說什麼？我在注意咖啡的溫度。」

江子悅小心翼翼地朝客艙看了一眼，說：「我們等一下交換一下，妳去幫左邊的人服務，我去右邊。」

右邊，傅明予那邊。

阮思嫻抿了抿唇，沒立刻應下來。

江子悅用肩膀輕輕撞她一下，「可以嗎？」

阮思嫻扯著笑說好，又問：「不過為什麼呀？」

江子悅正在幫水果擺盤，盯著柳丁，用叉子戳了一下，「我前男友在那邊。」

「啊？」阮思嫻朝外面看了一眼。

比起跟飛遇到老闆，撞上前男友這種機率可謂更小了。

阮思嫻又問：「妳昨天沒看乘客名單嗎？怎麼一點心理準備都沒有的樣子。」

「我看了啊，但是全世界這麼多人叫『張偉』，我怎麼知道是他。」江子悅說著說著還弄丟了一塊柳丁，她撿起來用力丟進垃圾桶，「真晦氣！」

阮思嫻把她往裡面拉了拉，小聲說道：「有客人在那邊出來了，妳小聲點。」

江子悅強行整理自己的表情，但還是忍不住說：「剛剛登機的時候還故意調戲我，傻子，臭傻子，男人都是傻子。」

阮思嫻拍了拍她的肩膀，安撫她的情緒，「妳也別太激動，前男友而已，當做普通乘客就好了。」

「屁的普通乘客，普通乘客哪裡有那麼傻的。」江子悅又鄭重地看著阮思嫻，「真的，妳還小，等妳多談幾次戀愛就知道了，男人都是傻子。」

阮思嫻「嗯嗯」應了兩聲，答應了和江子悅換，兩人便分開走出去。

一整排的餐飲送完，阮思嫻又逐一為需要的客人倒了咖啡。

走到盡頭時，她轉頭看向傅明予那一排。

江子悅已經跟著餐車走了，傅明予則低頭看著桌上的 iPad。

阮思嫻手心微微發熱，猶豫片刻，朝著傅明予走去。

「傅總，您需要咖啡嗎？」

傅明予沒抬頭，伸手推了下杯子，「謝謝。」

阮思嫻彎腰倒好了咖啡，頓了頓，沒立刻走。

察覺到她的異樣，傅明予抬眼看過來。

他雙眼生得狹長，扇形微開的雙眼皮，收斂了整張臉的凌厲，但偏偏眼尾上揚，又平添幾分張揚。

只是他冷冷瞥著人的時候，風月再美也夾雜著冰霜。

阮思嫻很不爭氣地遁了。

過了大約一個小時，傅明予的祕書叫阮思嫻添咖啡。

她拿出那封信，墊在壺底，再次走過去。

幫祕書倒了咖啡後，又轉頭看向傅明予。

他還是拿著 iPad，螢幕裡是飛機的內部結構 3 D 展示圖。

畫面很清晰，傅明予放大看細節，手指在螢幕上滑動，看樣子似乎自動忽略了四周的人。

他這麼專注，阮思嫻很不好意思打擾他，可是按在壺底的那封信時刻提醒著她，時不待人，時不待人。

他看起來真的很忙，就算給了他，他也不一定會看。

就在阮思嫻內心天人交戰的時候，祕書開口道：「還有事嗎？」

阮思嫻緊張得發慌，小聲道：「您還需要咖啡嗎？」

祕書挑了挑眉，手指敲了敲面前的咖啡杯，裡面還有半杯。

阮思嫻預設他不需要了，又轉向傅明予。

「您還需要咖啡嗎？」

傅明予手指微屈，抵著下巴，輕輕摩挲。

隨後才抬頭看向阮思嫻。

「不用。」

從他抬眼看過來的時候阮思嫻就知道是這個答案了，也不意外，點了點頭便轉身離去。

而傅明予抬眸瞥了她的背影一眼，眼中不耐之色愈濃。

祕書在一旁笑了一下，傅明予看過去，祕書立刻收了笑意，遞過來一張紙。

「這是 ACJ31 的起草標書。」

傅明予接過的同時，又看了前方的背影一眼。

王樂康怎麼辦事的。

過了一陣子，這個空姐果然又端著咖啡回來了。

她手裡似乎還拿著什麼東西。

好像是一封信。

傅明予抬頭直勾勾地看著阮思嫻。

眼前這個女人穿著恒世航空傳統的淺藍色制服，面容姣好。

且她個子高挑，腰細腿長，身材極好。

可惜濃妝紅唇，笑容僵硬，毫無記憶點。

阮思嫻見傅明予毫不遮掩地打量她，想到自己有不情之請，越發緊張，腦子裡嗡嗡作響，喉嚨一緊，低聲道：「傅總，您需要添咖啡嗎？」

說這話的時候她緊緊攥著壺底的那封信，手指不安的摩挲，將信輕輕推了出來，想著什麼時機適合遞出去。

這個小動作被傅明予盡收眼底。

傅明予看見她臉上明顯出現了欲言又止卻又充滿期待的神色。

他關掉 iPad 螢幕，挽了一截袖口，漫不經心地說：「這份工作妳是不是不想幹了？」

阮思嫻愣了下，想到那封信的內容，說道：「是，我不想做世航的空姐了，我想做……」

傅明予輕輕轉動手腕，眼皮一掀，開口道：「老闆娘？」

阮思嫻：「……嗯？」

「妳不如做夢。」

「……」

阮思嫻半晌沒動。

腦子裡只有一個想法。

男人都是傻子。

沒有什麼語言能比這句話更精準描述阮思嫻此刻的心理活動了。

她下意識把信收了回來，擠出一個比哭還難看的笑容，想說兩句話，卻發現一個字都說不出來。

幸好傅明予說完這話就不再看她，或者說直接當面前沒有這個人，伸手關了閱讀燈，然後放倒座位，躺下閉目養神。

四周的乘客都很安靜，偶爾有翻書聲或水杯碰撞的聲音。

似乎沒人注意到這裡。

但阮思嫻知道，此刻自己身上黏了不少目光，都是當做樂趣看。

阮思嫻咬了咬牙，端著咖啡轉身走了。

回到儲物間，她將咖啡壺重重放下，把一旁的江子悅嚇了一跳。

「妳怎麼了？」江子悅問。

「沒什麼。」

阮思嫻雖然心裡憋著氣，也不敢在座艙長面前吐槽老闆。

雖然她跟江子悅平時關係不錯，但是同事歸同事，背後的閒言碎語說不定那天就變成一把刀子。

江子悅又問：「對了，司小珍的東西……妳送出去了嗎？」

阮思嫻冷冷道：「算了，不送了。」

說完，阮思嫻突然睜大了眼睛，「妳知道啊？」

江子悅聳肩，轉身靠著櫃子，「她今天下午也找過我。」

江子悅資歷比阮思嫻她們長，早先她是司小珍的帶飛師父，又因為是座艙長，司小珍覺得她或許比較說得上話，所以一開始先找江子悅幫忙。

但是江子悅直接拒絕了。

且不說事不關己，這事也太荒謬了些，何必往自己身上攬。

阮思嫻想通其中關節，點了點頭，「我還沒找到機會。」

機會什麼的都是說辭，人就在那裡坐著，真的想送過去還不是分分鐘的事情？

江子悅湊近了問：「妳不敢啊？」

「對，不敢。」阮思嫻扯著嘴角笑得陰陽怪氣，「怪不好意思的。」

要是人家以為她送情書怎麼辦？

「怎麼會？這沒什麼不好意思的。」江子悅端起三份牛排，從阮思嫻身邊擠過去，「我去送宵夜給機組，妳那邊……等等燈滅了就悄悄放過去吧，也沒人知道。」

江子悅這麼一說，阮思嫻的情緒很快轉了個彎。

好像有點道理。

剛剛傅明予很明顯誤會她了，覺得她在勾引他。這種事情阮思嫻怎麼解釋呢，說什麼別人也不一定信，她只有把那封信送出去，等傅明予看到了內容，就知道他自己誤會了。

不過這時傅明予那踐上天的樣子肯定不會收她送的任何東西，所以得等等熄燈後，大家都睡了，她就可以神不知鬼不覺的把信塞到他的座位上。

等他一覺醒來，看到內容，真相大白。

OK。

阮思嫻做了決定，安安分分地等著。

二十分鐘後，客艙熄燈了，大部分乘客都放倒座椅戴著眼罩睡覺，有兩個客人開著閱讀燈在看書，四周安靜得只能聽得見呼吸聲，唯有7A座位一個七八歲的小男孩擴音放著卡通。

每到這個時候，飛機就像一個大型宿舍，阮思嫻感覺自己像個舍監阿姨。

她輕手輕腳地走到那個小男孩身旁，提醒他戴上耳機。

小孩子哼哼唧唧了兩聲，說：「耳朵疼。」

阮思嫻蹲下來，輕言輕語：「小朋友，你這樣會吵到別人。」

小孩子還是不願意，指著一旁的大人說：「我爸爸都沒有被吵到。」

阮思嫻看了一眼，他爸爸帶著眼罩和降噪耳機，根本聽不見，睡得跟死豬似的，能被吵到才奇怪。

遇到這種情況，阮思嫻除了苦口婆心地勸說也沒有其他辦法。

「小朋友，到倫敦的時候是清晨，你這個時候不睡覺，明天下飛機了就會打瞌睡，沒精力去玩了。」

她的聲音溫和，又刻意放柔了語氣，很難有人再說得出拒絕的話，即便只是個小孩子。

小男孩認真地想了一下，然後關了 iPad，「那我要尿尿。」

阮思嫻朝他伸手，「走吧，我送你過去。」

雖然現在是巡航狀態，但是飛機隨時可能會遇到氣流顛簸，保護小孩子的安全是阮思嫻的責任。

經過傅明予身旁時，阮思嫻低頭看了一眼，他平躺著，呼吸平穩，睡得很安詳。

阮思嫻突然覺得這是個機會，於是停下腳步，對小孩子說：「小朋友，你等我一下。」

然後她彎腰，把那封信放在傅明予枕邊。

手指碰到枕頭的時候，傅明予抿了抿唇，嚇得阮思嫻一個激靈，以為他沒睡著。

幸好，他只是偏了偏頭。

不過傅明予沒睜眼，一旁的小孩子倒是看得清清楚楚。

「姐姐，妳是在送情書嗎？」

阮思嫻：「……」

這小屁孩怎麼懂這麼多。

「不是的。」阮思嫻不欲多做解釋，「快走吧，等一下洗手間該被占用了。」

小孩子權當沒聽見阮思嫻的話，一副小大人模樣：「這個哥哥是很帥，不過姐姐妳也不要太害羞，我都收過情書了，沒什麼的，很正常。」

阮思嫻差點沒背過氣。

你一個小屁孩要發表演講也不要在這裡發表好不好？萬一傅明予沒睡著只是在養神呢？

阮思嫻做了今天第三次深呼吸，拽著他去了洗手間。

一來一去不過幾分鐘時間，阮思嫻牽著小孩子回來的時候發現傅明予竟然沒睡覺了，已經調直了座椅靠背，打開了閱讀燈正在看 iPad。

速度這麼快，阮思嫻甚至懷疑他剛剛是不是真的沒睡著。

不過看他表情正常，應該沒有聽見。

也不知道他看到那封信沒。

經過傅明予身邊時，阮思嫻忍不住探著腦袋望過去。

那封信好像沒被他發現，反倒因為他調直座椅而落到了地上。

阮思嫻心裡五味陳雜，現在不僅要重新送一次，還要在他面前神不知鬼不覺地撿起來。

看見這封信的人不只是阮思嫻，旁邊的小孩子也看見了。

看見就看見了，他還大聲說道：「姐姐，妳的情書掉在地上了。」

阮思嫻：「……」

我看見了不用你多嘴。

不是，這不是情書！

傅明予聞言看了過來。

僅僅只是瞥了一眼，發現身邊的人是阮思嫻後，很快又轉過頭去，嘴角帶著一抹意味不明的笑。

倒也不是意味不明，阮思嫻很明顯的感覺到他滿臉的譏諷。

笑什麼？有什麼好笑的？這真的不是情書！

阮思嫻發現自從傅明予上飛機，總共跟她說了五句話，其中還有兩句只有兩個字，但已經把她從一個溫婉和氣的仙女變成了隨時能引爆高空的炸藥包。

這是什麼魔鬼？

當然阮思嫻只敢在內心嘶吼，表面上還要保持笑容。

「小朋友，這不是情書哦。」

「那是什麼？」

「是陳情書。」

「不也是情書嗎？」

「……」

阮思嫻回頭看了一眼，還好，傅明予似乎沒有注意到他們的對話。

把小屁孩弄回座位，阮思嫻蹲著幫他繫好安全帶，摸了摸他的額頭。

「早點休息吧。」

言畢，她深吸了一口氣，才緩緩站起，轉身看向傅明予。

他的注意力被 iPad 吸引了，完全沒給阮思嫻眼神。

這樣最好。

阮思嫻走到他旁邊，飛速撿起那封信，遞到他面前。

「傅總，您別誤會啊，這是我……」

話沒說話，飛機突然毫無預兆地顛簸起來。

而且幅度有些大，許多乘客都驚醒了，安全帶指示燈迅速亮了起來。

阮思嫻飛了兩年了，憑經驗也知道這次不僅僅是氣流，甚至有可能是擦著積雲雨過的。

來不及思考其他，安全才是最重要的，她不敢亂動，立刻抓住傅明予的座椅靠背來保證自己的穩定。

慌亂中，她低頭看見傅明予不慌不忙地收起了 iPad，抬眼看過來。

似乎要說什麼。

這時，飛機廣播突然響起，打斷了傅明予的話頭。

「女士、先生們，由於我們的飛機遇到了強對流氣流，引起顛簸，請您回到自己的座椅，繫好安全帶，洗手間同時關閉。」

就在這時，旁邊的小孩子嚇得哇哇大叫，拚命想往自己爸爸那邊撲，發現自己被安全帶束縛住後就開始解安全帶。

阮思嫻立即喊道：「小朋友！不要解開安全帶！這只是氣流顛簸，不要害怕！」

可是小孩子哪裡聽得進去阮思嫻的話，旁邊孩子的父親剛被震醒，迷迷糊糊地坐起來，顯然還沒搞清楚當下發生了什麼。

不能真的讓他解開安全帶離開座位，等一下在飛機上磕磕碰碰才麻煩。

阮思嫻來不及細想，立刻想跑過去按住小孩子。

但她剛鬆手，飛機就再次距離顛簸了一下，她腳下不穩，重心偏離，整個人往下倒去。

——不偏不倚地倒在傅明予懷裡。

阮思嫻：「……」

他身上的氣息縈繞在阮思嫻周身，身體相觸，阮思嫻的上半身幾乎全靠在他的胸前了。

一抬頭，就對上他的目光。

他微微歪了下頭，目光裡的戲謔和不屑絲毫不加掩飾。

阮思嫻解讀出來就是——「我看妳還怎麼解釋。」

這種時候，阮思嫻很不爭氣地心跳加快，好像快跳出來似的，臉上的紅暈直接蔓延到耳根。

她清晰的聽到自己的心跳聲，「咚咚咚」。

這也太尷尬了。

傅明予伴隨著這個心跳聲開口：「誤會什麼？」

阮思嫻：「……」

除了沉默，還是沉默。

這幅場景，我說我沒想過勾引你，你信嗎？

我自己都不信。

飛機在這個時候慢慢恢復了平靜。

兩人就這麼對視著。

一個臉紅耳赤，一個冷靜到眼神裡沒有任何情緒。

許久，沒有得到回答的傅明予再次開口：「妳還打算在我腿上坐多久？」

阮思嫻：「……」

阮思嫻立刻站起來，雙手不知道往哪裡放，薅了薅頭髮，手指不經意擦過自己的臉。

這個溫度，如果她有一面鏡子，應該能看見自己的臉紅得像蒸過桑拿。

「我……」阮思嫻眼一閉心一橫，把那封信放到他桌上，「這是我同事托我給您的，裡面是關於飛揚計畫的一些小想法。」

放下後，阮思嫻不敢再看他的表情，直接離開。

走進休息室，正好江子悅過來說：「阮阮，妳剛剛……」

江子悅說到一半停下了，拍了拍阮思嫻的肩膀。

「沒事，剛剛顛簸嚇到了。」阮思嫻站著穩了穩心神，「7A的小孩子嚇哭了，您幫我送一杯果汁過去吧，我先去休息了。」

此後的近十個小時，阮思嫻經過傅明予身邊無數次。

好在他睡了近五個小時，另外五個小時全神貫注地做自己的事情，完全沒有給阮思嫻一個眼神。

但即便這樣，阮思嫻每次經過他身邊，還是渾身不自在，總覺得他下一秒就會抬起頭嘲諷地看著她然後說一些羞辱性的語言。

還好這種情況沒有發生。

落地後，送走了所有乘客，阮思嫻差點沒脫一層皮，從來沒有感覺飛一次長途這麼累。

然而她揉著肩膀走回客艙，經過傅明予的座位時，差點又被氣到背過去。

——那封信原封不動地被放在桌面上。

為什麼阮思嫻確定其原封不動呢。

——因為司小珍為表鄭重，用蠟封了口。

阮思嫻今天數不清第幾次深呼吸，把這封信撿了起來。

合著她今天經歷了這麼跌宕起伏的一趟航班，全是她一個人的獨角戲！

第二章　女機師

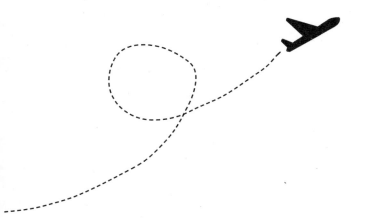

下了飛機，阮思嫻打開手機，各種訊息和未接電話多到快要溢出來。

坐上了開往酒店的巴士後，阮思嫻才閒下來開始回訊息。

江子悅動作比阮思嫻還快，在一個同事群組裡傳訊息，說已經到倫敦了，問有沒有同事也在倫敦，相約一起去玩。

這個群組是他們私下建的，有空服員、有機長、有副駕駛，還有一些隨行機務和安全員。

有人問江子悅這次乘務組都有誰，江子悅一一說了，又問：『怎麼了？意有所指呀？』

阮思嫻看了群組裡的熱議一眼，知道江子悅在說她。只是眉頭還沒來得及皺起，兩則私訊就來了。

一個是今年駐紮在倫敦基地的岳機長，邀請她吃晚飯。

一個是昨天到倫敦的空少，邀請她下午一起遊玩。

這不是他們第一次向阮思嫻示好，當然也不是唯二。

也不知怎麼的，阮思嫻感覺自己今年桃花運特別好，層出不窮的追求者讓她應接不暇，特別是她拍了今年世航三月刊的雜誌封面後，每週透過七拐八彎的管道加她好友的人都有好幾個。

阮思嫻回絕了這兩個人，說自己今天有約了。

阮思嫻傳訊息的同時，一旁的江子悅揶揄地看了她手機一眼，「岳機長欸，妳連他都拒絕了啊？」

岳機長對阮思嫻的心思不說人盡皆知，但明眼人都瞧得出幾分。

誰都會不高興。不過說到底還是私事，被人這麼明目張膽地拿出來說，而且還是未經同意看的手機，換

「我今天約了倫敦的朋友。」

機，江子悅並沒有相信她說的話，或者覺得，這只是一個搪塞的理由，她撇著嘴低頭看手

「我還挺好奇妳一直不交男朋友的原因，是不是眼光太高了？」

阮思嫻：「不是……我只是現在沒考慮這些。」

百萬，江子悅挑眉，頭輕擺，「放眼整個世航，岳機長長相是數一數二的吧，才二十八歲，年薪首席機長預備役，公司多少人看著啊，結果妳還看不上。」

阮思嫻側頭看了她一眼，將她的表情盡收眼底。

難道江子悅對岳機長有意思？

層出不窮，岳機長是很優秀，但同時他花名在外，又在航空公司這種環境，一波又一波的貌美空姐導致他換女朋友的速度堪比換衣服。

「沒有看不上的意思。」阮思嫻小聲嘀咕，「不是我喜歡的類型而已。」

旁邊一聲輕哼，帶點看破一切的嘲諷意味。

這種事情怎麼解釋呢，阮思嫻覺得她和江子悅也沒到可以談心的地步，便不再理會，繼續把訊息翻到下面，才發現司小珍四個小時前傳了好幾則訊息給她詢問情況。

阮思嫻回了六個字：『沒送出去，沒戲。』

司小珍沒回，因為她此時已經在飛往紐約的航班上。

到了酒店後，阮思嫻和江子悅住同一間。

現在是倫敦時間上午十點半，江子悅卸完妝準備睡覺。阮思嫻沒有她這種調時差的能力，害怕自己這個時候睡了，兩天後早上回程的航班她會睏到精神失常，所以和朋友約了白天見面。

「對了，阮阮，今天在飛機上發生什麼事了呀。」江子悅敷著面膜，嘴巴一張一闔，「我看到妳都坐到傅總大腿上了。」

正在換衣服的阮思嫻一頓：「……」

江子悅能不能別這麼精準地說出「大腿」兩個字。

「什麼大腿，只是顛簸的時候沒站穩。」

江子悅笑了下，因為面膜紙足夠厚，將表情藏住了。

夏末和初秋接壤，風裡帶著花香，也帶著寒氣。

倫敦常雨，阮思嫻穿著白襯衫牛仔褲，素淨得像一朵風中搖曳的小白花。

——阮思嫻覺得自己確實挺搖曳的，飛了十幾個小時，要強撐著不睡覺，實在是快站不穩了。

『阮阮，妳到倫敦了嗎？』

卞璿那邊很安靜，卻把聲音壓得很低，『寶貝，我剛下飛機，迫不及待就打電話給妳了，今天妳一定要跟我一起去一個地方，有驚喜！』

阮思嫻還沒來得及回答，對方就掛了電話。

可見是真的很迫不及待。

不過阮思嫻很喜歡卞璿。

喜歡她熱情大方又有趣，喜歡跟她一起吃吃喝喝。

『好，不過我們在哪裡相見？』

幾分鐘後，卞璿回了訊息。

『不好意思剛剛太興奮了，忘記跟妳說，妳在哪啊？』

阮思嫻傳送自己的定位。

『那我們很近啊，妳直接來W.T機場等我吧，我大概四十分鐘後出來。』

W.T機場，位於倫敦的一個私人機場。

阮思嫻曾經備降過這個機場，所以她並不陌生，直接走路過去。

至於為什麼去私人機場等卞璿，阮思嫻倒是不意外，因為卞璿是私飛，即私人飛機的空服員。

這座私人機場就是她老闆的。

其實私人機場跟普通機場的差別並不大，至少從外觀上看起來是這樣。

窗明几淨的大樓內可直接觀看跑道上的飛機起飛降落，地下踩著的地板亮得反光，阮思嫻買了杯咖啡，站在到達層大廳，留意著從出口出來的人。

今天人流量不大，風塵僕僕的行人腳步匆匆，在外等候的人焦急難耐，似乎只有阮思嫻閒庭信步，時不時喝一口咖啡，像是來遊玩一般。

卞璿遲遲沒有出來，阮思嫻又傳了訊息給她。

『我已經到了。』

『嗯嗯！我在路上啦！我老闆遇到了機場的負責人聊了一下，我現在已經快到出口啦。』

『妳下了飛機為什麼還跟妳老闆在一起？』

『這就是我要跟妳說的驚喜呀！老闆晚上有一個私人遊艇宴會，就在泰晤士河，他邀請了我，並且同意我帶上朋友！』

阮思嫻一口咖啡差點嗆到。

『所以妳要帶我去？』

『是呀！妳會陪我的吧？我一個人好無聊！』

阮思嫻一時沒回訊息，卞璿又連傳好幾則。

『老闆人超好的！是個很好玩很好客的老頭！』

『一起吧！走吧走吧！』

『泰晤士河上的遊艇趴欸！可能這輩子就這一次機會！』

阮思嫻受不了卞璿的訊息轟炸，答應了下來。

半年前卞璿也問她要不要辭職來英國，他老闆有位合作的朋友這幾年接洽亞洲業務，要招華人私飛。阮思嫻聰明，理工科畢業，英文流利，學東西快，人又漂亮，是私飛的不二之選。而且私飛的待遇不是一般的空姐能比的，擁有私人飛機的老闆根本就不在乎那點薪資，有時候老闆帶著客人，私飛服務到位了，收到的小費可能是普通人半年的薪水，而且還能常年跟著老闆全球各地飛，這種工作多令人羨慕。

只是阮思嫻拒絕了，她們一個留在江城，一個去了倫敦。

抬頭的同時，阮思嫻看見卞璿從另一個出口走了出來。

她穿著一身大紅色制服，拖著飛行箱，在人群裡特別顯眼。

卞璿遠遠的就跟阮思嫻揮手。

機場華燈高照，阮思嫻大步流星，笑著朝她走去。

這麼久不見，對方變化許多，瘦了點，但也更漂亮了。

阮思嫻的眼裡浮上久別重逢的欣喜。

然而就在距離卞璿十幾公尺遠時，阮思嫻看見那個出口又走出來兩個人。

為首的那個，氣質出眾到立刻抓住了阮思嫻的視線。

阮思嫻還沒來得及轉換表情，就對上傅明予的目光。

而她還保持著盈盈笑意，腳步生風。

「……」

那一剎那，阮思嫻的第一個反應是：他怎麼會出現在這個機場？

第二反應是：他不會覺得我是故意跟蹤他吧？

阮思嫻的笑容漸漸僵硬在嘴角。

——她怎麼會出現在這裡？

──她可真是處心積慮啊。

阮思嫻幾乎確定傅明予是這樣想的，因為他看見阮思嫻的那一刻，腳步頓了一下，然後掉頭走向另一個出口。

阮思嫻：「……」

我他媽……

「阮阮！」卞璿衝過來就是一個熊抱，硬生生打斷了阮思嫻的想像，「我好想妳呀，妳想我沒？」

「阮阮？」

卞璿晃了晃阮思嫻的肩膀，「妳怎麼了呀？」

阮思嫻深吸一口氣。

她發現遇上傅明予後，她總是深呼吸。

可能早晚有一天要因為氣血不足命喪於他的西裝褲下。

「沒事，太高興了，有點反應不過來。」阮思嫻用力把咖啡杯扔到垃圾桶裡，「咚」一聲，力道十足。

卞璿上下打量著阮思嫻，「可是……我怎麼感覺妳不太高興啊？」

「所以我現在需要高興，甚至想喝酒。」阮思嫻勾住卞璿的肩膀，「走吧。」

傍晚，泰晤士河畔行人遊客絡繹不絕，時高時低的喧鬧聲被河風洗滌，彷彿也變得悅耳了。河面反而靜謐的波瀾平平，在一片浮光躍金中，遊艇悠閒得像一隻天鵝，只有置身其中的人才感受得到其浮華奢靡。

阮思嫻一襲酒紅色連身裙，長捲髮披肩，身旁卞璿衣袂如雪。兩人滿身流光溢彩，行走於遊艇的衣香鬢影中依然是目光的焦點。

卞璿端著酒，挽著阮思嫻，靠在圍欄邊上指著甲板上一個銀髮老頭說：「那個就是我老闆Alvin，他說今天為了歡迎一位重要的客人，特地舉辦了聚會，妳看看人這麼多，好多帥哥哦。」

阮思嫻回頭回應了一個金髮碧眼男人的示好，壓低聲音道：「再帥有什麼用，這裡是英國，人家多半不喜歡女人。」

卞璿掩著嘴笑，阮思嫻則抬頷打量這艘遊輪。

Alvin是當地富賈，有能力建私人機場那種，他置酒高會，自然衣冠雲集，穿著燕尾服的樂隊在甲板上奏響交響曲，凡落腳之處便有美酒佳餚，侍者穿梭其中，可見對這位客人的重視程度。

阮思嫻憑欄吹著風，說道：「什麼客人，妳老闆這麼重視？」

「其實主要是我老闆喜歡熱鬧，就愛舉辦這樣的聚會，當然啦，客人也很重要。」卞璿目光穿過人群，尋找那位客人，卻沒著落，「W.T機場要被收購了，世航，啊對，就是妳工作的世航啊，世航要收購W.T機場了，世航老闆的兒子過來考察……妳怎麼了？」

阮思嫻手裡的杯子差點掉到河裡。

「妳說……客人就是世航老闆的兒子？」

卞璿點點頭：「對呀。」

怪不得他今天會出現在 W.T 機場。

阮思嫻的心情難以描述，她甚至想現在就離開這艘遊艇。遊艇正開到河中央，她跳河也行。

說話間，卞璿朝人群中間揮揮手，「欸！我老闆叫我過去！」

阮思嫻立刻看過去，華燈下，Alvin 身邊慢慢走出來的正裝男子端著一杯酒，十指勻稱修長。比十指更勻稱修長的是他的雙腿，遠遠站在那裡，一身合襯西裝，尊養而來的氣質比在場每位賓客都重。

不是傅明予還能是誰。

似乎感覺到什麼，傅明予也看了過來。

對上目光的時候，阮思嫻下意識想轉身避開，但雙腳卻沒動。

熙攘人群中，傅明予偏了偏頭，將杯子遞給一旁的祕書。

祕書見他要走，便問：「傅總，要去休息嗎？」

傅明予搖頭，驅步朝圍欄處走去。

他來了，他來了，他自信地走過來了。

阮思嫻抓緊了杯腳，另一隻手扣上單肩包鏈條。

咦？

阮思嫻突然想到，今天她出門的時候帶上了司小珍寫的那封信。

她迫切希望傅明予能看一看內容。

會不會改變心意已經不重要了，只要能別誤會她。

在傅明予走過來之前，阮思嫻立刻翻包拿出那封信。

「傅總。」

傅明予在阮思嫻面前停住，神情不似之前冷漠，許是喝了酒了原因，眉梢裡帶著點輕浮。

他垂著頭，眼睛彎出好看的弧度，「還真是……巧啊。」

阮思嫻：「……」

你說巧就巧吧。

確實挺巧的。

阮思嫻勾了勾唇角，「您別多想，我是受朋友邀請來這裡的。」

傅明予明顯不信。

這樣的場合，不可能邀請阮思嫻，除非她是某個隱形富豪的女兒。

「不過這些都不重要。」阮思嫻把手裡的信遞出，「之前您沒看這封信，麻煩您看一看，免得誤會我有什麼意圖。」

傅明予只是看著她，嘴角抿著淺淺的弧度。

明明笑著，眼裡卻沒有一丁點笑意。

見傅明予沒有要接的意思，阮思嫻打算拆開信糊他臉上讓他看清楚。

可是右手端著酒，身旁暫時沒有侍者，又不可能讓傅明予這種人紆尊降貴幫她拿酒杯。

於是阮思嫻僅靠單手拆了信。

拿出裡面的信紙，要甩開信封的時候，阮思嫻手一滑，然後眼睜睜看著信紙被風吹起，飄飄搖搖地落入河中。

縈繞的音樂聲恰好在此時戛然而止，耳邊只有河水流淌的聲音，加重了空氣裡凝滯的尷尬。

氣血不足已經不足以形容阮思嫻現在的心情了。

她閉了閉眼，再睜眼時，在傅明予臉上第二次看到了「我看妳怎麼解釋」的表情。

現在說什麼都沒用，她又不能跳進河裡把信撿起來。

「我……」

傅明予突然逼近一步，打斷阮思嫻的話。

阮思嫻下意識想後退，身後卻是圍欄，抵著她的腰，無處可退。

河風一陣陣吹過，撩得水面繽紛蕩漾，阮思嫻的髮絲被吹起，頻頻拂過眼前。

「行吧。」傅明予開口說了這麼一句。

聽見傅明予有不再計較的意思，阮思嫻鬆了口氣。

下一秒，傅明予往阮思嫻手裡放了一張卡。

阮思嫻低頭看著手裡的卡。

一張房卡。

正在想他是什麼意思時，又聽到他說：「給妳個機會。」

阮思嫻：「……」

你他媽有病啊！！！

阮思嫻是紅著眼眶離開遊艇的。

雖然她不是權貴人家出生，也不算天之驕子，但自小校花當到大，追求者沒斷過，偶爾也有一些風言風語，卻也從來沒有人這麼羞辱過她。

什麼「給妳個機會」，什麼「真是巧啊」。

把她當什麼人了？

如果當時不是傅明予立即轉身走了，如果不是顧慮到這是卞璿老闆的宴會，如果不是四周圍繞的都是外國人，阮思嫻一定會當場把手裡的酒全潑在傅明予臉上。

可惜現在一切都是空想，錯過了最佳時期，阮思嫻自知跟傅明予這種傻子怎麼解釋都沒有用。

走！立刻走！

阮思嫻受不了這種委屈，決定離開世航，離開傅明予的掌權範圍，不再留在他的公司下面像個傻子一樣繼續討生活。

酒店裡面配了電腦，阮思嫻打開 word 開始寫離職申請。

期間司小珍打來電話，阮思嫻劈頭蓋臉就是一頓罵。

「妳還問呢！就因為這事我臉都丟完了，我不幹了，我現在就辭職！」

司小珍被阮思嫻的怒火燒得暈頭轉向，不知道自己做錯了什麼，聲音一下子哽咽起來，『妳、妳怎麼了呀？我是想跟妳說不用送信了，我有新的出路了。』

阮思嫻扶著額頭，頭髮薅得亂七八糟，抬眼看見電腦螢幕上的「離職申請」四個大字，終於冷靜下來。

電話裡，阮思嫻也不在意司小珍所說的新出路是什麼，她滿腦子都是傅明予，拍了拍胸口，儘量平靜的把這兩天發生的事情告訴司小珍，並且激情辱罵傅明予十分鐘，用上了腦海裡能想到的所有貶義詞。

司小珍聽完，久久回不過神。

『他、他怎麼這樣啊？』

「我怎麼知道啊，有病吧！」

司小珍沉默了一下，又說：『他可能是遇到太多這種女人，所以誤會妳……』

「我就該受氣嗎？我不管，我要辭職，我現在一想到他就無法呼吸！」

電腦那頭的氣氛十分壓抑，過了許久，司小珍說：『我跟妳一起離職，今天我舅舅打電話給我了，華飛那邊……』

身後突然響起陌生的手機鈴聲，阮思嫻立刻回頭，看見江子悅站在她身後，原是愣怔地看著她，因為鈴聲突然響起，神色頓時緊張無措，立刻低頭去按手機。

不過只是這一瞬間的慌亂，再抬頭時，江子悅的表情已經恢復如常。

「呃……」江子悅說，「我剛剛開門，妳沒聽見。」

意思就是剛剛阮思嫻跟司小珍說的話，她全都聽到了。

「回去再跟妳說。」

阮思嫻掛了電話，回頭看著江子悅，不知道該說什麼。

江子悅有些尷尬，埋頭進洗手間洗了個手，出來又整理自己的東西，一句話也沒說。

阮思嫻想，反正事已至此，她要辭職的事情也瞞不住，便沒有多管。

但江子悅終歸是沒有憋住，在床上一邊疊衣服一邊說：「妳真的要辭職嗎？別衝動，再考慮考慮。」

話說得誠懇，但是阮思嫻沒聽出多重的情緒，就像固定形式的挽留一樣，只是說說而已。

於是阮思嫻搖頭，說她已經想好了。

果然，江子悅沒再多問。

阮思嫻繼續寫離職申請，桌邊的燈亮到了凌晨兩點。

* * *

回程的航班在兩天後起飛，到達江城時，天氣不太好，濃霧層層，許多飛機在上空盤旋不下。

此時已是清晨，附近的農田開始甦醒，三三兩兩的農民扛著工具在田埂上慢悠悠地走著。

四周的高速公路車水馬龍，機場大門的交警指揮得出了汗。

出發層的入口排著長隊，路上堵車的人拖著行李箱在登機大廳狂奔。

濃霧散去，一架架飛機終於緩緩降落，匆忙行走的機務引領著飛機精準停穩。

江城國際機場一切如故，坐落於機場旁邊的恒世航空總部繁忙依舊。

光鮮亮麗的空姐們拉著飛行箱在世航與機場之間穿梭，笑語不斷，每天如此，但翻來覆去聊的都是那些陳年舊事。

直到一週後，大家聽說乘務部四部的阮思嫻離職了。

據說走得很果斷，甚至沒等到一個月的交接期，賠了一筆違約金，年終獎金也不要了，當天就搬離了乘務部的員工宿舍。

和她一起走的還有她的好閨密司小珍。

不過大家的關注點都在阮思嫻身上。

她年輕貌美，幾個月前才登上了世航的報刊，成為封面空服員，一時風頭大盛，私下戲稱她是「世航之花」，好些單身的非單身的機長頻頻對她示好。

事業上也正處於上升期，飛行任務優秀，王樂康一直挺欣賞她，在她提離職的時候還說要破格升她為座艙長挽留，但她還是走了。

人事流程很快就下來了。

傅明予的祕書提了一嘴，「那個阮思嫻辭職了。」

傅明予翻閱著桌前的文件，「阮思嫻是誰？」

「就是那個……」祕書咳了下，「飛機上送了三次咖啡給您的那位空姐。」

傅明予的動作沒有任何停頓，半指厚的文件讓他沒有閒工夫理這些事。

不過片刻後，他還是笑了下。

「因為那天去酒店撲了空，所以受不了刺激？」

祕書聳肩，大概是吧。

誰知道呢。

反正平時傅明予見多了這樣的女人，而他連這個空姐叫什麼都不知道。

而且那天傅明予喝了酒，若不是這樣，阮思嫻只怕是要被王樂康直接炒掉。

傅明予沒再說話，示意祕書可以出去了。

這時胡特助拿著一疊文件敲門進來。

「ACJ31 採購合約最終版出來了，我已經看了三遍，你這邊再看看。」

文件放在傅明予桌前，比剛剛那一疊足足厚兩倍。

畢竟是飛機採購，並非以蝦釣鱉的買賣，這影響著恒世航空未來的發展。

也正是因為 ACJ31 的大量採購計畫，這個自主研發的新型客機未來將逐步占領恒世航空的機隊，相應對其他機型的機師需求量會大量減少，傅明予才決定取消內部招飛的飛揚計畫。

機隊改革在臨，恒世航空高層忙得腳不沾地，而「阮思嫻」這三個字，便如同她的臉一樣，只在傅明予的腦海裡短暫地存在了一下子。

稍縱即逝，雁過無痕。

但不代表其他人對阮思嫻的離開沒有興趣。

有人說她跳槽了，北航給了更好的條件。

可是沒道理啊，她只是一個空服員，不至於讓別人來挖。

有人說她被求婚了，辭職回去做全職太太了。

還有人說她轉行了。

眾說紛紜，誰也無法確定，也有人傳訊息問她原因，她只說是想換個環境，可是大家都不相信。

誰換環境會走得這麼急啊？

直到幾天後有人在倫敦看到了阮思嫻跟岳機長在著名的玻璃餐廳吃飯。

大家想，她肯定是跟岳機長在一起了，所以急不可耐地去了英國。

但是這個看似合理的說法立刻被打破，真實原因終於流傳出來了。

原來是阮思嫻在飛機上試圖勾引傅總，失手後在倫敦死纏爛打，傅總不堪其擾。

在乘務部大力治理「亂象」的時候出了這個事，阮思嫻也是頭鐵，恃美生嬌，可惜人家不買帳。

所以她在自己被開除之前先提出離職以保存顏面。

大家都相信這個說法，因為這是那天的乘務組傳出來的，細節都有，真實性很高。

有人嘆息，阮思嫻要是心氣低一點，找個年輕機長，年薪百萬，平時還能跟飛自己男朋友的航班，比起普通人來說也好很多了啊，多少人都羨慕不來的，為什麼偏偏盯著總裁夫人的位子。

但議論歸議論，平時工作這麼忙，大家都忙於生計，過了幾週，便只剩乘務四部的人偶爾聊起此事。

再過幾週，只有和阮思嫻較熟的人會說起此事。

再後來……「阮思嫻」這個名字便只存在於恒世航空存放過期期刊的資料室裡。

年復一年，機場旁邊的稻田熟了三次，一大片田地被開發，延伸為跑道。

恒世航空的人員新舊更替，偶爾有座艙長和機長聊天的時候會提起「阮思嫻」三個字，底下的空服員一臉茫然，他們在說誰？

再後來，翻過第三個年頭，連座艙長們也不怎麼提阮思嫻了。

阮思嫻在她最風光的時候離開，卻沒想到美名如泡沫一般，很快便消散在浪潮裡。

在這三年，恒世航空內部發生了很多變動。

董事長逐漸放權，如今只掌控著恒世金融航空租賃公司的事務，而董事長兩個兒子，大的那位掌握業務部，同時對接海外業務。小傅總傅明予羽翼漸豐，當初董事長專門把副總待遇的胡特助派去輔佐傅明予，如今也不需要了，胡特助歸原位，由傅明予一人把持著各個業務支撐部門，時任運行總監。

小的八卦也有，比如董事長的長子，大傅總和未婚妻的婚約吹了。

傅明予的祕書一躍成為北非營業部總經理，而這邊又來了個新的帥哥祕書。

還有乘務部那個江子悅跟調回江城基地的岳機長在一起了，兩人天天蜜裡調油。

乘務部新人一輪一輪進來，各個貌美如花，又有了新的世航之「花」，憑藉過人美貌登上內部雜誌期刊，客人們翻閱後過目不忘，公司內部男員工蠢蠢欲動。

似乎沒有人記得阮思嫻這個人。

時隔一年，阮思嫻再一次被提起，是因為有人看到這個新的世航之「花」，突然說了一句：「我覺得這個倪彤有點神似阮思嫻啊。」

也有人不同意，「神似什麼啊，頂多算低配阮思嫻吧。」

倪彤知道這個說法後，很不高興，跑去問江子悅。

「師父，阮思嫻是誰啊？」

「她啊……」江子悅眉梢一揚，輕哼了聲，沒說下去。

倪彤纏著她問：「以前的同事嗎？」

江子悅說是，倪彤就問：「都說我跟她有點像，有照片嗎？我想看看。」

她想看看，憑什麼她就低配了。

江子悅道：「哪裡像了？妳比她好看。」

倪彤聽完還是不開心，「我看看照片嘛，就看看。」

江子悅只好去翻阮思嫻的聊天好友，和她以往點進去看一樣，一行「朋友僅展示最近三天的動態」，什麼內容都沒有。

於是她說道：「妳跟她有什麼好比的，難道妳也想跟她一樣灰溜溜的辭職啊？」

倪彤眨了眨眼睛，「什麼意思？」

江子悅搖了搖頭，以極其感慨的語氣把三年前的往事說了出來。

倪彤聽完，差點沒笑彎了腰。

「真的假的？太不自量力了吧？」

江子悅挑挑眉，「誰說不是呢。」

但這並不是特別寬慰倪彤，她還是非常反感「低配阮思嫻」五個字，心想自己要是早來三年，一定跟她爭個高下。

可惜現在倪彤滿身無力感，就像新歡永遠爭不過去世的舊愛一樣，她也沒辦法跟一個不在這家公司的人比。

好在這個說法很快就沒人在意了，倪彤也破格升了座艙長，得上司重視，沒人再拿「低配」說事。

而現下大家最關注的是，ACJ31 新型客機即將交付。

華飛第一批自主研發的客機橫空出世，訂單覆蓋全國各大航空公司。

這意味著空客和波音等龍頭飛機製造商面臨巨大挑戰。

也意味著未來的高空領域或將更替霸主。

恒世航空上下整裝以待，氣象煥然一新，全新的專用跑道落成，第六飛行隊成立，準備迎接全新機型 ACJ31 的到來。

——同時也準備迎接 ACJ31 機師的到來。

但是，最近傅明予卻在頭疼一件事。

三年前，各大航空公司與華飛簽訂ACJ31採購合約時，華飛便已經開始計畫培養對應機型機師，交付飛機的時候一同交付機師。通俗一點就是，賣飛機給你還把培養好的司機打包賣給你。

由於ACJ30是華飛第一次自主研發的客機，還未面世變備受關注，同時也承受著巨大壓力，所以機師的培養格外嚴厲。

這一批機師光是經過初步篩選就刷掉了上萬人，隨後在飛行學院的變態淘汰率中一輪輪廝殺出來。

但即便如此，順利畢業的機師能力也分三六九等。

所以早在兩個月前，各大航空公司就摩拳擦掌展開了機師搶奪戰，哪家都想要最優秀的機師，因為他們是航空安全最強而有力的保障之一。

到現在這個階段，最優秀的那一批已經被瓜分殆盡。

然，像每年升學考都會有一個狀元一樣，飛行學院每期學員裡都會有一個最佳學員。

到此刻，唯獨剩下那位最佳學員還不知花落誰家。

「傅總，沒談成。」新祕書柏揚走進傅明予的辦公室，神色有些為難，「那個最佳學員的意向還是北航。」

「他說過原因嗎？」傅明予問。

這一期的最佳學員，飛行記錄那叫一個漂亮，不論是理論知識還是實際操作能力，次次考試都吊打同期，踩著一群天之驕子穩居第一，連教練員都連連稱讚很少見到這麼強悍的學員，是以引起各家激烈搶奪。

「沒有。」柏揚回答道，「我們在能接受範圍內已經給了最優條件，絕對不會比北航差，但她還是選擇北航，看來是個人意願。」

傅明予抬手，兩根手指抵著額頭，「嘖」了聲。

「這樣。」傅明予說，「胡副總也在那邊出差，明天你和胡副總親自去一趟。」

柏揚理了理衣領，立刻就出去訂票。

第二天一大早，飛行學院那邊就來了電話。

傅明予剛到公司，正疾步穿過走廊，行政祕書端上咖啡，靜靜地擱在傅明予桌前。

『傅總，看來還是不行啊。』電話那頭的柏揚已經沒脾氣了，『她說北航飛機餐好吃，這是什麼理由？我們頭等艙主廚可是米其林級別的！』

這一聽就是在要人。

傅明予站在落地窗前，問：「你現在在哪？」

『在他們教務處辦公室外面，胡副總還在裡面。』

「讓他接電話，我跟他聊聊。」

柏揚愣了一下，應聲說好。

傅明予喝了口咖啡，電話那頭便換了人，只是遲遲沒有出聲。

「你好，」傅明予先開口，「我是恒世航空運行總監傅明予。」

電話那頭依然停滯了片刻，才聽到一句輕飄飄的：『傅總好。』。

女的？

傅明予一頓。

壓下短暫的驚訝，傅明予轉身朝辦公桌走去，「方便問一下，世航的哪項條件妳不滿意嗎？」

那邊的人懶懶開口：『沒什麼不滿意啊，就是北航的餐飲好吃些。』

傅明予覺得自己也算惜才，對這麼拿喬的理由還能保持好脾氣，「這個簡單，如果妳有需求，每次航前可以讓主廚單獨為妳備餐。」

『那多麻煩呀。』

「不麻煩，還有其他想法嗎？」

電話那頭，條件一個個羅列出來，足足說了二十多分鐘。

倒也算不上刁鑽，傅明予尚能接受。

通話的同時，傅明予把電腦裡的機師詳細資料資料夾打開，按照飛行記錄評分排序，找到最高那一個，在形象那一欄看到一張照片。

機師對身形有講究，所以附上的是全身照。

上面的人穿著學員制服，筆挺白色襯衣，板正的黑色西裝褲，她身姿修長挺拔，站在機翼之下，神采奕奕，氣質極佳。

好像是素顏？

傅明予放大照片，看見一張不施粉黛的臉。

他的目光停滯流轉片刻，總覺得有一絲熟悉的感覺。

但這種感覺一閃而過，被自己否定。

他若是見過這個女人，一定會印象深刻。

『傅總，您還在聽嗎？覺得太過分的話，我們就算了啊，我跟世航沒緣分。』

「什麼？」傅明予輕點滑鼠，關了照片，「剛剛訊號不好，沒聽清楚。」

那頭輕笑了聲，『我說，我要雙倍年薪。』

傅明予張口便道：「好。」

這回輪到電話那頭的人愣神了。

沒想到他竟然這麼爽快。

「還有其他條件嗎？」

『沒、沒有了。』

「那，合作愉快？」

那邊換了語氣，似乎是回過神了，說道：『傅總，您真的很希望我來嗎？』

傅明予不知道她為什麼這麼說，覺得自己今天的耐心真的出奇得好。

或許是看不慣北航那位向來跟他不對付的小宴總耀武揚威的樣子。

但腦子裡又閃過那張飛機下的倩影。

「嗯，很期待。」

『我再考慮一下吧。』

好像還有點不情不願似的。

電話掛掉，傅明予的手還保持著接聽電話的姿勢，愣了一下。

難道世航在機師圈子裡風評不好？

按道理說不可能，世航在員工福利待遇上絕對是行業翹楚。

傅明予放下手機，想了一下，不知道是哪裡出了問題。

等待的間隙，他又打開簡歷。

滑鼠剛拉到那張照片，鈴聲又響了起來。

還是柏揚來電。

傅明予稍頓片刻，接起電話，對面卻是柏揚在說話。

「還有事？」

柏揚此刻又跑去外面走廊，壓低聲音道：『傅總，您想清楚了嗎？雙倍年薪啊，雖然薪資保密，但是萬一讓其他機師知道了可不好。』

「我知道。」

『那……』

「盯一下合約。」傅明予說，「另一份年薪走我的帳戶。」

『不過……』

「別囉嗦。」傅明予並不想跟他多話，「到時候你去擬雙合約，另一份算我私人給的獎勵合約，不經財務部的手，稅也走我的帳。」

『不過她說她還要考慮。』

「沒事，讓她考慮。」

傅明予鬆了一顆西裝釦子，揉著眉骨。

轉眼到了下午四點，距離結束那通電話已經過去七個小時。

傅明予從沒感覺過七個小時竟然這麼漫長。

他坐在會議室裡，一群人關於ACJ31首飛的策劃七嘴八舌地討論，聽得他頭疼。

期間他兩次看向柏揚，指了指手機，意思是問飛行學院那邊回電話沒，柏揚都搖頭。

此時會議已經進行到尾聲，下面企劃部的人都看著傅明予，等他給指示。

傅明予面前擺著三份企劃書，一一攤開，但他的視線根本沒落在上面。

整個會議室靜默了三秒，所有人戰戰兢兢地看著傅明予。

他根本沒聽他們說了什麼，此時的表情就像把「你們配不上老子花大價錢買來的的ACJ31飛機」寫在臉上了。

就在大家以為他要直接起身走人時，他突然開口道：「P1組，四十分鐘的媒體報導，毫無重點，浪費這麼長時間要耽誤機場多少的流控？P2組，宣傳枯燥，表述直白，重點模糊不清，而且媒體管道的選擇也缺乏合理性。P3組，沒有一點有效宣傳概念，乘以資源，跨界創意，強力執行，這三點做不到就別交企畫書上來。」

會議室一時間鴉雀無聲，落針可辨。

「散會。」傅明予推開門前的策劃書，起身道，「下週重新交企畫案。」

大家屏氣凝神目送傅明予出門，三個組長黑著臉回來收拾自己的東西。

有人小聲問柏揚，「傅總今天心情不好？」

柏揚無奈地笑了笑，沒說話，兩步追了出去。

這個時候，手機鈴聲終於響起，柏揚停下來接聽，幾秒後表情漸漸鬆了下來。

前面的人感覺到柏揚的停頓，回過頭來，柏揚朝他比了一個「ＯＫ」的手勢。

傅明予側頭看著玻璃窗外的藍天，鬆開一顆西裝釦子。

合約擬得很快，沒幾天就下來了，柏揚專門拿給傅明予過目。

他看了沒什麼意見，柏揚便寄到飛行學院。

這塊硬骨頭可算是啃下來了，柏揚揉了揉肩膀，道：「唯女子與小人難養也，古人誠不我欺啊。」

這時，北航那位宴總來了電話。

『傅明予，你使了什麼歪招把我的人搶走了？』

「你的人？」傅明予起身，輕鬆一笑，「合約簽了嗎就你的人了？」

兩家公司在業內同屬龍頭，相互競爭又相輔相成，對雙方都各自有瞭解。

宴安在這事上用了十足的力，找人去談了職業規劃，並且用機師最在意的放機長條件做誘餌。

正因為想得太正派，萬萬沒料到傅明予直接用錢砸。

宴安氣得冷笑，『好，不跟你爭這個，反正現在人是你的了，你就跟我說說，靠什麼弄走的？』

傅明予：「靠人格魅力。」

『……』宴安連白眼都欠奉，直接掛了電話。

傅明予擱下手機，走到窗邊，眉頭舒展，連帶著看外面那綿綿不絕的陰雨都覺得舒服了。

突然想起什麼，又回頭問：「ACJ31 什麼時候過來？」

柏揚道：「空管那邊已經安排好了，第一架週六早上四點起飛，不出差錯的話六點十四分會準時降落在江城國際機場。」

傅明予點點頭，又問：「她呢？」

柏揚愣了一下才反應過來傅明予說的「她」是誰。

「飛行學院那邊說不浪費每次後排帶飛的機會，所以這次她會跟飛過來，不過週六人事處和後勤處都不上班，她會在週一辦理正式入職。」

傅明予轉身坐下，翻開面前的一份文件，突然又道：「這週六去淮城的飛機是幾點？」

這個柏揚就記不清楚了，他拿出手機看了一眼，說道：「早上七點。」

傅明予淡淡道：「嗯。」

週六，天剛濛濛亮，東方泛起魚肚白。

今天天氣不算好，雲浪在低處翻湧，遮擋了啟明星的光芒。

甚少有航班在這個時候起飛降落，這是機場一天中最清淨的時候。

候機廳的人卻不少，但出奇安靜，偶爾有輕輕的紙張翻閱聲音，大人們或看手機或打盹，幾個小孩子躺在父母的懷裡玩耍睡覺。

傅明予和柏揚以及兩個助理疾步走來，穿過長廊，走向登機口。

前方已經排起了長隊，頭等艙通道卻還空著，等著最後一位頭等艙客人登機。

傅明予抬手看了看手錶，腳步一頓，扭頭看向窗外。

航廈落地大玻璃窗使得停機坪的風光一覽無餘，就連地面的指示燈標志都一清二楚。

就在這時，天邊一架飛機破雲而出，機翼劈開空氣，磅礴而下，以八度傾角平穩著陸於跑道中心，一路風馳電掣。

即便航站大樓隔絕了轟隆隆的聲音，但航空人似乎有直覺一般，一組拉著飛行箱的空服員默契地停下匆匆的腳步駐足觀望，幾個靠窗坐的乘客也隨她們的目光好奇地回頭望去。

只見跑道上的飛機通身雪白為底，機身噴著一隻象形的金色鳳凰，翅膀隨機翼延展，鳳尾在機尾高高揚起，氣焰張揚。

傅明予再次看了手錶一眼。

六點十四，分毫不差。

他眼裡浮現淺淺笑意，竟就在這裡站到了飛機停穩在停機坪的時刻。

柏揚看著時間，說道：「傅總？」

傅明予側頭看他，揚了揚眉。

柏揚清了清嗓子，「嗯，時間還來得及。」

說話間，候機廳裡一個小孩子喊道：「爸爸！那是什麼飛機呀？好漂亮！」

孩子的父親還真的是個行家，抱著他走向窗邊，「這是我們國家自己的飛機，看到那隻金鳳凰沒？以後看到有這個的就是 ACJ31 機型，可厲害了，這麼低的雲都能自動降落，而且……」

父親的長篇大論沒有說完又被小孩子的喊聲打斷，「哇！機師下來了！」

誠如傅明予視線所及，飛機客梯車已經架起舷梯，世航派去的機長第一個走了出來。

窗邊視線更寬廣，傅明予慢慢走了過去。

柏揚和後面兩個助理面面相覷，不敢多說，也跟了上去。

畢竟誰不想多看看自家花大價錢買的飛機呢。

傅明予看著機艙口，機長已經踏下幾階，副駕駛緊緊跟了出來，這兩人傅明予都熟，當初是他親自敲定送去培訓的改裝機組人員。

而當第三個人走出來時，傅明予瞇了瞇眼睛。

停機坪的風很大，呼嘯而過，吹起她兩頰的頭髮，在她眼前飄揚，也把她的白色制服襯衫吹得鼓了起來。

她沒有急著下樓梯，而是摘下飛行帽，夾在臂間，立於原地，仰頭環視四周，視線最終定格在「江城國際機場」六個大字上。

「哇！那是個姐姐嗎？」小孩子又喊了起來，「她是空姐嗎？她怎麼穿著不一樣的衣服？」

孩子父親笑呵呵地把他放到自己肩膀上，讓他的視線更寬廣，「哈哈，那是機師，女機師。爸爸也是第一次見到女機師呢。」

小孩子的聲音引起了旁邊幾個乘客的注意，漸漸的也有人站到窗邊看那架造型特別的飛機。

像是有一股無形的吸引力在拉扯，傅明予不知不覺往前走了一步，距離玻璃只剩不到三十公分的距離。

他目不轉睛地看著她朝著航廈走來，身影越來越清晰。

她的黑色長褲被風吹得貼緊了雙腿，每一步都邁得乾淨俐落。

並肩的機長似乎在跟她說什麼，她側仰著頭，神采飛揚的笑意在四周蔓延，掩蓋了一旁副駕駛的存在。

突然，她抬頭看向航廈，直直地望過來。

明知道她只是在看航站大樓，但那空間交錯而來的視線對接的幻覺還是讓傅明予的呼吸收緊了一次。

「傅總？廣播已經在催促登機了。」

柏揚在一旁突然開口說道。

傅明予點點頭，轉身朝登機口走去。

幾步後，他又頓了頓，回頭看向停機坪，卻只見一輛機組車緩緩駛向遠方。

第三章　好友申請

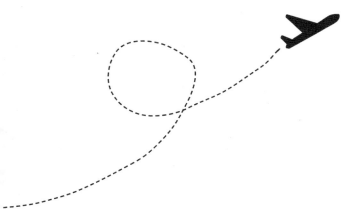

關於分配到江城基地的兩架 ACJ31 一時引起了恒世航空的熱議，雖然大家之前在宣傳片中見過圖片，但是真的親眼見到飛機的外形，還是深受震撼。

距離 ACJ31 首飛還有一週，不少國內航線空服員開始盯著內網後臺，看看哪些人是幸運兒，畢竟首飛的意義不同，肯定有媒體採訪報導，也說明得上司重視，才會把最放心的人安排過去進行首飛。

江子悅是眾座艙長中最淡定的，她前幾天去王樂康辦公室拿飛行任務書，彎腰的時候在他手邊的資料夾裡看到了自己的名字，便準備開開心心和岳機長去西班牙度假，回來後就參與這次萬眾矚目的首飛。

這也是她從國際航班轉到國內航班的一個小假期。

對此倪彤還很不理解，國際航班多好啊，假期長，薪水高，還能全球到處玩，不像她一直本場四段飛，感覺沒見過什麼世面。

可是人家現在和岳機長熱戀中，都要訂婚了，想回歸家庭也正常。

有了這樣的未婚夫，說不定過幾年她就辭職做全職太太了。

說起機長，倪彤突然傳訊息給江子悅。

『師父，妳知不知道今天 ACJ31 跟飛過來的機師是女的啊？』

倪彤都聽說的事情，江子悅怎麼會沒聽說。

『知道啊，怎麼了？』

師父這麼淡定，倪彤頓時覺得自己大驚小怪，看看人家多淡定。

『啊，沒什麼，就說說而已，妳旅途愉快啊。』

見江子悅沒什麼聊天的欲望，倪彤也只能作罷，繼續回到屋裡跟朋友們喝酒。

第二天清晨，太陽還沒出來，一陣纏纏綿綿的細雨就喚醒了這座城市。

回南天總是這樣，空氣裡總有散不掉的霧氣，洗的衣服也曬不乾。

幸好阮思嫻剛回江城，衣服還沒來得及收進櫃子，這個天氣穿的貼身衣物還整整齊齊的收在箱子裡，拿出來熨燙一下就可以穿。

而她新租的這個房子是去年剛交房的高檔公寓，防潮濕做得很好，牆壁上不見一點水氣。而且因為離機場近，挺多航空公司的高層管理和機長都在這裡有一間臨時居住的房子，那天和她一起把飛機開回來的機長就住在這裡。

天氣還冷，阮思嫻拿了件衣服出來，往頭上一套，腦袋鑽出來的時候，頭髮根根立起。

看見自己這個樣子，阮思嫻忍不住對鏡子翻了個白眼。

仔細一想，她對自己也真狠。

剛進入飛行學院時，每天的體能訓練變態到幾個男人都吃不消。

特別是進行到固定滾輪訓練時，把人放在一個鐵框裡一圈圈地轉，一次次加速，阮思嫻一開始也吐得天昏地暗，跌跌撞撞地回到宿舍不僅要漱口，還要洗乾淨吐在自己頭髮上的髒東西。

後來她發現，每天光是打理頭髮就要比其他男學員多花不少時間，於是她毅然地坐到了理髮店。

這一頭濃密柔順的長髮她養了十幾年，在她精心護理下，即便燙了捲髮也不打結不分岔，連理髮師都一遍又一遍地摸著這頭髮，不捨地問：「妹妹，真的要剪啊？」

阮思嫻點點頭，說剪。

然後聽到剪刀「喀嚓」一聲，阮思嫻閉上眼倒吸了口涼氣，眉心微微抖動。

幾剪刀下去，一縷縷長髮落地，頭上的重量越來越輕，阮思嫻的雙眼也閉得越來越緊。

等她睜開眼睛時，看見鏡子裡齊耳的頭髮差點沒暈過去。

就當自己現在也是個見識長的人了吧。

好在這幾年頭髮已經長到齊肩。

阮思嫻剛回憶完過往準備出門，手機突然滴滴兩聲。

她順手拿起來看，是柏揚傳來的訊息。

柏揚：『妳今天早上入職報到？』

柏揚：『今天早上機場高速公路特別塞，妳最好早點出門，或者繞路。』

兩人是在飛行學院簽合約的時候禮貌性加了好友，阮思嫻以為這個人大概跟他老闆同個德行，這輩子只會安安靜靜躺在她的列表裡，沒想到人還挺好，竟然主動來關心。

她正要打字，那邊又傳來了一則訊息。

柏揚：『妳住哪？要不然等一下我順路來接妳？』

阮思嫻想了想，問：『你一個人嗎？』

柏揚：『我在傅總車上，就在名臣公寓這邊。』

阮思嫻：『那我不順路。』

不順路就不順路，但是這個「那」就很靈性了，柏揚自動把阮思嫻的意思理解為她跟名臣公寓到世航的路線不順路。

「她不在名臣公寓的路線上。」柏揚轉頭對後座的傅明予說。

傅明予點了點頭，沒說什麼。

車緩緩停在社區出口，等車道閘門欄杆打開的時候，傅明予抬頭朝車窗外看去，目光突然一滯。

柏揚從後視鏡看到傅明予在注視著什麼，也好奇地隨著他的目光看過去。

那個挺拔地站在路邊花臺旁，撐著一把傘似乎在等車的女人，不是阮思嫻又是誰？

車內突然死一樣的沉默。

不是不順路嗎？

是不認識這明晃晃的「名臣公寓」四個大字嗎？

柏揚咳了一聲，打開 iPad 裡一份會議記錄，遞給傅明予，假裝無事發生。

「傅總，這是昨天的會議記錄。」

傅明予接過 iPad，翻了兩頁，突然說：「你去飛行學院的時候是不是得罪人了？」

柏揚立刻回想自己當時的一言一行，他覺得自己向來風度翩翩，又會說話，也從不跟人紅臉，長得還算小帥小帥的，怎麼會得罪人呢？

還沒回答，傅明予又道：「以後多注意自己的言行，別丟我的臉。」

柏揚：「……」

行吧，老闆說是他的問題，那肯定就是他的問題。

「知道了，以後會注意的。」

阮思嫻完全沒注意面前緩緩開走的Porsche Cayenne，她見雨已經停了，把傘收起來放進包裡，再抬頭時，一輛計程車緩緩靠邊停下。

阮思嫻看了車牌，確認是自己叫的那輛。

正要走過去，一個女人突然躥出來，搶在阮思嫻前面拉開了副駕駛座車門。

她動作大，驚得阮思嫻退了一步。

「司機，去恒世航空。」

阮思嫻被這一串操作驚得一愣一愣的，反應過來後立刻拽住即將被關上的門，「不好意思，這是我叫的車。」

女人低頭手忙腳亂地繫安全帶，根本沒看阮思嫻：「能不能先讓我走啊？我趕時間，開會馬上要遲到了！」

「不行。」阮思嫻一手拉著車門，一手撐著車頂，「麻煩妳下來。」

倪彤拽著安全帶，眼神焦灼，渾身不耐煩，想去拽車門，可是發現眼前這女人力氣居然這麼大，她完全拽不動。

倪彤急得沒辦法了，雙手合十作祈求狀，「麻煩您再等等行不行？幫幫忙行不行？我真的有個很重要的會議。」

今天凌晨有一架飛機出了安全事故，世航立刻傳訊息安排了安全講座，要求不在飛航班的飛行部、空服部全員到齊。

「不行。」阮思嫻橫在車門前，語氣不善，「我也有很重要的事情。」

阮思嫻其實不著急，如果這女的一開始好好跟她說，她肯定讓了。

但是一來就搶車，她打死不讓。

「求求妳了，姐，真的，幫我這一次吧，妳就當大發善心行不行？」

說完瞧見阮思嫻沒有鬆動的樣子，倪彤又放柔了聲音，去拽她的袖子，「姐姐，求求妳了，幫幫忙行不行，我昨晚跟幾個朋友聚餐，喝了點酒，早上睡過頭了。」

撒嬌的語氣沒能打動阮思嫻，倒是惹得司機一陣笑，「妹妹，我這是APP上叫的車，我也不能載妳啊，不然就違規了。」

倪彤：「……」

同時，阮思嫻朝她晃了晃手機，抿著嘴笑得好像她也沒辦法似的。

倪彤迅速朝後張望了一眼，沒見到有計程車來，卻又不得不解開安全帶。

她剛讓出位子，阮思嫻就坐了上去，猛地關上門。

就在那一剎那，倪彤聽見內車司機手機的語音自動播報：「接到尾號為六二三三的乘客，由名臣公寓前往恒世航空。」

「妳！」倪彤看著汽車揚長而去，吃了一嘴汽車廢氣，氣得跺腳，「什麼人啊！」

好在很快又來了一輛計程車，倪彤攔下，一路上讓司機踩油門，總算在規定時間之前趕到了。

只是她沒想到，又在恒世航空總部大樓電梯口見到剛剛那個女人。

阮思嫻也挺驚奇的。

她側頭看了站在旁邊跟她一起等電梯的女人一眼，還真是冤家路窄。

看來以後是同事了？

「巧啊，妳還是趕上了。」

倪彤沒想到自己沒開口，旁邊這個人倒是先開口了。

也是有意思，明明她自己就是來世航，在那麼著急的情況下也不願意帶一帶，非要讓她吃一嘴廢氣。

倪彤氣不打一處來，說出來的話也陰陽怪氣，「喲，巧啊，妳也來世航啊？」

阮思嫻笑著點頭：「嗯，我來人事處報到。」

倪彤一挑眉，毫不遮掩地打量著阮思嫻。

剛剛看她上車那副六親不認的架勢，不知道的還以為是總裁夫人呢。

電梯門開了，倪彤正要進去，卻又被阮思嫻搶先一步。

倪彤真是沒脾氣了，硬生生在門口氣笑。

「妳剛畢業？」

阮思嫻這次點了點頭。

倪彤輕笑一聲，抬腳走進去，「我就說。」

——也只有沒輕沒重的新人會這樣。

兩人站在電梯兩端，一個按了十二樓人事處，一個按了十四樓會議廳。

阮思嫻低頭看著手機，倪彤則抱臂看著她。

「帶飛了嗎？」

「還沒。」

倪彤是明知故問。

剛進來的空服員會經過一段帶飛時間，帶飛的前輩就是師父，以後不管職位怎麼變化，都有一個前後輩的關係在那。

更何況她還是座艙長。

「雖然在公寓那邊有點不愉快，但我這個人大度，有些事情不得不提點妳一下。」見阮思嫻不理她，她便走到她面前，與她面對面，「我們這一行也是講究資歷的，接下來妳要進入帶飛階段，眼睛放亮點，以後懂點事，知道禮讓尊卑，前輩就是前輩，別處處爭先恐後的，白白讓師父不高興。」

她伸手指了指電梯門，「電梯這種地方也就算了，回頭上機妳也要爭第一個，讓師父怎麼看妳？讓座艙長怎麼看妳？」

阮思嫻抬頭，與倪彤對視片刻。

倪彤心裡更不爽了。

看什麼看？

而不等倪彤發作，阮思嫻卻「噗嗤」一聲笑出來。

倪彤半晌才回過味來。

她這個笑，怎麼看都有一種看小孩子的感覺。

倪彤嘆了口氣，心想話不說明白，這人是聽不懂。

「以後少不了一起工作，正式認識一下吧。」倪彤伸出手，鄭重地說：「乘務四部座艙長，倪彤。」

阮思嫻沒動，目光從倪彤的臉掃至她的手，清清淡淡的，不帶什麼情緒。

隨後才緩緩抬手握住。

「飛行部第六隊 ACJ31 機師，阮思嫻。」

倪彤的手抖了一下。

她怔怔地看著阮思嫻，不敢相信阮思嫻說的話。

電梯「叮」一聲，到十二樓了。

阮思嫻抽出自己的手，朝外走去。

在電梯門關上之前，她又回頭道：「對了，如果妳以後跟飛我的航班，到崗前二十四小時內最好不要喝酒，我是絕對不能忍受空服員遲到的。」

直到電梯到了十四樓，倪彤終於回過神。

阮思嫻？

她默念好幾遍這個名字，終於在電梯門再次闔上的那一瞬間想了起來。

阮思嫻，就是那個讓她成為「低配版」的阮思嫻。

不過她怎麼可能回來？還是飛行部的機師？

這一恍神的功夫電梯就下到了九樓，倪彤反應過來的時候狂按樓層，可惜已經於事無補。

等她再次重回十四樓，安全講座已經開始。

果然還是遲到了。

倪彤心裡不爽，用力在門口的打卡器上刷了指紋，然後從後門悄悄溜進去，坐在後排角落的位子。

旁邊的同事小聲道：「妳怎麼遲到了？」

倪彤心裡煩躁，一邊從包裡抓手機，一邊說：「別提了，煩死了。」

找到江子悅的帳號，她立刻打字：『師父，阮思嫻回來了？』

訊息傳出去後，她才想起江子悅幾天前就去西班牙度假了，這時候應該剛起飛不久。

身邊的同事還在說話：「妳沒看見，剛剛王樂康看座艙長裡只有妳一個人缺席，臉都氣黑了。」

放下手機，倪彤轉頭問：「阮思嫻回來了？」

同事愣了下，「誰？」

這位同事明顯不知道這號人物。

「算了。」倪彤沒再理會。

她只是想，或許剛剛那人說的是「阮思賢」，也可能是「阮斯嫻」，甚至可能是「阮絲賢」。

反正也不是多特別的名字，萬一是同名同姓呢？

不然以江子悅的說法，發生了那種事情的阮思嫻，怎麼可能再回到恒世航空。

何況還是歸傅明予掌管的飛行部。

要是換成她，打死不可能再回世航了。

在倪彤浮想連篇的時候，阮思嫻已經在人事處辦理了入職手續。

HR錄入內網資訊的間隙，阮思嫻抬頭打量著這裡。

從她踏入世航的那一刻起，就發現變化不小。

一樓寬敞的大廳右側換上了ACJ31大型模型，像標誌一樣佇立在顯眼的地方。

前檯的接待由四人變成了六人，換了新的制服，不再是以前那種黑黢黢的西裝小外套。

人事處也從原來的六樓搬到了十二樓。

並且這一路走來，阮思嫻沒看到一個熟面孔。

不過她也沒遇到幾個人。

「我這邊好了。」HR印了兩張一大一小的單子給阮思嫻，「小的這張這是妳的內網帳戶以及工號，還有其他的登錄密碼都在裡面，然後這張是流程單，妳拿著去十六樓飛行部報到蓋章，那邊弄完後再去後勤部領取制服就可以了。」

阮思嫻道了謝，拿著東西走出辦公室才開始打量她的新工號。

其實到現在，她還能背出自己原來的工號，只是抬頭的字母變了而已。

世航以公司組織結構排工號首字母，以監事會為首，層層下達，乘務部的抬頭是「E」。

而如今她的工號抬頭變成了「D」，飛行部。

飛行部的分部HR是個年輕女生，幫阮思嫻蓋章的時候時不時悄悄打量她，嘴角有兩個淺淺的梨窩。

「我還是第一次見到女機師呢。」女生手上動作俐落，不停地簽名蓋章，但不影響她閒聊，「而且還是ACJ31機型，我聽說這一批好厲害，競爭特別大，我們公司招進來的有幾個放在別的公司都是首席機長預備役呢。」

她羞怯地瞟著阮思嫻，「妳還是最佳學員，好厲害啊。」

說完，又拿出手機，「我們加個好友吧，私人的，可以嗎？」

「可以啊。」阮思嫻拿出手機，卻正好發現有一通來電。

螢幕直接顯示號碼，可見不是熟人。

但是阮思嫻對數字敏感，這串號碼並不陌生，應該是近期聯絡過。

「我先接個電話？」

HR笑著點頭：「嗯嗯，妳接吧，我這裡還有很多東西要登入。」

阮思嫻拿著手機走出去，右轉就是一個玻璃長廊。

這個長廊連接飛行部國際會議室與行政部，寬七八公尺，日光透過一體的玻璃照射進來，透出冰冷的感覺，折射出一股科技感，顯得這裡更清淨了，並且有擴音效果，遠處的腳步聲都能在長廊裡迴盪半圈。

阮思嫻總覺得這裡的氣氛有點像某種地方，一時卻又想不起來。

「喂？請問哪位？」

『阮小姐，我是宴安。』

哦，宴安，北航的宴總，前段時間用這個號碼聯絡過她。

「宴總您好，找我有什麼事嗎？」

『也沒什麼事，我只是想問問，妳去世航報到了嗎？要是沒報到的話，妳要不要再考慮考慮？』

他說話的時候帶著幾分痞氣，介於吊兒郎當和調侃之間，和傅明予嚴肅冷漠的音調完全不一樣。

聽起來像是開玩笑，所以很容易讓人放鬆下來。

「不巧了，我現在正在世航人事處，已經錄入人事資料了，宴總，謝謝您的好意。」

『唉……』宴安重重地嘆了口氣，『那阮小姐，我真的好奇，我記得當時妳明明都要跟我們簽合約了，妳是為什麼最後又選擇了世航呢？』

為什麼？

阮思嫻簽合約的時候專門數了小數點，數了三遍。

現在的薪水光是交稅都快趕上她做空姐時的薪資了。

誰會跟錢過不去？

更何況其中有一半是走傅明予的帳戶。

想到他拿錢求著自己的樣子，阮思嫻覺得渾身的細胞都舒暢了呢。

雙倍的年薪，十倍的快樂。

但不能這麼跟人說，俗氣。

「這個……」

宴安緊接著又不著調地問：『傅明予到底對妳灌了什麼迷魂湯？是不是他靠美色誘惑妳了，嗯？』

反正人已經被搶走了，宴安不做無謂的掙扎，只是對這個女人本身有點意思，說話的時候不自覺帶上些調侃的味道。

阮思嫻是聽出了宴安的意思，笑著說：「宴總為什麼這麼說？」

電話那頭的人越發放鬆，撚著酸說：『不是嗎，傅明予這人平時就拿著那張臉招搖撞騙，沒少禍害小女生。』

可不是，他肯定每天早上起來照鏡子都覺得自己帥爆了。

阮思嫻腦海裡莫名出現了傅明予在鏡子前顧影自憐的樣子，忍不住想笑，「傅總嘛，畢竟一表人才、玉樹臨風、氣宇不凡……」

話說到一半，她看著LED螢幕倒映出浩浩蕩蕩一大隊人，而為首那個……

但阮思嫻腦迴路沒有斷，她嘴裡還在說。

「溫文爾雅、儀表堂堂……」

身後的人影站著不動了，十幾道目光刷刷射過來，其中一道最為灼烈。

阮思嫻聲音越來越小。

不。

這不是她想像的重逢畫面。

她本來只是想跟宴安一起諷刺一下傅明予，但是這下被人撞見了，說不定這人又要幻想她在表達愛慕之情了了。

現在急需一個急轉彎。

「風流倜儻、灑脫不羈——這些都跟他沒什麼關係。」

「……」

最後一句話，擲地有聲，突然轉折，打得駐足垂聽的人措手不及，一時間集體希望自己聾了。

他們迅速轉身，假裝什麼都沒有聽見，然後繼續朝前走，只不過腳步略顯僵硬罷了。

而玻璃長廊只剩下面對牆面的阮思嫻與背後面對她的傅明予，以及眼觀鼻鼻觀心的柏揚和四個助理。

冗長的玻璃長廊，似乎有一道道陰風吹過。

阮思嫻想起來了，她之前就覺得這裡陰冷得像停屍間。

電話裡，宴安笑得放肆。

『阮小姐，妳可真是說了大實話，我就喜歡妳這種眼光獨……』

阮思嫻耳邊的通話戛然而止，聽筒裡傳來機械女聲：『請稍等，對方通話中，請不要掛斷。』

同時，身後一道男聲響起。

「宴安，最近很閒？」

不用想也知道誰在說話，阮思嫻還沒回頭，先見到地上一道被拉長的影子。

粼粼日光下，他持著手機放在耳邊，逼上前一步，與阮思嫻並肩而立，視線卻沒有落在阮思嫻身上，直直看向窗外。

他的聲音裡沒什麼溫度，和這玻璃長廊有著微妙的契合感，「如果你沒事做，先考慮一下怎麼處理你剛分手的那個網紅在網路上罵你的事情，別沒事來騷擾我的人，更別想挖牆腳。」

說到這裡的時候才看了阮思嫻一眼，輕輕帶過，又收回目光，「麻煩遵守一下行業規則，否則我不介意截走你手裡的巴厘島旅遊合約，到時候你也可以看看你家老爺子會不會讓你提前幾十年入土為安。」

話畢，掛電話，傅明予轉身看向阮思嫻，整個動作一氣呵成，彷彿宴安隨著電話一起掛了一樣。

他的聲音柔和了許多，「阮小姐，初次見面，妳對我是不是有什麼誤解？」

若是換成別的女人，看著傅明予紳士的眼神，感受到他語氣明顯轉折中流淌出來的偏心，可能真的要當場淪陷。

而阮思嫻只想翻白眼。

什麼叫做初次見面？狗男人難道你忘了泰晤士河畔的阮思嫻了嗎？你忘了那個你等了一個晚上的女人了嗎？

看著阮思嫻一臉疑惑又不解的模樣，一旁憋了好大一口氣的柏揚終於有機會釋放了，他上前一步，道：「這位就是傅總。」

「呀！」阮思嫻故作驚慌地退了一步，「您聽到剛剛的話了？不好意思啊，我都是聽說的，不知道傅總本人是這麼的……」

「嗯。」傅明予猜到阮思嫻接下來又要重複那七個成語展示她的詞彙量，於是及時打斷她，「誰說的？」

阮思嫻頓了頓，「一位不願意透露姓名的朋友。」

——她姓阮。

看透了阮思嫻的做作虛偽，傅明予自動歸咎於宴安又在背後說他壞話，懶得計較。

正好柏揚提了下時間，傅明予抬腳就要走。

要走了？阮思嫻好氣啊，怎麼就把她忘了呢？那她打誰的臉啊？

她就是你曾經看不起現在花錢求來的泰晤士河畔女郎啊！

「傅總！」阮思嫻突然叫住他。

傅明予停下腳步，回頭道：「還有事？」

算了。

喊出來的那一刻阮思嫻就後悔了，感覺自己像個傻子一樣，不過她向來會急轉彎。

「剛剛對不起啊，我不該聽了風言風語就說您壞話，我應該先真實瞭解您的。」

——然後繼續說你壞話。

他的表情稍鬆了些，「沒關係。」

聽聽，多麼大氣，多麼紳士啊。

不知道的又要拜倒在他的西裝褲下了。

阮思嫻道：「那我先走了，還要去領制服。」

制服……傅明予腦海裡突然出現那張照片，阮思嫻穿著機師制服，筆挺的襯衫在腰間驟然收攏，不盈一握，曲線忽又婀娜伸開，下面黑色褲子修長俐落。

他點了點頭，轉身離去。

說到制服，阮思嫻沒想到恒世航空又貼心的改制度了，發了春夏冬各兩套，堆一起足足有一大包。

幸好機師們體能都很好，即便阮思嫻是女生拎起來也不費力，只是在一群來來往往的靚麗空姐中顯得不太好看罷了。

於是貼心的柏揚就在這個時候出現了，他笑著接過阮思嫻的袋子，「我來吧。」

兩人在飛行學院見過，阮思嫻對他挺有好感，覺得他作為傅明予的祕書一點也沒沾上那些臭毛病，於是也對他笑。

「謝謝啊。」

「不客氣。」柏揚引著她往外走，「傅總叫我來的，說制服多，女生拎著吃力。」

阮思嫻：「……傅總真好，我好感動。」

柏揚：「嗯，我會替妳轉達謝意的。」

阮思嫻：「……」

誰要你轉達了？

看來亂聯想的臭毛病他還是沾上了。

兩人一起出了電梯，柏揚把阮思嫻送上車才轉身回公司，這一幕恰好被開完會出來的倪彤撞見。

倪彤拿手機拍下來，傳給江子悅。

『妳看，就是她。』

遠在西班牙的江子悅放大照片看了看，下了定論。

『不是她，她怎麼可能跟副總的祕書關係這麼好。』

回到家裡，阮思嫻在鏡子前站了很久。

怎麼不記得她了呢？她這張臉很大眾嗎？不可能啊。

想了許久想不通，阮思嫻只能歸結於傅明予日理萬機，腦負荷太大，所以提前進入老年癡呆，對他要善良。

善良的阮思嫻決定去灑點汗，沒有什麼氣是運動解決不了的，如果不能，那就是運動量不夠。

阮思嫻新租的社區裡有個環境很好的健身房，算是物業給業主的福利，不對外開放，所以人也不多，她今天第一次去，器械區只有少數人。

看到乾淨的毛巾與礦泉水，還有非常本分不湊上來推銷的私人教練，阮思嫻覺得自己這錢花的值。

健身房裡很安靜，只有偶爾隔壁舞蹈室裡傳出的動感音樂聲。阮思嫻就著這音樂的節奏，一步步調高液壓油缸。

直到一道男聲打斷了阮思嫻。

「美女，加個好友唄。」

視線裡先出現一雙跑鞋，抬眼時，見一個大約二十七八歲的男人笑咪咪地看她，手裡也沒拿手機。

阮思嫻眼裡的拒絕之意再明顯不過了，男人卻笑了起來，伸手拍了拍臂力器。

「可以啊，果然是機師，這臂力真不是一般人能比的。」

阮思嫻挑眉。

你誰啊？

男人轉身，面向阮思嫻，伸出手：「宴安，宴席的宴，安全的安。」

宴安？

阮思嫻掃了他一眼。

雖然這人看起來吊兒郎當，但一般人也不敢頂著這名字出來招搖。

「宴總好。」她和宴安握手的同時，問道，「您怎麼認出我了？」

「我不是看過妳的照片嗎？妳剛進來的時候我就注意到了，還想哪裡有這麼巧的事情。」

宴安靠著臂力器，一副鬆散模樣。

他瞥了阮思嫻的手臂一眼，又道，「不過我看見妳玩這個就確定了。」

「這樣啊……」

有的人雖然衣著名貴，但天生自帶一股親和力，宴安顯然就是這樣的人。看起來不正經，但又絲毫沒有架子，阮思嫻不知不覺跟他聊了許多，得知他也住在這裡，今天剛從北航總部回來，難得休息，便來這裡運動運動。

但宴安沒說的是，他只是偶爾來這裡住一晚。

不過沒關係，從現在開始，他就常住這裡了。

說起北航，宴安又忍不住酸傅明予，「真是可惜啊，妳去了世航，要在傅明予那工作，他這人是個切開黑，平時看起來冰山似的不愛說話，一惹到他就讓人吃不了兜著走，妳可小心了。」

阮思嫻笑著說好。

宴安見她模樣輕鬆，自己更沒有拘束了，坐到旁邊的捲腹器上，又道：「妳之前是華飛的員工，對吧？怎麼想到當機師呢？」

阮思嫻點頭，「嗯，三年前入職的，剛好趕上自主招飛最後時限，就想試試看。」

「那還挺好，我知道華飛內部報名的人挺多的，但是選拔上的少之又少。」宴安摸了摸下巴，突然想起什麼，「哎喲，我們北航有個簽派員原本也是華飛那邊的，好像跟妳在飛行學院還是同期。」

「對，是司小珍，我們認識。之前一起去華飛，只是後來在飛院的考核沒過，轉行做了簽派員。」

「嗯，簽派員也不錯，地面機長嘛。」

聊到這裡，宴安發現自己好像耽誤阮思嫻不少時間，於是起身告辭，「那妳繼續，我還有點事，先走了啊。」

阮思嫻點點頭，起身往另一處器材走去。

宴安又回頭道：「對了，還是加個好友唄，做不成同事還可以做朋友嘛。」

兩人來來回回也算是聊過幾次天的人了，阮思嫻自然不會拒絕，跟他說自己的手機號碼可以搜到帳號，宴安便笑著走了。

但宴安在這跟阮思嫻聊了下天，直接導致他去遲了朋友那邊的局。

不過沒什麼關係，反正都是朋友們聚一聚，不是什麼大事，只是湊巧今天好幾個人都有空。

江城西郊的華納莊園頂樓包廂內只開了一盞吊頂的淡黃色燈籠，將室內冉冉升起的白煙吸附消散，特製的雕花屏風也有同樣的功能，以至於這間包廂裡的男人們大多都手裡夾著菸，卻沒有什麼嗆鼻的味道。

宴安推開門，首先映入眼簾的是一桌打牌的人，便開口道：「今天我感覺好，起一個人讓我上。」

牌桌上有人抬頭看他一眼，「來遲了還好意思，滾邊去。」

宴安吊兒郎當地笑著，往屏風後繞去找洗手間。

那處沙發還坐著幾個人，有男有女，但宴安一眼就看到坐在正中間的傅明予。

「喲，今天太陽打西邊出來了，傅總大忙人也來了？」

屏風後燈光較暗，傅明予嘴裡含了根菸，正俯身要去拿桌上的打火機，聞言動作停頓片刻，抬了下頷，了無意味地掃了宴安一眼。

這時，旁邊的女人機靈地按著打火機，上半身前傾，把跳躍的火光送到傅明予面前。

傅明予看了她一眼，目光和看宴安一樣，沒有任何情緒。

女人緊張地看著傅明予，手抖了一下，火光微閃。

他最終還是偏頭，輕輕一吸，菸頭亮起紅色火光，隨著他的吸入，漸漸擴散，越發明亮，照亮他整張臉。

也照亮了這個女人的眼睛，她的臉龐浮上盈盈笑意。

可下一秒，傅明予在吐出嫋嫋白煙的同時，將菸擱在菸灰缸旁。

那根菸就在那裡一點點熄滅。

宴安從洗手間出來，尋了個座位，正好在傅明予旁邊。

他看了傅明予身旁的女人一眼，「喲，傅總女朋友？」

傅明予背對著女人，朝宴安遞去一個眼神。

宴安半晌沒反應過來，打量那女人兩眼，才回味過來，傅明予大概是在說「你以為我的口味跟你一樣喜歡整容臉？」

這就侮辱人了，宴安覺得自己最近怎麼樣也算有長進的吧。

正好牌桌旁邊祝東的女朋友指了指宴安，「別胡說啊，那是我朋友，今天順便過來玩的。對了，介紹一下，她是夏伊伊，你知道吧？」

那位嫂子這麼一說，四周有人低聲笑。

誰不知道宴安最喜歡網紅，圈裡沒有人比他更瞭解網紅之間的二三事。

可是宴安沒有理別人的調侃，他在聽到「夏伊伊」三個字的瞬間伸長脖子看過去，毫不掩飾地打量，直到夏伊伊不好意思了宴安才反應過來自己失禮了，咳了兩聲以示尷尬。

知道是知道，可是跟照片上怎麼長得不一樣啊？

偏偏旁邊的傅明予看出他的震驚，竟難得地朝他笑了，然後起身去牌桌觀戰。

這樣宴安就跟夏伊伊坐在一起了。

這是什麼意思啊……

宴安和夏伊伊對視一眼，後者友好地笑了笑，目光卻很快又落到傅明予的背影上。

宴安朝著傅明予的背影冷笑一聲，也走了過去，站在傅明予旁邊，靠著祝東的肩膀。

「出四筒啊，你會不會打牌？不會就起來讓我打，傅總，你玩不玩啊？要不然我們兩個去打兩局撞球？」

傅明予點了根菸，永遠都是那副懶得理他的口氣，「沒興趣。」

「我看後面那位妹妹對你挺有興趣的。」

「是嗎？」傅明予應了一聲，看見夏伊伊和祝東的女朋友挽著手出去了，出門時還回頭看了他一眼。

傅明予只當沒看見這道眼波，等人出去了才說道，「我可不想和網紅的名字一起出現在娛樂新聞上，分手後又被粉絲扒出家底罵個底朝天然後被家裡老爺子沒收車鑰匙。」

牌桌上一片哄笑。

宴安被傅明予嘲諷慣了，又一次冷笑，也不理他，彎腰勾住祝東的脖子，說道：「對了，我最近認識一位女機師，我告訴你們那可絕了，比女明星還漂亮，居然是個機師你們敢相信？」

傅明予眸色微閃，食指微屈，彈落一截菸灰。

一聽到「比女明星還漂亮」的機師，牌桌上幾個男人的注意力哪裡還能在那硬邦邦的麻將上。

「真的假的？來張照片看看唄。」

宴安摸出手機，眼裡盡是得意之色，「好啊，我翻翻動態，真的，不是我誇張，我要是能找個女機師做老婆，我家老爺子睡著了都要笑醒，要去祠堂裡跪著謝祖先保佑。」

祝東理著牌，瞥了宴安一眼，「可以啊，動作快啊，昨天還差點被你前女友罵上熱搜，今天就拿到女機師的好友了，可是人家是能上天的女人，看得上你嗎？」

宴安揚眉，手指迅速滑動。

「那可不一定，哦對了，傅總真的厲害，硬生生把這人從我們北航搶走了。」說話間，他扭頭看傅明予，「傅總，你搶了我的人，總不能還阻止自由戀愛吧？」

宴安這人就是嘴賤，明知道自己只會得到一抹傅氏冷笑，卻還是這麼說了。

「這還真說不定。」

宴安只當沒聽見傅明予的話，繼續翻手機：「喲，社群動態沒有自拍照啊，嘖，真美女就是這樣，平時都不拍照的。」

幾個人笑著噓他，反正知道他的德性了，平時哪個女朋友不是這麼說的。

唯有傅明予不動聲色地把視線落在宴安手機螢幕上。

他退出聊天軟體，在信箱裡翻了許久，終於找到助理傳給他的簡歷，然後下載第一封，下滑到中間，打開圖片，手機遞到牌桌中間。

「看看，看看，別說我唬你們。」

幾道視線同時定格在手機上，包廂內一瞬間安靜下來，男人們的荷爾蒙被香菸薰得明顯了幾分。

就在這分秒的驚豔中，祝東先發制人，奪過手機，看了兩眼還不夠，兩根手指正要放大照片，他女朋友就和夏伊伊一起走了進來。

人還沒出聲，祝東便求生欲極強地丟開手機，吆喝道：「你們出牌啊，還玩不玩啊？」

宴安翻了個白眼，正要拿回自己手機，又被對面的人抓了過去，並跟傅明予挑挑眉，「你不來看看啊？」

傅明予單手插著口袋，並未理會，轉身朝沙發走去。

那人笑呵呵地低頭放大圖片，看了許久，「嘖嘖」嘆道：「這氣質絕了，穿制服也這麼好看……對了，我們在場誰是制服控啊？祝東，你不仔細瞧瞧？我記得你是制服控啊。」

有女朋友在場，祝東一記眼刀飛過去：「別胡說啊，我什麼時候是制服控了？」

回頭又把目光遞到傅明予那邊，一群人隨著看過去，四周是刻意壓低的笑聲。

視線中心的傅明予沉著雙眼，彎腰按滅了菸頭。

當晚，阮思嫻敷著面膜躺在床上，收到了一則好友添加請求。

沒有注明來意，阮思嫻只能憑頭貼和名字去猜測這個人是誰。

可是誰叫女人有天生的第六感呢，阮思嫻只看了一下，就知道是誰了。

阮思嫻嘆了口氣，萬年不冒泡的動態終於有了新內容。

『好友申請系統怎麼不加一個「拒絕」選項呢？真是太可惜了，不能讓對面直接看到「拒絕」兩個字。要是再加一個「永遠不接受此人申請」就更好了。』

正好在滑動態的柏揚第一個回覆。

柏揚：『可能是保護對方自尊心吧，這種人不要理他（呲牙）。』

阮思嫻點點頭，回覆：『你說的有道理「點讚」，看來是我沒你想得周到，聊天軟體太人性化了。』

柏揚看到這則留言，沒憋住笑，八卦心被勾起，想繼續聊下去，連一旁傅明予跟他說話都沒注意到。

直到身側的目光涼涼地看過來，柏揚才感知到不對勁，訕訕地說：「傅總，您剛才說什麼？」

汽車正在高速行駛，窗外霓虹明明暗暗，傅明予眉梢微吊，已經極不耐煩。

只能說幸好他確實沒說什麼重要的事，而柏揚這樣走神的模樣也是極少見。

「你在笑什麼？」

柏揚摸了摸鼻子，低聲道：「沒什麼，看那個女機師的動態呢，挺有個性的。」

本以為傅明予只是隨口一問，柏揚也就隨口一說，沒想到他又問：「怎麼了？」

柏揚便把手機遞過去給傅明予看了一眼。

只是看了那麼一眼。

傅明予的臉色就以肉眼可見的速度黑了。

「好笑嗎？」

第四章　野狗

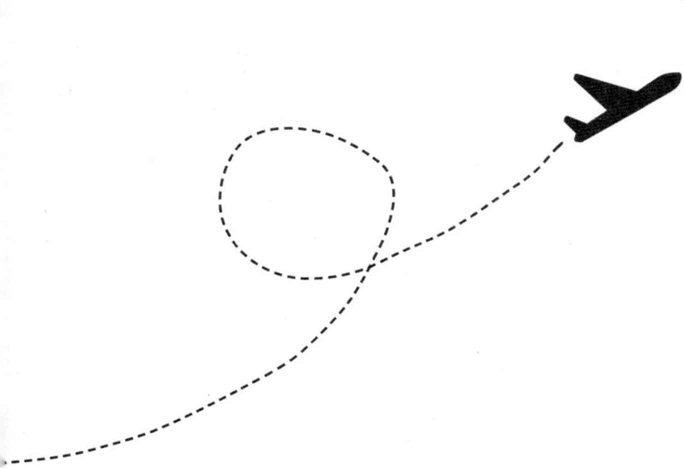

「什麼？他還來加妳好友？」

第二天，夜裡十點的酒吧，卞璿搖著酒水混合器，笑得眼睛瞇成了兩道月牙。

阮思嫻挑挑眉，「對啊，我沒通過，還在動態上罵了他。」

司小珍把一盞桌號燈抱在胸前，迷迷糊糊地看著阮思嫻：「這麼說，他真的不記得妳了？」

阮思嫻輕輕地哼了聲，抓了一把爆米花一個個往嘴巴裡塞。

「不記得才是正常的吧，空姐們各個都是一樣的制服一樣的髮型，甚至連笑容都是統一標準露八顆齒，誰分得清啊，而且每天有那麼多空姐在他面前晃，他哪裡來那麼多閒工夫。」卞璿調好一杯酒，往阮思嫻面前一放，托著腮問道，「不過知道他也住名臣公寓了妳還不重新找房子嗎？」

阮思嫻像是聽見什麼天方夜譚似的睜大了眼睛，「我為什麼要搬？我都去世航工作了，矯不矯情啊？而且他應該不常住，離機場近，忙的時候歇個腳而已，我怕他幹什麼？」

「行行行。」卞璿指指面前的酒杯，指使阮思嫻，「送到三號桌去。」

阮思嫻拍了拍手，拿托盤端著酒杯往酒吧大廳最邊緣的桌子走去。

年初卞璿辭了職，拿著這幾年的積蓄回了江城，實現她的夢想開了家小酒吧，過上了沒事自己舉辦 party 的夢想。

只是酒吧生意不太好，勉強保持收支平衡，還沒有盈利，所以連服務生都沒請，遇上生意好的時候就把朋友抓來幫忙，阮思嫻回來這幾天已經被抓來好幾次了。

最忙的時段集中在十點到十一點，等卞瓗抓來的其他壯丁到場，阮思嫻和司小珍便功成身退。

不過這個時候說早也不早了，司小珍想到明天上晚班，便順勢要去阮思嫻新家睡一晚，看看她月租三萬的公寓長什麼樣子。

司小珍興奮地拉著阮思嫻出去，還要展示一下她的車技。

看到司小珍車上貼著四個實習貼紙，阮思嫻突然萌生了退意。

「要不然我們還是叫車吧？」

司小珍拽著阮思嫻上車，遞過去一個別廢話的眼神，「我雖然開不了飛機，但是開車還是沒問題的，妳放心，筆試路考都是一次過的。」

話是這麼說，可是阮思嫻一路上還是抓緊了安全帶，繃直了後背，眼觀六路耳聽八方，總算平穩的到了地下停車場。

「那邊，左轉。」這社區車位少，大部分都是私人車位，兩人轉了兩圈才被阮思嫻看到一個空位，「妳慢點，車位不大，這邊很多豪車，妳別刮著蹭著了。」

正說著，一輛黑色轎車正對開過來，司小珍頭髮都要豎起來了，「又來一個搶車位的！煩死了！」

她盯緊那個車位，一腳油門踩過去，阮思嫻還沒反應過來，她就猛打方向盤，頭朝著車位轉了進去，速度快到阮思嫻連位置都沒看清，就感覺到車身傳來一陣怪異的摩擦感。

「妳是不是擦到旁邊的車了？」

反正車位已經搶到了，司小珍踩了刹車，這才反應過來自己做了什麼。

「不、不是吧？」

阮思嫻立刻搖下車窗，探出頭去看，司小珍的車尾正正好擠著人家旁邊的車頭過來的，整個車子就斜放在車尾上。

「真的擦到了！」

司小珍一緊張，思緒凌亂，竟然又往前開了點。

阮思嫻感覺到車身之間的摩擦感，轉頭喝道：「妳別動了！」

司小珍立刻舉起雙手不敢再碰方向盤，心臟撲通撲通跳，「妳快看看我撞了什麼車。」

阮思嫻白了她一眼，重新探頭出去看。

這一眼，阮思嫻差點暈過去。

雖然她不認識那個輪胎上的標誌，但她有基本常識，光看那車子的形狀，封閉車身、流線型後背、雙門雙座、騷到不行的磨砂深藍——完了。

她幽幽地看向司小珍，「妳做好心理準備了嗎？」

「什麼？」

「我看是一輛可以買妳家房子十次的跑車。」

司小珍兩眼一翻，頭皮發麻，立刻下車，擠到後面，看見跑車身上一大片擦痕和自己車身的凹處，差點當場昏迷。

「我、我可以逃逸嗎？」

「妳怎麼不說妳可不可以直接自殺？」

阮思嫻白她一眼，雙手插腰，四處看了看。

這時，剛剛那輛要和司小珍搶車位的黑色轎車悠哉地開過去，還搖下車窗幸災樂禍地笑出了聲。

阮思嫻瞪他一眼，那司機也不生氣，踩了剎車，說道：「美女，知道這是什麼車嗎？Bugatti Chiron110週年限量版，整個江城只有這一輛。」

這次司小珍是真的要昏迷了，她扶著車門，雙腿打顫，「完了，我完了。」

「先別慌，妳打電話給保險公司。」阮思嫻皺緊眉頭，原地踱了幾步，「要怎麼聯絡車主呢……」

她看了司小珍一眼，見她撥打電話的手都在發抖，也不指望她了。

整個江城只有一輛的豪跑……

阮思嫻突然想起一個人，說不定他還真的知道。

她走到一旁，拍了車身連帶車牌傳給宴安。

『宴總，我朋友的車在我家停車場出了點小狀況，請問你知道這輛車的主人是誰嗎？』

傳出去的瞬間，阮思嫻僥倖地想，說不定這輛車就是宴安的。

就目前的接觸來說，他是個好說話的人，說不定事情還好解決。

沒幾分鐘，宴安直接打了個電話過來，竟然也有一股幸災樂禍的味道。

『妳們撞到這車了？』

聽到這句話，阮思嫻就知道自己多想了，這不是宴安的車。

「嗯，我朋友搶車位的時候不小心出了點問題。」

阮思嫻聽見宴安笑了聲，那語氣怎麼聽怎麼奇怪。

『我還真的知道這車是誰的，當初想搶沒搶到。』頓了頓，他又說：『妳朋友運氣真好。』

阮思嫻突然有一種不詳的預感，背後涼颼颼的。

「那宴總，您能幫忙聯絡一下車主嗎？」

宴安又笑了聲才緩緩說道：『好啊，他應該還沒睡，我打個電話給他。』

「謝謝。」掛了電話，阮思嫻轉身看著司小珍，感覺眼前這個人已經半涼了，「保險公司怎麼說？」

司小珍哆哆嗦嗦地掛了電話，嗓子都啞了，「他們說馬上過來，不、不過，說我車子挪位了，沒辦法全賠，可能只賠百分之七十。」

好，眼前這個人涼透了。

「妳、妳那邊呢？」

現在焦急還有什麼用呢，阮思嫻又看了那輛 Bugatti 的刮痕一眼，嘆氣道：「車主馬上就下來了。」

司小珍急紅了眼，抓著阮思嫻的手，「怎麼辦啊？」

阮思嫻拍拍她的肩膀，「沒事，只是擦掉漆了，應該還不至於讓妳傾家蕩產，等車主來了再說吧。」

兩人在停車場惴惴不安地站了五分鐘，終於在遠處聽到了腳步聲。

司小珍好不容易稍微平靜一點的心情又崩潰了，「來了來了！」

隨著那人疾步走近，司小珍捏緊了阮思嫻的手，差點沒把她的手指捏斷。

「妳鎮定一點，等一下人家看妳這樣……」阮思嫻抬頭看過去，瞧清了那人的模樣，嘴裡的話戛然而止。

「我他媽……」

不明所以的司小珍揉了揉眼睛，看見那人穿著白襯衫西裝褲，身型很好看，只是遠遠的她感覺到那人渾身氣質過於駭人，還沒說話，她就覺得自己可以原地安葬了。

「阮阮，怎麼辦啊？」

「妳閉嘴。」

話音落，傅明予正好看過來，視線落在阮思嫻臉上，腳步頓了下。

隨後反而更快地走過來。

別過來別過來……

阮思嫻心想自己是倒了什麼血黴，全江城只有一輛的跑車被她們撞上全世界只有一個的傅明予又被她惹上。

「車是妳們撞的？」

顏狗司小珍在這種情況下還是被眼前人的顏值震了一下，「您好、我……我不是故意的……我……」

傅明予轉身去看車的狀況，隨意掃了一眼，最後目光還是落在阮思嫻身上。

剛剛那股渾身不耐煩的的氣息消失，此時反而好像不是自己的車被撞一樣，嘴角噙著一絲笑，「還挺巧。」

又來了又來了，他又開始了！

還巧呢，巧就巧在巧他媽個巧啊……

「不巧。」阮思嫻悶悶地說，「誰撞車會挑著車撞，挑著車撞也不挑你的。」

傅明予退了兩步，又去看司小珍的車，「還貼了四個實習貼紙。」

司小珍又窘又害怕，整張臉像被燒了似的，「我……我會賠的……我……」

「沒事。」傅明予說，「不用妳們賠。」

「……」

不光司小珍，連阮思嫻都不敢相信這是傅明予說出來的話。

Hello？你是傅明予嗎？怕不是被附身了吧？

「打電話給保險公司了嗎？」傅明予又問。

司小珍瘋狂搖頭，愣了一下，又瘋狂點頭，「打、打了，真……真的不用我賠嗎？」

傅明予伸手摸了一下自己車上的刮痕，看了手指一眼，說道：「不嚴重，要妳賠也賠不起。」

司小珍的臉更紅了，傅明予這麼說，她的罪惡感更重。

而一旁瘋狂翻白眼的阮思嫻冷不防被 cue 了下，「阮小姐年薪高，倒是有可能賠得起。」

關我什麼事？又不是我撞的？

完全糊塗了的司小珍看了傅明予一眼，又看了阮思嫻一眼，「你們認識？」

阮思嫻沒說話，傅明予似乎是在想什麼，目光在阮思嫻身上淡淡掃過，隨後說道：「沒什麼事的話，我先走了。」

這就走了嗎？

阮思嫻和司小珍震驚地看著傅明予轉身離去，半晌沒回過神。

「有錢人都這麼好說話嗎？」司小珍怔怔地說，「原來小說裡寫的是真實存在的。」

阮思嫻還是覺得哪裡不對勁，看著傅明予的背影直到他進了電梯間。

「阮阮，妳跟他認識啊？」

阮思嫻目光涼涼地瞥過來，「認識啊，我還幫妳送信給他過呢。」

「……」

此後，在等保險公司的人過來的一個小時，司小珍一直處於人格分裂狀態。

一下子說：「我覺得他人挺好的啊，和和氣氣的，把車刮成這樣他都沒生氣。」

一下子又說：「不對，這不對啊，他這種人怎麼會輕易放過我呢？難道不該認為我故意擦了他的車引起他的注意嗎？」

兩種說法來回切換，阮思嫻終於不勝其煩，「閉嘴！」

司小珍乖乖縮到一旁。

阮思嫻的心情好不容易好了點，結果保險公司的人一來，又說要對方車主過來確認。

「怎麼還要他來？他都說了不用賠了。」

保險公司的人大半夜被call過來，態度也不是很好，「這是規定，沒有對方的簽名，我們也交不了差。」

司小珍可憐兮兮地看著阮思嫻。

OK，算我攤上了。

阮思嫻轉身傳訊息給宴安，等了十分鐘對方沒回覆，多半是睡著了。

她又去找柏揚，傳了訊息，幾分鐘沒人回，一看動態，發現一個小時前他分享了一首歌，配詞「晚安」。

好吧。

阮思嫻回頭瞅見司小珍那要命的眼神，深吸一口氣，點進好友申請頁面，通過了那則申請。

『傅總這邊保險人員還需要您確認沒睡的話麻煩您下來一趟吧』。

阮思嫻連標點符號都不想打，而傅明予幾乎是秒回。

『原來妳知道是我。』

哇，這個人真的……

阮思嫻面無表情地把上面那句話複製了兩遍。

『傅總這邊保險人員還需要您確認沒睡的話麻煩您下來一趟吧』。

『傅總這邊保險人員還需要您確認沒睡的話麻煩您下來一趟吧』。

『好，這就來，別著急。』

誰著急了啊！

五分鐘後，傅明予再次出現在停車場，而阮思嫻已經坐到司小珍的副駕駛上，緊緊關著車門。

保險人員見到車主，態度明顯好了很多，而人格分裂的司小珍扭扭捏捏的在一旁簽名，唯唯諾諾地點頭，時不時偷偷瞄傅明予一眼。

阮思嫻懶得管他們，拿出手機滑。

沒多久，車門突然被打開，一股淡淡的冷杉香味隨著車空氣的湧動竄入阮思嫻鼻中。

她抬頭詫異地看著傅明予：「你上來幹什麼？」

傅明予關上車門，按開啟動鍵，側頭看了阮思嫻一眼，「保險公司要把車開走，我幫她把車倒出去。」

「他們沒有手嗎？」

「因為車靠得太近，他們不敢。」

「……」

好，你有 Bugatti 你厲害。

阮思嫻立刻要開門，「那你先讓我下去。」

話音一落，車內「哢噠」一聲，四個車門全被他鎖了。

「你幹什麼？」

傅明予左手搭在方向盤上，右手撐在車座上，雖然沒有靠近的意思，但籠罩的氣勢卻讓阮思嫻無處可躲。

他毫不掩飾地探究意味眼神在阮思嫻臉上流連一圈，「阮小姐，妳是不是對我有什麼意見？」

狹小的空間裡幾乎全都是他的氣息，在這昏暗的地下停車場裡，連聲音也更加沉啞了幾分。

阮思嫻往車門縮了縮，「沒有啊，我怎麼敢對傅總有意見。」

「是嗎？妳昨晚那則動態是不是罵我？」

那你還挺有自知之明。

「哪則啊？」

傅明予沒說話，眼皮一掀，意思是別跟我裝。

「哦，你說那個啊，每天加我的男人很多，我也很煩啊。」

反正我就是不否認。

阮思嫻也不知道傅明予有沒有相信，反正他還是沒說話，只是深深地看了阮思嫻一眼，眼神喜怒難辨。

目光對視，誰也不避讓。

車內一股奇怪的氣氛正在蔓延時，傅明予左手突然一打方向盤，就這麼看也不看就把車倒了出去，而視線始終在阮思嫻身上。

我靠。

阮思嫻整個人愣了一下。

突然耍帥你有病啊？

回到家裡，司小珍去洗澡，阮思嫻換了衣服躺在沙發上，還是覺得哪裡都不對勁。

撞車的是司小珍，最後加了好友的卻是她，掰扯半天的也是她。

怎麼感覺自己被套路了呢。

她越想越氣不過，拿起手機發了則動態。

『這破社區裡有野狗，害怕（大哭）（大哭）（大哭）。』

傅明予向來沒有翻動態的習慣，手機於他而言只是個通訊工具而不是社交工具。

但今天晚上，他躺在床上，本已經準備睡了，突然興致一來，點進好友動態。

第一則就是阮思嫻的。

沒什麼營養的內容，傅明予順勢滑了過去。

兩三秒後，他手指頓住，把頁面重新拉下來。

野狗？

這公寓的物業是國內最好的，根本不可能出現野狗躥進來這件事。

他怎麼看，都覺得阮思嫻在偷偷罵他。

人有時候給了自己暗示，就會特別容易陷進去。傅明予心裡忽然一頓燥熱，一股上不上下不下的氣懸在胸口。

走到窗邊拉開窗簾，外面竟下起了小雨。

傅明予轉身拿起手機，打了個電話給助理。

「明天早上把我這一年的行程記錄全部調出來。」頓了頓，又說：「兩年。」

動態發出去，點讚留言都很多，還有人來關心阮思嫻是不是住的環境不太好。

這時候阮思嫻有點尷尬，早知道只發給傅明予一個人看就行了，現在搞得她還要回應朋友的關心。

而傅明予呢，好像心情不錯，還留言：『是嗎？改天妳指給我看看。』

司小珍洗完澡出來了，換阮思嫻去洗，放下手機前，阮思嫻回了：『好呀（害羞）。』

還指給你看，指鏡子你去看嗎？

洗完澡出來，又看到傅明予回了：『那明天早上？』

我靠，這狗男人是在約我？

阮思嫻沒再回覆，像丟燙手山芋一樣丟開手機，直接跳上床鑽進被窩。

司小珍仗著明天白天不上班，硬撐著不想睡。

「阮阮，我到現在還心有餘悸，我真的太沒用了，遇到事情就慌張，不像妳總是很冷靜，我們要是平均一下就好了。」

說完沒人回應，撐著頭過去一看，阮思嫻呼吸勻長，已經睡著了。

司小珍幫阮思嫻掖了掖被子，靠著她的肩頭入眠。

這一晚阮思嫻睡得很不安穩。

零零散散做了些夢，後來不知怎麼夢到了一隻狗，倒也不是惡犬，是毛髮修剪得整整齊齊的貴賓犬，但朝著她一叫，她就嚇軟了腿。

嚇人就算了，牽著這隻狗的主人還正是傅明予。

阮思嫻是真的怕狗。

小時候去鄉下玩，田園犬都是放養，雖然大多都很乖，但總有那麼一隻狂躁的，追著她跑了半條街，最後她嚇得摔在地上，那狗上來咬她褲管，阮思嫻鼻涕眼淚糊了一臉，另一隻腳踹過去，狗也被激怒了，毫不客氣地給了一口。

還好有鄉親及時趕到把狗抓走，阮思嫻被爸媽送到醫院挨了一針，本來就害怕狗的她從此更是有了陰影。

但凡有狗靠近，她頭皮立刻發麻，連呼吸節奏都要亂。

被這隻狗驚醒時，天剛亮。

阮思嫻在床頭靠了一下，身旁的司小珍還在輕微地打鼾，她慢慢下床，輕手輕腳地走出去，下樓跑了一個小時，回來洗了澡，再換身衣服，隨便吃點東西，拿起包出門。

這幾天她不忙，一直在家裡參加線上入職培訓，今天是週末，卻要去一趟世航，為了明天的ACJ31首飛航班提前見機組。

走到電梯間的時候，她特地看了眼時間。

八點整，這社區不是普通上班族負擔得起的，所以這個時候應該沒什麼人。

然而電梯一開，她立刻否認自己剛剛的想法。

她覺得自己起得夠早了，沒想到傅明予更早，這時已經人模狗樣地站在電梯裡了。

雖然昨天晚上她知道傅明予和她住在同一棟時，她已經料想到早晚會在電梯相遇，只是沒想到這一天來得這麼快。

傅予明原本低頭整理袖口，抬眼見阮思嫻，似乎一點也不驚訝，伸手擋住電梯門，擺擺頭，示意她進來。

阮思嫻現在一看到他就想起那隻夢裡的貴賓犬，心悸未消，進去後自動站在另一邊，彷彿隔了十萬八千里一樣。

「早啊，傅總。」

傅明予正要應聲，又聽她說：「起這麼早看狗呢？」

話說完，阮思嫻發現傅明予正看著她，那雙深邃的眼睛裡蕩漾著莫名的笑意。

「……」

阮思嫻恨不得給自己一巴掌，尋思著一定是晚上那個夢的後勁太強才導致她說話把自己繞進去了。

她鼻子裡哼哼了聲，戴上耳機，不再看傅明予。

音樂聲剛響起，一側的耳機就被人摘掉。

阮思嫻扭頭，「你幹什麼？」

「我們聊聊。」耳機掛在傅明予指尖，白色細線連住另一端的阮思嫻，漫不經心地晃，傅明予抬眼，朝前一步，與阮思嫻只有一臂之距，「我覺得妳對我總有一股敵意，是我的錯覺嗎？」

他看著阮思嫻，注意著她每一分表情變化。

眼前的人依然素面朝天，頭髮綁在腦後只有短短的馬尾，眼睛狹長，臉上隱隱有笑意的時候眼尾上翹。

「啊，我仇富。」

「……」

正因為她臉上有幾分笑意，讓人分辨不清她說的是真話還是開玩笑。

或許是開玩笑的意思多一點吧。

但不管怎樣，傅明予都沒有再繼續交流下去的欲望。

耳機被人放下，垂在胸前搖晃。

瞧見傅明予精彩的臉色，阮思嫻低頭抿著唇笑，但這笑意還沒維持兩秒，就被眼前的場景打斷。

電梯停在八樓，一個老太太牽著一隻拉布拉多走了進來。

一隻肉白色的拉布拉多……吐著舌頭……哈著氣……撲騰撲騰的……

不行了，阮思嫻感覺自己不能呼吸了，她臉色刷白，退到了電梯角落，緊緊抓著自己的衣擺。

雖然主人拉著繩子，但那隻狗過分活躍，一直試圖往阮思嫻身上撲，每每要撲到時又被主人拉住。

可是即便這樣，阮思嫻也渾身僵硬到動彈不得，額頭上很快冒出了細汗。

電梯裡每一秒都被拉得無限長。

阮思嫻咬緊了牙齒，感覺自己後背都涼了的時候，傅明予突然一步跨到她面前。

他雙手插在口袋裡，抬頭看著電梯門上的倒影，神色平靜，似乎只是不帶目的地挪了一個位置。

眼前的景象突然被嚴嚴實實擋住，鼻尖還聞到了那股有點淡的冷杉香味。

阮思嫻的身體慢慢放鬆了下來，緩緩抬眼。

她發現傅明予真的很高，比一百七十公分的她足足高大半個頭，肩膀也很寬，把西裝撐得很完美。

傅明予站在前面，那隻狗輕而易舉就撲到他的腿。

黑色的褲子上留下兩個爪印。

他是從上到下都透露著矜貴的人，這兩個爪印尤其突兀，狗主人心裡也打鼓，扯著狗拽到自己面前，收緊了繩子。

半分鐘後，電梯到了一樓，狗主人匆匆說了句「不好意思」就牽著狗出去了。

傅明予倒是沒什麼反應，回頭看了阮思嫻一眼，「去世航？」

空氣裡終於沒有狗的味道，阮思嫻長舒一口氣，點點頭。

傅明予兩步走出去，阮思嫻跟在他後面。

「妳真的很怕狗？」

「嗯。」阮思嫻低聲道，「小時候被咬過。」

傅明予放慢腳步，勾了勾唇角。

阮思嫻沒看到他的笑，注意力全在他的褲子上。

她頓了下，從包裡拿出一張紙巾，遞給傅明予。

傅明予接過紙巾，彎腰擦了擦褲子，起身的時候問：「順便送妳？」

大廳一股溫柔的穿堂風在兩人之間吹過，驟雨初歇，空氣還濕漉漉的，這股風夾雜著草地的清新味道。

阮思嫻點點頭，「那謝謝啦。」

柏揚沿著綠化草坪低著頭踩來踩去，好像在找什麼。

公寓很安靜，偶爾有老人出來散步，這個時間沒有什麼通勤的年輕人，倒是有不少出來晨跑的人。

柏揚扭頭看見傅明予和阮思嫻走近，眼裡雖有詫異，卻也立刻走出來恭恭敬敬地站好。

「你在幹什麼？」傅明予問。

「哦，找狗啊。」柏．傻白甜．揚說道，「昨晚阮小姐不是說這裡有野狗嗎？剛剛我確實看見一個黑影躥進草叢，想看看是不是真的有野狗，如果這樣，那要跟物業提一下了。」

傅明予的臉色微妙的一沉，而阮思嫻抬著頭看風景。

柏揚又轉頭去看阮思嫻：「阮小姐，妳昨晚在哪看到野狗啊？髒不髒啊？」

阮思嫻面不改色心不跳，指了指前面，「那邊，可能已經被抓走了吧。」

傅明予瞥她一眼，沉聲道：「上車。」

司機早已把車停在一旁候著。

車內的氣氛依然很微妙。

傅明予和阮思嫻分坐後排兩端，誰都沒有說話，而柏揚自然也感覺到這股奇怪的氣氛，什麼都不敢問。

直到他翻看iPad，想起一件事。

「對了傅總，昨天下午秦先生派人送了請帖到辦公室，下個月七號婚禮，您去參加嗎？」

「秦先生？」

「正西鋼鐵董事長的兒子，秦嘉慕。」

傅明予閉著眼睛想了想，「就是那年被我們公司一個空服員潑了咖啡那個？」

「嗯。」柏揚點頭道，「他們要結婚了。」

那個人啊，阮思嫻也想起來了，她之前還和那個空服員搭過幾次班，溫柔可愛的一個女孩，笑起來臉上有兩個梨窩，印象很深。

居然要結婚了啊……她今年應該才二十六歲吧。

阮思嫻正在回憶的時候，身旁的傅明予突然道：「好手段。」

阮思嫻側頭看過去，他還是閉著眼，嘴角一抹若有似無的嘲意。

又來了！

三年前的回憶席捲重來，也是這種笑，也是這種語氣。

阮思嫻的胸腔一下子脹了起來。

這個人真是絕了。

好一個「好手段」，就跟他當時說「妳不如做夢」的樣子一模一樣！

早上沒事閒聊這些，柏揚也來了興致，「因為秦董似乎不太滿意，所以婚禮沒經過他的同意，那您這邊……」

「不去。」傅明予道，「他的面子不用給，你替我回絕了。」

柏揚說好，轉了回去，看見手邊的一瓶礦泉水，隨手遞過去給阮思嫻。

「阮小姐，喝水嗎？」

拉昆安第斯山脈礦泉水，玻璃瓶的，鐵皮蓋子。

阮思嫻不太想接，柏揚又說：「哦，這個不太好開，妳等一下，我……」

「我來吧。」傅明予從他手裡拿過水瓶，正要上手擰，阮思嫻一把拿過去。

「我自己來。」

傅明予見她盯著自己的眼睛，清清亮亮的，還有一股說不上來的感覺。

正想琢磨琢磨這個眼神時，耳邊一聲輕輕的「砰」——阮思嫻單手握著瓶身，直勾勾地看著傅明予，拇指一搓，瓶蓋開了。

「喔……」柏揚忍不住發出一聲淺淺的驚嘆，「這力氣……」

傅明予見狀卻笑了，「不愧是可以送人上天的女人。」

阮思嫻扯了扯嘴角，「我還可以送人入土。」

車內氣氛突然凝固。

柏揚覺得車裡的空氣好像被抽空了，並且持續了三分鐘。

在他感覺呼吸困難時，有人及時地開窗透氣。

柏揚心想阮小姐也是個反射弧太長的人，現在才反應過來自己剛剛說話不得體，所以開窗以轉移注意力。

然而柏揚從後視鏡裡一看，開窗的是他老闆。

這時正在通往世航的高架橋上，臨近機場，遠離鬧市，車速很快，外面的風呼啦啦地吹了進來，穿過傅明予，直撲向阮思嫻。

阮思嫻立刻伸手捂住自己的額頭。

她今天出門的時候隨手捆了個頭髮，兩搓瀏海亂亂的吹在鬢邊，這麼吹下去，她等一下要被認為是掛著降落傘空降世航的。

好在不等她開口，傅明予就自己關上了窗。

這短暫的操作，阮思嫻理解為傅明予剛剛在自我消氣。

那很好，她快樂了。

阮思嫻對著車窗自己整理頭髮，抓了抓瀏海，正要撫平最後一根飛起的頭髮時，她在車窗上對上傅明予的目光。

傅明予在看她，「妳不嗆我兩句不舒服？」

阮思嫻也不知道傅明予能不能從車窗裡看見她的眼神，反正她自認為很美地翻了個白眼，然後才緩緩轉身，和傅明予對視，並眨了眨眼睛。

「不好意思啊傅總，我這人說話心直口快，沒有惡意的，您不會放在心上吧？」

說完的時候阮思嫻自己都震驚了下，她竟然被傅明予鍛鍊到不知不覺掌握了這種盛世白蓮的技能。

傅明予沒有回答，目光落在她的臉上，一寸寸地打量著。

這目光看得阮思嫻有點慌。

這一刻她竟然覺得說不定這人小氣起來會背後給她穿小鞋。

往大了說傅明予直接把合約拍在她臉上大吼一聲「You're fired！」這還是最爽快的結果。

往小了說傅明予在簽派部做手腳，調配航班的時候搞她一下，或者跟空管那邊打招呼每次都讓她的飛機排最後起飛白白浪費她幾個小時也不是不可能。

說到底，阮思嫻覺得自己不能跟錢過不去。

想到這裡，與傅明予對視的阮思嫻氣勢一點點弱了下來，並且還有眼神閃躲的意味。

而這一剎那的閃躲被傅明予捕捉到，他突然笑了起來。

笑了起來？

阮思嫻確定自己看到的不是「氣笑了」而是一種隱隱透露出「妳可真有意思」的笑。

有病？Hello 你是受虐狂？

阮思嫻猛喝一口水，懶得理他。

正好車已經開到了大路上，距離世航大門只有不到兩百公尺的距離。

「麻煩停一下車。」阮思嫻開口道，「我在這裡下。」

司機並沒有立刻停車，只是降了車速，在前排憋氣到快要缺氧的柏揚終於找到機會說話：「阮小姐？這裡是大馬路邊。」

「我知道，就在這裡下，前面大門人多，避一下嫌。」

那個「嫌」字咬得特別重，好像根本不是「嫌隙」的意思，而是「嫌棄」的意思。

柏揚不知道是不是自己感覺錯誤了，回頭去看傅明予，他只是低著頭拉了拉衣袖，神色淡漠，說道：「沒必要。」

沒必要？什麼沒必要？我跟你好像還沒到沒必要避嫌的關係吧？

沒得到傅明予的首肯，司機自然不會停車，就這麼一路開進了世航的地下停車場。

這一刻，阮思嫻才知道原來是自己想多了。

傅明予的車位根本不在員工停車的地方，確實沒必要避嫌。

下車後，阮思嫻低頭扯兩下衣服，一抬頭，傅明予已經走遠了。

阮思嫻：？

走這麼快，腿是借的急著去還啊？

傅明予倒是沒有急著去還腿，到了十六樓，走向自己的辦公室。

早已在門口候著的行政祕書和助理紛紛跟上，傅明予在辦公桌後落座的同時，本月中長期航班計畫及飛行跟蹤與動態監控等報告已經放在他的面前。

傅明予拿起最上層的文件，剛翻看了兩眼，目光突然頓住。

負責整理這份報告的助理突然心神一緊，已經做好打電話給飛行部主管的準備，卻見傅明予放下了手裡的東西，抬頭問行政祕書。

「昨晚讓妳準備的東西呢？」

行政祕書立刻拿出一份足足有一本書厚的文件，放到傅明予面前：「這是您近兩年所有的行程資訊，包括航班資訊與入住酒店以及具體的會議或者活動記錄。」

看見這麼厚的東西，傅明予揉了揉眉心，行政祕書又道：「已經按照國家地區分類標好。」

傅明予點頭：「你們先出去吧。」

阮思嫻到飛行部等了大約半個小時，明天的機組人員到齊。

分配到江城基地的ACJ31只有兩架，對應的機師自然也有限，在場的包括其他備飛人員，浩浩蕩蕩十餘人，一同坐機組車從專用通道去了停機坪。

下車的那一刻，恢胎曠盪的停機坪一股大風吹過來，無遮無擋，一群人逆風前行，站到機翼下面。

機長們帶著大家繞機檢查。

——其實今天也沒什麼好檢查的，主要是欣賞新飛機的美貌。

隨後又帶人上機，進了駕駛艙，一遍遍熟悉儀錶盤和操作盤。

這些東西在阮思嫻心裡已經滾瓜爛熟，但其他機長和副駕駛都是改裝培訓出來的，比阮思嫻這種新人要緊張，每個人依次去熟悉了好幾遍。

做完這一切，已經到了正午，在機場吃了午飯，又陸陸續續忙到了下午，所有準備活動結束，大家原地解散。

直到人回到了世航，阮思嫻才從興奮中回過神來。

雖然剛剛她看起來面色沉靜行為自持說話穩重，做足了引起瘋搶的最佳學員該有的氣質，但天知道她內心已經尖叫了起來。

明天，就是明天，她將脫離學員身分，正式登上飛機，進行為期三個半月的後排帶飛生涯。

當然，這帶飛時間還是世航飛行部綜合她的資歷和機師短缺情況決定縮減的。

只要三個半月，她就能做到駕駛艙右邊，成為一名副駕駛。

如果她做得足夠好，或許只需要兩年，她就能當機長。

——當然這也是當初世航和她談的條件。

也不知道是不是今天風太大，地上灰塵紛紛揚起，阮思嫻竟然有點想哭。

如果現在有朋友在身邊，她肯定會抱住三百六十度旋轉十圈來發洩自己的心情。

太開心，以至於宴安傳訊息說晚上一起吃個飯的時候她一口答應。

然而幾秒後，她回過神來。

剛剛兩人聊了什麼？

宴安問她昨晚那車的事情怎麼樣了，阮思嫻說順利解決，順便感謝宴安的幫忙。

宴安說舉手之勞而已，然而又「順便」問她晚上有沒有時間一起吃個飯。

這怎麼看都是在刻意約她啊。

想通的那一瞬間，阮思嫻有一絲後悔，她對宴安完全沒有那個意思。

可是轉念一想，男未婚女未嫁，對方條件不錯而且性格合得來，為什麼不能接觸看看？

於是阮思嫻乖乖的到世航大門口等著宴安來接。

幾分鐘後，從機場北航辦事處出來的宴安把車大搖大擺地停在了世航門口，還親自下車幫阮思嫻打開副駕駛座的車門，引著她坐進去。

傅明予和祝東坐的車緩緩從停車場出來，正好看見這和諧的一幕。

「欸？那不是宴安嗎？」祝東搖下車窗探出去半個腦袋，「今天什麼龍捲風把他吹到這來了？」

說完一頓，「哦，美女，怪不得。」

祝東回過頭看傅明予，發現他的目光一直落在宴安的車上，直到那輛車開遠了，傅明予才收回目光。

雖沒說話，祝東卻感覺到氣氛不對。

上次在莊園聚了一下午，祝東還記得宴安說他要追世航的一個女機師，原本以為他只是開玩笑，但是剛剛看見上他車的女人的背影，能推測出來就是那個女機師。

那麼傅明予的情緒就很合理了。

雖然沒有明文規定，但是一個世航的核心航線機師和北航的小老闆談戀愛是怎麼回事？換做祝東，他也不高興。

可是他無法評判，畢竟他是做旅遊的，今天過來是和傅明予聊案子，過幾天還要去北航談合作，兩方都不好得罪，於是自然地繞開了話題。

「你聽說秦嘉慕要結婚了嗎？請帖肯定送到了吧。」說著，他鼻子裡哼哼兩聲，「這位秦公子可真是好手段，知道他家老爺子忌諱什麼，竟然逼到這份上。」

傅明予沒應答，祝東繼續自言自語道：「自己從小到大不學無術，空長了年齡就想跟他姐爭蛋糕，也不看看自己有沒有那個本事。」

「不過我還真沒想到他搞了這麼一招，要大張旗鼓地娶那個父親做過牢，母親至今還在做人家情婦的女人。」

「要是把他那個愛面子如命的老爺子逼急了，說不定還真扔一塊肥肉給他讓他安靜。」

「就是可憐了那女人，這時候還天真的以為秦嘉慕為了她對抗家族。」

「她也不想想秦嘉慕是什麼東西，要是秦董咬死不鬆口，秦嘉慕他還不是乖乖聽話，他有跟秦董撕破臉的資本嗎？」

「能想到利用女人，這手段一般人也是做不到。」

祝東自認為字字珠璣，這個八卦不說引起傅明予閒聊的欲望，至少能讓他跟著嘲兩句秦嘉慕的手段，剛剛宴安那事也就翻篇了。誰知說完了好幾分鐘，傅明予依然沒應聲。

祝東側頭看過去，「我跟你說話呢，你在想什麼？」

傅明予搖搖頭，把心裡那團想法按下去。

隨手拿了一瓶礦泉水出來，正要擰瓶蓋時，又想起什麼。他仰頭靠著座椅，捏了捏眉骨，問道：「在想一個女人莫名對我有敵意是什麼意思。」

這是什麼八竿子打不著的問題？

祝東湊過去問：「你得罪過人家？」

傅明予掀了掀眼皮，「我要是得罪過她我還能不知道原因？」

「哦……」祝東摸了摸鼻子，「怎麼樣的敵意？」

怎麼樣的敵意？

傅明予覺得，好像也算不上多大的事，畢竟那些背地裡的想法是他自己猜測的，而阮思嫻也不過是當面嗆過他幾句而已。

「也就是耍耍嘴皮子功夫。」

這麼一說，祝東大概懂了，他幾乎不用思考，立刻笑了出來，「有的女孩子可能是彆扭，又不是跟你真刀真槍幹架，那就是看上你了唄，吸引你的注意。」

傅明予瞥他一眼，隨即垂眸沉思，幾秒後，小幅度搖了搖頭，「她不至於這樣。」

第五章　首航

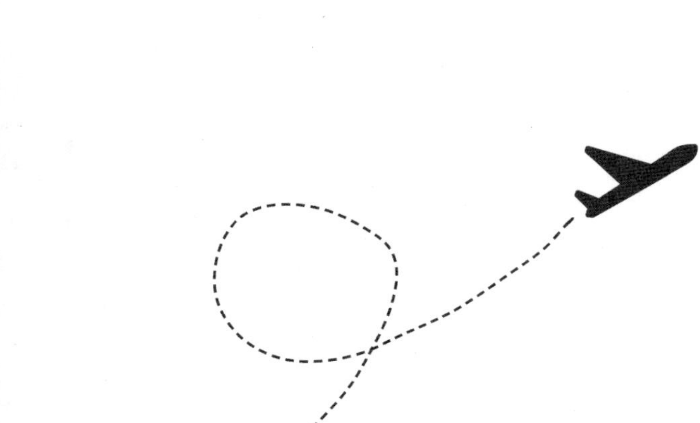

今天這頓飯最後居然是阮思嫺付的錢，宴安覺得很不可思議。他第一次遇到這種情況，約女人出來吃飯，對方居然神不知鬼不覺買了單，而且還沒讓他發現什麼時候買的。

上廁所那次？出去接電話那次？

不知道，反正宴安有那麼一瞬間的拉不下面子，出來吃飯女人把錢付了算怎麼回事。

但接下來阮思嫺便笑吟吟地說：「這頓飯是謝謝宴總昨天幫的忙，那麼晚了還打擾你。」

宴安撇撇嘴，「舉手之勞而已。」

「我知道這對宴總來說是小意思。」阮思嫺起身拿起包，笑容不減，「但對我和我朋友來說是個大麻煩，要不是您，我們大晚上的還要聯絡物業才能找到車主，太麻煩了。」

阮思嫺仔細地觀察宴安的表情，見他眼裡漸漸有了笑意，這才鬆了口氣。

她其實也知道男人很介意這方面，但她自己不喜歡與男人在初相識就因為「請吃飯」或者「送禮物」這種實質的人情關係讓自己處於下風。

只是這些個富二代選的餐廳也太貴了，她付錢的時候著實肉痛了一陣。

算了，想想這錢是從傅明予錢包裡掏的，頓時好受了許多。

而宴安這邊被阮思嫺那兩三句話捧得有點高興，離開餐廳，發現時間還早，晚風又有點舒服，便順口一提，「要不要找個地方坐坐？」

阮思嫺見好就收，沒有在這個時候繼續不給宴安面子，只是她說了明天有航班，她不能喝酒，宴安也說就喝點飲料消消食。

阮思嫻想了想，說：「這邊離我朋友開的一個小酒吧很近，如果你不介意那裡地方小，我們就去那邊吧，環境很乾淨。」

宴安自然不會有什麼異議，開車五分鐘的路程便到了卞璿的店。

這時還不到八點，店裡沒什麼人，卞璿一個人坐在吧檯裡洗杯子，大廳裡只有兩三個女生坐著聊天。

領著宴安坐下後，阮思嫻去吧檯跟卞璿打了個招呼。

卞璿靠著吧檯，笑咪咪地看向宴安的方向，「男朋友？」

「不是。」阮思嫻自己動手拿杯子倒了一杯果汁，「普通朋友而已，妳趕緊給他來一杯妳的招牌調酒。」

卞璿眨眨眼睛，「只是普通朋友嗎？看起來還不錯呀，高高帥帥的，長得還很有錢。」

阮思嫻沒理她，拿托盤端著杯子去和宴安聊天。

和剛剛吃飯的感覺一樣，與宴安這個人聊天非常舒服，聊天自然也不愛聊工作，天南地北什麼都扯，時不時把阮思嫻逗得捧腹大笑。

這一個晚上很愉快，如果不是發生了那一點小插曲的話。

當時阮思嫻去吧檯拿濕紙巾，見卞璿忙不過來，便順路幫她送一杯酒去五號桌。

酒吧裡燈光不太亮，沿著桌號一個個找過去，正要彎腰放酒時，客人猛地站起來不小心撞了阮思嫻一下，那杯酒便全灑在阮思嫻衣服上了。

客人也很不好意思，連忙拿紙巾幫她擦拭。

「不好意思啊女士，我沒注意到妳。」

「沒關係。」

開口的一瞬間，兩人都愣了一下。

「阮思嫻？」江子悅不確定，借著燈光多看了兩眼，「竟然是妳？」

阮思嫻怔怔地看著她，一時間沒有說話。

那段時間世航裡傳的風言風語阮思嫻不是不知道，畢竟世上沒有完全不透風的牆，有以前同事來跟她說過，只是她剛入職華飛，每天忙著內部招飛考核，等一切塵埃落定，回過頭來想想這件事的源頭，除了江子悅，還能是誰呢？

但阮思嫻也沒去求證，反正當時沒想過再跟世航有牽扯，後來又去了飛行學院，每天累得倒床就睡，更沒心思想這件事。

這時再見，阮思嫻內心很微妙。

這片刻的沉默加深江子悅心裡一個小小的誤會。

打量著她的穿著，又看了四周的環境一眼，竟忍不住嘆了口氣。

「沒想到這麼巧，竟然在這裡遇見了。」江子悅繼續擦拭著阮思嫻的衣服，並且還像以前一樣，作為一個前輩，幫她理了理衣領，「妳最近怎麼樣？」

「還好啊。」阮思嫻頓了下，「妳今天休息？」

「嗯，我要轉國內航班了，本場四段飛，輕鬆些。」說著她又長嘆了口氣，「沒想到一晃眼就三年了，前不久我們那些個老同事還聊起妳了。」

「我嗎？」阮思嫻笑了笑，「我有什麼好聊的？」

江子悅重新拿了一張紙巾，擦乾淨自己的手，頗為語重心長地說：「挺惋惜的，妳年輕漂亮又聰明，王樂康也喜歡妳，當初妳要是不那麼衝動辭職，現在怎麼也是個座艙長了，說不定還能轉到管理層。」

「但是看見妳現在過得自在，也沒什麼不好的，空服員這一行也只是看起來光鮮亮麗，實際還是苦不堪言，連我也受不了那日夜顛倒的日子了……」

也不知道江子悅是不是心虛，這話題一開起來就止不住。

但阮思嫻沒她那麼閒，明天早上還有航班，正好卞璿在吧檯叫她，她便說了句還有事就先走了。

江子悅看著她的背影，突然想起什麼，拿出手機，找到之前倪彤傳給她的那張照片，比對著裡面的背影，仔細地打量著吧檯那道身影。

在決定去喝一杯的時候宴安便叫了司機來候著，所以回去的路上他便和阮思嫻一同坐在後排。

剛上車，阮思嫻就收到了來自江子悅的一則訊息：『剛剛都忘了說，什麼時候我們也找個機會聚一聚啊？』

阮思嫻不明白現在的人怎麼沒事就喜歡聚一聚，也不管什麼關係，何況心裡還有鬼。

她想了想，回了句：『嗯，以後有的是機會。』

手機一開一關之間，坐在一旁的宴安看到她的手機螢幕。

「妳喜歡日本男星啊？」

「嗯？」阮思嫻下意識問，「你也知道他？」

看不出來宴安這樣的男人，居然能一眼認出日本男明星，不可思議。

「知道。」宴安抬手枕著後腦勺，扭了扭脖子，「高中那時，就那什麼，花什麼來著？」

「《花樣男子》。」

「哦對，花樣男子正紅，全班女生天天掛在嘴邊，我都聽煩了。」

煩？你們男人不懂。

阮思嫻打開螢幕，又欣賞一下她老公的神仙容顏。

正常，男人嫉妒是正常的。

那邊宴安想起少年時，又說道：「最煩的是學校裡的女生天天說傅明予的氣質像裡面那誰……」

阮思嫻猛然抬頭，「誰？」

宴安摳了摳太陽穴，「叫什麼，小、小旬栗？」

阮思嫻：「……」

「他是小板栗吧，而且人家叫做小栗旬。」

「……小板栗？」宴安噎了一下，咧著嘴笑，「妳可真有意思，其實我也這麼覺得，他比人家跩多了。」

阮思嫻看著宴安。

你什麼意思？誰跩了？

但宴安沒接到阮思嫻的眼神，轉頭接了助理的電話。

直到車停在樓下，阮思嫻還在單方面生宴安全高中女同學的氣。

哪裡像了？

她回想了傅明予的模樣一遍又一遍，根本就不像好嘛。

集體眼瞎嗎？

宴安走後，阮思嫻站在電梯間，等著顯示螢幕上的數字遞減為負再慢慢上升，腦海裡還縈繞著傅明予的模樣。

「叮」一聲，電梯門開了。

阮思嫻低頭看著手機，前腳剛邁進去，後腳差點被拖進來。

真巧啊，想小板栗小板栗到。

阮思嫻睇他一眼，直接站到另一邊。

好像上次也是這樣，兩人明明在同一個電梯裡，卻沒什麼交流。

阮思嫻甚至沒開口打招呼，而傅明予也好不到哪去，在電梯門打開的那一刻無可避免地看了她一眼就移開了目光。

阮思嫻其實悄悄看了傅明予好幾眼。

像嗎？不像吧，五官完全不一樣。但宴安說的好像是氣質，不是五官？

阮思嫻又悄悄看了幾眼，好像還真的有那麼一滴滴。

一旦接受了某種設定……

不，打住，他不配。

有的時候人總能在嘈雜的環境中敏銳的感知到落在自己身上的目光，何況此時是在密閉無外人的電梯裡。

每隔幾秒鐘，傅明予就能感覺到旁邊那人的目光悄悄往自己臉上遞。

他突然側頭，果不其然對上了阮思嫻的視線。

——小心翼翼假裝不動聲色，其實還夾雜著一點複雜的掙扎的意味。

「……」

阮思嫻默默別開了頭，還做作地理了理鬢髮，摸到了自己輕微發熱的臉頰。

偷看被抓包了自然會有一點臉紅，但她假裝什麼都沒有發生。

這次換做傅明予的視線落在阮思嫻身上，但光明正大。

「妳喝酒了？」從她進來那一刻，傅明予就聞到了一股酒味。

「沒有。」

「那妳臉紅什麼？」

「……」

您觀察力還真是敏銳。

阮思嫻一秒內調整自己的表情，陰惻惻說道：「臉紅就一定是因為喝酒嗎？萬一是我剛剛在墳頭跳完舞回來興致還沒消散呢？」

傅明予沒心情聽她打嘴炮，沉聲道：「妳明天早上首飛，喝酒是多嚴重的問題妳不知道？」

「我說了我沒喝。」阮思嫻聽他篤定的語氣，一股無名火冒了出來，「酒吧裡被人灑了一身酒是我能控制的嗎？」

酒吧？

傅明予來不及細細琢磨這個地點的旖旎氣氛，電梯門一打開，阮思嫻就走了出去。

可能是被氣到了，也可能是剛剛偷看人家被抓包有點尷尬，反正阮思嫻不想再跟他多待一秒。

身後的傅明予卻突然叫住她，「阮思嫻。」

阮思嫻回頭，莫名地看著傅明予，「幹什麼？」

「第一，宴安是北航的人，你們走這麼近，不合適。」

阮思嫻挑挑眉。

所以呢？

「第二，宴安他很愛玩，換女朋友比換衣服還勤，妳想清楚了。」

聽到這句話，阮思嫻慢慢轉身，看著傅明予，似乎是在認真細想他說的話。

可是幾秒後，她卻開口道：「那傅總您呢？愛玩嗎？」

沒想到她突然這麼問，把話題直接從宴安轉到他身上。

傅明予眉心微皺，想法不受控制地擴散，「妳別拿他跟我比。」

阮思嫻輕哼了聲，掉頭走了。

這一夜，綿綿細雨不知道什麼時候降臨了這座城市，又在黎明來臨之前，悄然停歇，騰出了一片天給初升的太陽。

阮思嫻睡得很好，在鬧鐘響起之前自然醒來。

因為首飛緊張得睡不著這種事情不存在的，她只要沾枕頭就能迅速入眠。

但這不代表阮思嫻心裡不激動。

她吃完早餐，換上曬乾的制服，仔仔細細地綁好頭髮，一絲不苟到髮際線都是整齊的。

鏡子裡的人制服合身到簡直像是量身訂做，平整筆挺，貼合她的身形，掩蓋了婀娜的曲線，由裡到外呈現出與她目光一致的英氣。

她也沒化妝，只是塗了一層防曬，渾身的毛孔就像打開了一樣順暢地呼吸著空氣，有一種重獲新生的感覺。

心底蔓延出一種從未有過的感覺，席捲到眼前，一幅新的畫卷在她面前緩緩展開。

而此時，樓下停著兩輛車。

清晨空氣好，宴安靠著車門，理了理領帶，瞥了旁邊那輛坐著司機和柏揚的車一眼，輕嗤一聲。

時間一分一秒過去，宴安預估阮思嫻該出門了，便進了一樓大廳電梯間。

果然，右邊電梯的樓層在緩緩下降。

宴安對著電梯門抹了一把頭髮，整理好表情，準備笑迎阮思嫻。

電梯門一開，卻迎來一張此時最不想看見的臉。

「喲，傅總，早啊。」

傅明予應了聲，上下打量著難得穿得嚴肅正經的宴安，「你在這幹什麼？」

「還能幹什麼，當然是接阮思嫻上班。」宴安彈了彈領口，「我說你們世航也太摳門了點，不配專車什麼的給機師，萬一搭車遇到狀況怎麼辦？」

傅明予沒理他，他又笑咪咪地抬了抬下巴，「傅總，你說我要是真的和你們公司的人交往，這會不會不太合適？我看你們優秀人才也挺多的，要不然商量商量，轉移給我們北航算了。」

旁邊電梯提示音響起，卻被傅明予的聲音巧合地蓋住，「八字有一撇了嗎？」

宴安平時習慣了傅明予的冷言冷語，經常被刺得說不出話，但今天卻有十足的底氣，「我看有啊，我們很聊得來，簡直一見如故。」

「是嗎？」傅明予唇角輕輕勾了下，「我怎麼覺得她對我比較有意思。」

「……」

此時站在電梯裡聽到了完整對話的阮思嫻面無表情地深吸一口涼氣並且不自覺地握緊了拳頭。

怎麼，天晴了雨停了，你又覺得你行了？

她一步跨出去，蹬蹬蹬地走到傅明予面前，不顧被她擠到一邊的宴安，開口道：「傅總，您可真是貴人多忘事，真的不記得我了？」

「傅總，剛剛簽派部來電話，明天北冰洋航線部分航班緊急取消，需要……」柏揚拿著手機走進來，腳步匆匆，直到人站在傅明予身後了，才發現現場氣氛有點奇怪，聲音自然就啞了下去，「需要您確認簽名……」

「阮思嫻，妳什麼意思？」

傅明予沒聽見柏揚的話，直勾勾地看著阮思嫻，心裡許久的猜疑得到證實，答案似乎呼之欲出，就等著眼前的人開口。

「什麼我什麼意思？你又是什麼意思？什麼叫做我對你比較有意思？你以為你是誰？」

阮思嫻自認說這段繞口令的時候眼神犀利表情冷漠，做到了真正的不屑中帶點漠視，從最根本上打到了傅明予的痛點，並且成功點燃了他的怒火。

傅明予的眼神果然冷了下來。

柏揚摸了摸脖子，感覺四周的溫度瞬間降了十幾度。

偏偏宴安探了探腦袋，伴隨一聲疑問橫插在兩人面前，「什麼啊？」真丟人。

阮思嫻覺得不管是她，還是傅明予，都挺丟人的。

「沒什麼。」偏了偏頭，阮思嫻維持風度只翻一半的白眼，率先轉身出去。

「走了，宴總。」

「阮思嫻，妳給我回來。」

身後那道極冷淡卻暗含著怒意的聲音幽幽傳過來，連宴安的腳步都頓了下。

而阮思嫻卻像沒聽到似的並且加快了腳步朝宴安的車走去。

宴安的目光在阮思嫻的背影和傅明予的臉色之間打量，稍一琢磨，選擇跟上去。

沒繼續問剛剛的話題，也沒探究阮思嫻的表情，為她拉開車門，這是宴安得心應手的處理方式。

阮思嫻上車後，隔著宴安的身軀在縫隙中看了傅明予一眼。

並將剛剛剩下的半個白眼翻完。

視線對接的剎那，探究欲捲土重來，耳邊柏揚的聲音頓時弱了下去。

腦海裡繁複雜密的往事翻來覆去，有些細微的回憶在冒頭，卻始終不露其全貌，最後隨著她用力關上門戛然而止。

晨間的風從樹葉裡穿過來，吹進大廳，有一股雨後清新的味道，傅明予卻覺得煩躁到極點，扯鬆了領帶，加快了腳步。

柏揚再不知情也能感覺到剛剛阮思嫻的態度不對勁，想了想，他低聲道：「阮小姐怎麼回事，這是對上司的態度嗎……」

傅明予回頭看他一眼，眼神晦明之間，唇角扯出一點毫無溫度的笑。

很生氣，柏揚感覺這次傅明予是真的很生氣。

畢竟不是誰都能對一個不熟的女人一次又一次的無限容忍。

車裡，阮思嫻坐得端正，目不斜視，但不代表她沒感覺到宴安的頻頻打量。

「怎麼了？」

宴安手掌握拳抵了抵嘴，掩不住笑意，「雖然我不知道妳跟傅明予有什麼過節，但是第一次親眼看到他被人甩臉色，我很爽啊。」

聽宴安這話隱隱有些打探內情的意思，但是又沒有明顯的表達出來，給了阮思嫻選擇的餘地。她自然把問題拋回去，「你跟他又有什麼過節嗎？」

這人可真是到處樹敵。

宴安咳了下，含糊道：「競爭對手啊。」

這話阮思嫻可不信，兩家航空公司原是一體分家，到如今也堅持著非零和博弈模式，互相競爭互相合作，實現雙贏。誰不知道世航董事長和北航董事長時不時聚在一起打個高爾夫煮功夫茶，連傅明予和宴安這種二代也算是一起長大的。

但阮思嫻不信，宴安也不好意思說出實話。

小時候他跟傅明予就合不來，他一直立志於做個可以寫進思想品德教科書反面教材的富二代，成天神智不清的樣子，但由於家裡管教，太出格的事情也不敢做，以至於他一直覺得自己簡直配不上老師賜給他的「紈褲」二字。

可傅明予那一波人自小和他們這群人的畫風格格不入，涇渭分明。

但你說他多規矩也不是，違反中學生守則的事情也沒少幹，不知道是那張臉太騙人還是每次期末的成績單太漂亮，老師從來都把他捧在心窩裡，就連他高三寒假那年穿著校服開跑車，被別人家的車拍照鬧到學校裡，結果還不等家長出面就被老師壓了下來。

當然在宴安眼裡這不算什麼大事，他一直耿耿於懷的是他暗戀了兩年都不敢出手的的女神竟然主動認識他，做了一個月的朋友，生日還專門邀請他，把他迷得神魂顛倒，結果人家最後來一句：「能順便把傅明予也叫來嗎？」

這事說出來丟人，但宴安著實記恨了傅明予快十年。

但今天，他宴安也鹹魚翻身，阮思嫻可真是給足他面子。

想到這裡，宴安覺得他對阮思嫻的好感又多了幾分，打量幾眼她身上的制服，嘆氣道：「唉，不說傅明予了，我現在一想到妳沒有來北航，還是很遺憾，不過我這人大度，肯定是希望妳在哪裡都前程似錦。」

阮思嫻摸了摸肩章，笑道：「謝謝。」

「謝什麼，等一下妳去了機場還有驚喜。」

「什麼？」

「妳等等就知道了。」

車內氣氛一片和諧，此時的世航乘務部亦有人春風得意。

江子悅拉著飛行箱疾步朝會議室走去，黑色皮鞋軟平跟，在乾淨的地面上砸不出響亮的聲音，但絲毫不影響她的氣勢。

她加快了腳步，嘴邊笑容越來越明顯。

倪彤半路上遇到她，笑吟吟地走過去打招呼，「師父！早啊，今天真漂亮。」

江子悅停下來，雙手交疊在飛行箱拉杆上，雙腳自然的呈丁字步站立。

「妳挺閒呢，還沒登機？」

「協作會還沒開呢。」倪彤揚眉，「妳今天狀態也太好了，等等記者的照相機全對著妳拍了，記得多露左邊臉，那邊有酒窩，更好看。」

江子悅受了這番奉承，說回頭聊，又拉著飛行箱大步流星地進了電梯。

會議室裡已經坐了五個空服員，各個都是千挑萬選出來的，五官端莊氣質大氣，身材高挑，湊在一起聊天給人一種賞心悅目的感覺。

有人見江子悅來了，跟她打了招呼，卻也不見多熱絡。

畢竟乘務部員工那麼多，而江子悅又是剛從國際航線轉到國內航線的，這邊的空服員她大多不熟悉。

而且這幾個空服員剛剛聊的話題與她有關，不是壞話，卻也算不上什麼好話，所以自然而然閉了嘴。

本來今天的座艙長不是江子悅，而是國內航線一位經驗豐富的老座艙長。這事江子悅自己也搞錯了，在王樂康那裡看到的只是候選名單一角，卻被她誤以為已經敲定。開開心心從西班牙回來，一查後臺，沒有看到ACJ31首飛的任務，又去旁敲側聽了一下，才知道最後選定的不是她。

雖然是自己的誤解造成的空歡喜一場，但她已經跟親近的人說過這事了，如今自己給自己一巴掌，心裡委屈，昨晚還拉了幾個小姐妹出來吐槽。

誰知道回家就接到王樂康電話，說是原定的那個座艙長急性闌尾炎，讓她頂上去。那一刻，江子悅有一種該是自己的始終跑不掉的感覺，甚至還有被搶走的東西又奪回來的錯覺，立即就從床上爬起來敷了一張面膜。

剛剛會議室裡聊的也是這個，都說江子悅運氣也太好了。

她們做空服員的，看起來是個體面的職業，但裡面心酸外人又能知道多少，高空輻射、噪音影響，沒一樣是輕的。

職業上升空間也有限制，有時候根本看不到長遠的計畫。而且只要是服務業，平時就少不了受氣的，多少人被磨得沒了脾氣還不能對乘客有一絲不耐煩。

所以像新機型首飛這樣的任務，有媒體報導，有紀念意義，攝影機對準了拍幾張照，登個新聞，也就被視作職業生涯裡為數不多的光榮時刻。

突然被人撿了漏，其他人說不上酸，但也為之前那位老座艙長暗暗可惜。

江子悅其實有些感覺到大家的情緒，也不在意，大大方方地坐下來，說道：「機長他們來過了嗎？」

其中一個人說：「還沒來呢，應該快了。」

江子悅點點頭，把乘客名單拿了出來。

這次飛行任務不一般，艙位沒有全部對外開放，很大一部分乘客都是受邀體驗，除了一些傳統媒體人，還有部分網路自媒體運營者，除此之外，傅明予也在其中。

據乘務部得知，他不是刻意坐這趟航班，只是今天剛好要去臨城出差，時間吻合。

江子悅再次確認了乘客名單，又翻出機組名單和乘務組名單。

昨天電話接得急，她忙著敷面膜，只仔仔細細地看了乘客名單，機組名單和乘務組名單還沒來得及看。

目光剛觸及到資訊欄，耳邊有議論聲繼續：「咦？那個女機師在我們這趟航班啊？不是說安排她去跟飛外籍機長嗎？」

「妳現在才發現啊？我昨晚就知道了，跟飛名單還沒出來的時候就聽說了。」

江子悅目光微頓，往下一看，卻只見機組名單裡面有「范明知」和「俞陽朔」兩個名字，都是明顯的男名。

「什麼女機師？」

「妳沒下載啊？」一個乘務員說，「今天早上更新了跟飛名單，那個新來的女機師在我們航班。」

對方把名單推過來的同時，耳邊的議論聲繼續。

「這個名字有點耳熟啊……」

「我沒聽說過啊？」

「我怎麼感覺我聽說過呢？」

聲音隨著外面的腳步聲漸漸小，會議室的門被推開，三個白衣制服黑色肩章的人出現。

一道渾厚男聲響起：「大家都到了？」

江子悅尋聲看過去，在兩個男人身旁，看見了昨晚才見過的那個人。

「……」

會議室一瞬間沉默。

其他空服員的沉默是因為看見了一個漂亮得超出想像的女機師，驚豔之餘，也有些小女生的羨慕和崇拜。

而另一個人的沉默，卻是因為陷入巨大的自我掙扎中。

她昨晚明明還在酒吧裡……怎麼會……

恍神之間，江子悅看見阮思嫻目光與她對上。

那一瞬間，江子悅感覺她好像什麼都知道了。

江子悅的臉霎時脹紅，那股熱意直逼大腦，放在桌上的手暗暗蜷縮起來，指甲不輕不重地掐了一下手心，輕微的痛楚剛好能壓制腦子裡的嗡嗡聲。

從來沒想過阮思嫻還會出現在世航，以致於在看到她的一瞬間就已經把自己先釘死在砧板上，好像阮思嫻隨時會來質問她一樣。

大家都起身問好，范機長揮揮手，「大家不用這麼客氣，坐吧。」

這時江子悅才回過神，想站起來，卻見大家都已經坐下。

她看見阮思嫻落座，嘴角噙著笑，朝她點點頭，好像在說「好久不見」。

好久不見什麼呢……

江子悅想起昨晚那則訊息，感覺阮思嫻那句「以後有的是機會」好像別有意味。

思及此，江子悅根本無法抬起頭和阮思嫻對視。

其實阮思嫻真的沒什麼別的意思，她只是覺得這個場合貿然敘舊挺奇怪的。

范明知翻兩下航線圖，起身道：「大家自我介紹一下吧，我是本次航班機長范明知。」

側邊的俞陽朔接著說道：「我是本次航班副駕駛俞陽朔。」

在他話音落下的那刻，對面五個空服員紛紛把目光黏在阮思嫻身上。

她站起來，清了清嗓子，「我是本次航班見習副駕駛阮思嫻。」

說完，她掃了對面五個空服員一眼：「我臉上有什麼東西嗎？」

坐在最前面那個抿著嘴笑：「沒有啊，看妳漂亮呢。」

一句話把整個會議室的氣氛帶得輕鬆起來，現場只有江子悅游離在外。

阮思嫻看過去幾眼，每每對上目光，她都不自然地別開頭。

還有什麼好說的，這表情把阮思嫻的猜想證實了。

真沒意思。

阮思嫻往座椅後靠了靠，機長突然叫她：「妳有什麼問題嗎？」

「嗯？」阮思嫻立刻坐直，「我沒有。」

「那好，我就最後說一下注意事項。」機長拿著單子，一字一句道，「第一，今天有媒體報導，迎客提前二十分鐘。第二，起飛後一小時五分鐘可能有顛簸，做好提醒工作。還有就是有失火等緊急情況的話，要及時報告駕駛艙。」

說完他看向江子悅，對方沒反應。

阮思嫻拿筆敲了敲桌子，「座艙長？」

江子悅倏地回神，張了張嘴，面對阮思嫻遞過來的眼神，一時間沒有說話。

「怎麼了？」機長問，「有問題嗎？」

「沒有沒有。」江子悅立刻站起來，吸氣收腹，說道，「我就說兩點，一個是冷熱水三比七，注意溫度，防止乘客燙傷。還有就是對於乘客隨意換座位需要多加監控，避免飛機配載不平衡的情況。」

「嗯好，你們呢？」機長轉頭問阮思嫻和俞陽朔。

俞陽朔搖搖頭，阮思嫻轉了轉筆，歪著頭說：「我補充一點題外話吧。」

會議室裡的人都看著她，特別是那幾個空服員，笑咪咪的，笑得跟花似的。

「今天情況特殊，有媒體報導，大家注意一下言行。」阮思嫻朝江子悅看過去，「如果不知道說什麼，保持沉默就好了，明白嗎？」

江子悅就那麼看著阮思嫻，手心發著熱，卻還是露出職業的微笑，「好的，明白了。」

「好。」機長起身道，「我們過去吧。」

大家俐落地起身，阮思嫻跟在機長身後，幾個空服員湊過來跟她搭話，阮思嫻應和了一句，回頭見江子悅走在最後面。

阮思嫻落下一步，歪著頭看她，「江姐？」

江子悅應聲停下腳步，和阮思嫻保持兩公尺的距離，「怎麼？」

阮思嫻正要張嘴說什麼，前方一陣小小的呼聲響起，她也抬頭看過去，一個西裝男子抱著一大束火紅的玫瑰花大步走來。

紅豔豔一片，目測有上百朵，把抱著它的男子擋住了半個身子，自然也吸引了這一片人的注意力。

那個男子就這麼在注目下走向阮思嫻，「阮小姐，您的花。」

貿然收到這麼一束花，阮思嫻反應了一陣子，才想起今天在車上宴安說的「驚喜」。

這還真是夠驚喜的。

阮思嫻僵硬地笑了笑，接過花，找出裡面的卡片，果然是宴安，祝她首飛順利的。

「謝謝。」

男子是世航前檯接待，把花送到便走了。

阮思嫻捧著這麼一束花，在眾人豔羨的目光中，有些不知道該怎麼辦。

她總不能帶著花上飛機吧。

正在四處張望找地方處理這束花時，對面飛行部國際會議室的門從裡打開，兩個正裝女性推著門站到外面，傅明予驅步出來，身後跟著柏揚以及十幾個與會人員。

一行人神情肅穆，還有兩三個中層管理臉色不太好，遠遠看著就感覺是在會上挨了罵。

那股嚴肅的氣息感染到阮思嫻這邊，身後的空服員們也噤了聲。

當傅明予目光掃過來時，她們更是拉著飛行箱默默繞道，生怕自己不小心被火苗燒到。

阮思嫻被花擋著半張臉，露出的一雙眼睛直直地看著傅明予。

四周像按了靜音鍵一樣鴉雀無聲。

因而傅明予的腳步聲莫名被放大，他一步步朝阮思嫻走來，在她面前停下，眼眸一垂，掃過那束玫瑰花，嘴角牽著淺淺的弧度。

那弧度讓阮思嫻覺得特別刺眼。

我收一束花怎麼了？我阮思嫻走到哪裡都人見人愛花見花開總裁見了總裁也傾心，要你在這裡陰陽怪氣的笑？

早上你說的話我還沒跟你算帳呢你倒是甩我一個冷笑？

「有事？」阮思嫻問。

傅明予似是嫌那束花礙眼，伸手推了一下，露出了阮思嫻整張臉，「返航後妳最好跟我解釋一下妳早上說的話是什麼意思。」

阮思嫻看著他的眼睛，似乎看到了一種「要是妳說不出個所以然來妳就完了」的眼神。

所以大老闆，您自己做的孽還要我來幫你複習？

阮思嫻也學著他的樣子扯嘴角，「誰知道什麼時候返航呢，天氣的事情也說不準的。」

習慣了發號施令而非商量的傅明予顯然沒那麼多時間多話，在他登機前還有一大批MEL/CDL項目單等他過目。

說完就轉身，卻聽到後面傳來一句。

「那你可能要向天再借五百年。」

「我可以等妳。」

「……」

走廊的空氣似乎瞬間被抽空，連一直默默豎著耳朵聽對話的江子悅也悄然退到了角落。

這一次，傅明予回過頭來看阮思嫻，眼睛瞇了起來。

這還有什麼好猜測的，阮思嫻就是對他有敵意，或者說深深的惡意。

他舌尖抵了抵下頷，笑著點頭，朝前走去。

這表情讓一旁的柏揚硬是讀出了一股「這次還容妳撒野我就白拿了這家公司這麼多股份」的意思。

在心裡默默為阮思嫻點了根蠟，柏揚跟在傅明予身旁，低聲道：「剛剛已經讓人事處調了阮思嫻的履歷，但是她的資歷只填到了華飛職業經歷。我已經聯絡了華飛，由於算是隱私，需要周旋一下，半個小時後就會把她的履歷傳過來。」

身旁的人連冷笑都欠奉。

柏揚心裡已經為阮思嫻挖好了墳墓。

這也太剛了點，別說是傅明予，即便換成他，也會把阮思嫻這樣一次又一次挑戰脾氣的人列進死亡名單。

他抬眼看了看傅明予的側臉，那陰沉的臉色比剛剛開會時候更甚。

他來了一年多，從沒見過傅明予這麼生氣。

半小時後，機務部會議結束，專用的機組車已經候在樓下，將傅明予和柏揚以及兩位助理送往航廈。

車上，柏揚遞出了剛剛收到的履歷。

他先大概看了一下，翻到第二頁時，心裡咯噔一下，滿是不解。

但這不是他的問題，琢磨了下，說道：「傅總，阮思嫻她……」

不等柏揚說完，傅明予拿過履歷，不耐煩地翻開第一頁，草草看過去，表情沒什麼變化。

直到看到第二頁「過往職業經歷」時，目光頓住。

車即時停下，柏揚又說：「傅總，先登機？」

傅明予的目光慢慢從「恒世航空江城總部乘務四部」移開，抬頭朝廊橋看去。

透明的塑鋼牆壁後面，機艙口三道制服身影若隱若現。

三年前……

傅明予邁腿朝廊橋走去，並且吩咐柏揚撥通電話給遠在北非的前任祕書。

一些苗頭在腦海裡慢慢浮現，但似乎過於戲劇化，傅明予並不敢確定。

北非那邊接通電話時，傅明予已經走進廊橋。

不到二十公尺的距離，阮思嫻就站在機長身旁，身姿挺直，笑意盎然，目光緩緩移到他身上。

傅明予耳邊響起了前祕書的聲音，『阮思嫻？我記得她，我對她印象很深。』

『三年前去倫敦收購W.T機場的時候，她頻頻出現好幾次。』

『送了幾次咖啡，您還記得嗎？』

傅明予倏地抬眼，腳步未停，目光卻帶了幾分恍然。

耳邊的聲音還在繼續。

『後來在Alvin的私人遊艇聚會上她也出現了。』

『那天之後她就辭職了，我跟您提過。』

『至於其他的……我唯一有印象的是我調任北非之前，整理您的工作信箱，發現阮思嫻在那段時間寄了十餘封郵件給您，均是關於飛揚計畫的。』

『我當時見她情真意切，就順便調了她的資料出來，那年她已經通過飛揚計畫的考核，是當時的最佳人選。』

在前祕書解釋的同時，傅明予逐漸走到距離機艙口只有不到兩公尺的距離。

『原本不是多大的事情，我後來也沒提過，不過我當時覺得，也許不只是傅總您，連我也誤會那位女孩子了。』

『或許她沒有別的意思，只是想做一名機師而已。』

話音落，傅明予已經站在阮思嫻面前。

兩人之間只有不到半步的距離。

傅明予耳邊似乎有風吹過，捲走了機長的問候，眼前只餘一個人。

她身姿挺拔，制服一絲不苟，肩上兩道彰顯身分的肩章格外顯眼。

她勾了勾唇角，盈盈笑道：「傅總，歡迎登機，本次航班見習副駕駛阮思嫻竭誠為您服務。」

許久，空氣裡浮動一股奇怪的氣氛。

阮思嫻抬頭，見傅明予張了張嘴。

「……哦。」

哦？哦什麼哦？

四周架起的攝影機對準機艙口「喀喀」拍了兩張，目光和鏡頭的聚焦時時提醒著阮思嫻不要跟這個人計較。

她輕輕咧嘴，力求端莊中有帶點微笑，然後微側身，讓路給傅明予。

傅明予倒也沒多給眼神，在攝影機對準他的時候含笑朝著機組點頭道：「辛苦。」

朝客艙走去，與阮思嫻擦肩而過時，手裡捏著的履歷往腿側一壓，看起來像拿著一份重要文件。

身後幾個助理驅步跟上，唯有柏揚回頭看了阮思嫻一眼。

他不知道傅明予的前祕書說了什麼，認知還停留在阮思嫻曾經是世航的空服員這一層上。

也不懂傅明予為什麼接了個電話滿腔怒火就變成了一個簡簡單單的「哦」字。

當然也有可能是怒極反而平靜，就像暴風雨來臨前總是風平浪靜。

想到這裡，柏揚的眼神越發複雜了起來。

迎接完傅明予，機組自然要回到駕駛艙。

阮思嫻轉身對上柏揚探究的目光，卻見他略帶慌張地收回目光，加大步伐跟上傅明予的腳步。

阮思嫻思索一番，感覺剛剛柏揚的眼神裡帶了點佩服，又好像有點同情，同時還有迷惑。

從柏揚的反應來看，阮思嫻覺得自己對傅明予的敵意確實表達得毫不掩飾快衝破天際連柏揚都承受不了了。

但是那又怎樣？

本來她就是因為錢才來世航，要是傅明予受不了這氣大可以違反合約開除了她，反正大把航空公司對她敞開懷抱還有一大筆違約金可以拿。

想到這裡，阮思嫻又舒服了不少。

最簡單的嘴臭，最極致的享受，說的就是這樣的感受。

但有人並不理解她這樣的感受，並且在目睹了她捨命嗆老闆後生出一絲絲僥倖。

站在機組後面的江子悅長舒一口氣。

阮思嫻翹了翹嘴角，跟著機長和副駕駛往客艙裡走。

傅明予是第一個登機的人，這時頭等艙只有他和他帶的人。

遠遠的，阮思嫻就看見傅明予的背影。

跟著機長從他身旁的走道走過，聽到低低一聲：「阮思嫻。」

阮思嫻當沒聽到，揚長而去，最後一個進了駕駛艙，轉身的時候，看見傅明予還看著她。

她偏了偏頭，關門上鎖，一連串操作一氣呵成。

傅明予的臉色再次沉了下來。

在一旁一直不敢說話的柏揚見傅明予又拿起那份履歷。

以為他不用了，便伸手去接。

傅明予卻展開第二頁，再次從上至下掃了一眼，然後慢條斯理地把這份履歷遞過來。

「收起來。」傅明予遞給柏揚，「機務部這個月的航線維護支持報告呢？」

柏揚愣了一下，接過阮思嫻的履歷，塞到資料夾裡，並抽出另一份文件。

傅明予低頭看著，沒有再提其他的。

柏揚瞥了履歷一眼，又去看傅明予的臉色。

他似乎根本沒看報告，目光落在一處，好幾秒都沒有移動過，眼裡的煩躁快溢出來。

這暴風雨到底還下不下啊給個預告啊？

柏揚不知不覺往旁邊挪了一點，心想這新機型的座位設計真是太合理了，頭等艙之間隔得老遠，等等暴風雨就算下來了也淋不到他。

不多時，乘客陸陸續續進來。

由於不少是受邀的相關行業人物以及媒體，彼此間互相認識，一路上聊著天，還不忘拿著設備做記錄。

除此之外，每個人的座位上還放著一架ACJ31的模型，透明包裝，一眼能看清內裡乾坤。

乘客們上來看見這個禮物，各個喜笑顏開，討論聲熱烈起來。

在這樣的環境下，柏揚默不作聲，依舊忐忑地等著暴風雨地來臨。

然而直到所有乘客入座，機艙檢查完畢，空服員提醒即將起飛，身旁的暴風雨依然沒有到來。

過了一陣子，傅明予又說：「履歷拿來。」

柏揚：「嗯？」

傅明予：「履歷，聽不懂？」

「……」

柏揚委屈地拿出履歷遞給傅明予。

他拿在手裡，看了一遍又一遍。

履歷照片上的人露出標準的八顆齒笑容，眼睛彎彎，漸漸喚起回憶裡的畫面。

——「想做老闆娘？」

——「妳不如做夢。」

「……」

明明已經淹沒在腦海的細節也全都翻湧出來，傅明予甚至想起，那天在泰晤士河的遊艇上，他遞出的那一張房卡。

——「給妳個機會。」

酒大概都喝進腦子了。

傅明予深深吸了一口氣，手指不知不覺把履歷捏皺。

「傅總……」柏揚在一旁開口，傅明予突然把履歷反扣在桌面，扯鬆了領帶，渾身熱氣蔓延。

他沉沉地看著前方桌椅，不說話。

但柏揚卻明明白白的感受到他所散發的躁鬱之氣。

柏揚自覺地往一旁縮了縮，心裡祈禱著傅明予不要把在阮思嫻那裡受的氣發在他身上。

但天不遂人願，傅明予看向柏揚，目光極厲。

柏揚戰戰兢兢地問：「有……什麼問題嗎？」

傅明予沒說話，柏揚咽了咽口水，正準備把心裡想好的如何全服傅明予不要跟宴安置氣直接把阮思嫻開除了的理由說出來時，卻聽傅明予道：「你哄過女人嗎？」

此時的駕駛艙，范機長已經核對完艙單，說道：「申請放行。」

後排的阮思嫻深吸一口氣，背脊緊緊貼著座椅，跟著俞副駕駛輕輕念道：「世航一五六九，申請放行，等待點H。」

耳機裡立即響起來自塔臺的聲音，『世航一五六九，允許進入跑道。』

地面摩擦感襲來，駕駛艙的空氣似乎凝滯了片刻。

阮思嫻看著前方的儀錶盤，握緊了手，再次低聲跟著俞副駕開口。

「進入跑道，世航一五六九。」

「世航一五六九，準備離場。」

耳邊輕微的滋啦聲滑過：『世航一五六九，可以起飛，跑道36L，起飛後聯絡離場一一八點六〇，再見。』

前方的范機長俐落推起發動杆，飛機油門一轟，立刻在跑道上飛馳起來。

慣性使阮思嫻微微前傾，心提到了嗓子眼。

後背緊緊貼著座椅，隔著耳機也能聽到轟隆聲音。

「V1到達。」

「V2到達。」

「Vr到達。」

俞副駕話音一落，阮思嫻抬眸看著范機長。

他目光平靜，緩緩張嘴。

阮思嫻也緊隨著他，像小學生跟著老師念拚音一樣，輕聲道：「抬輪，起飛。」

機頭抬起，傾斜感襲來。

在飛機離開陸地那一刻，阮思嫻感覺自己全身的細胞打開了，每一個毛孔都在興奮地叫囂著，直到起落架收起，她還沒從那股興奮裡出來。

什麼傅明予，什麼江子悅，什麼年薪不年薪的，全部被她拋到九霄雲外。

地面的城市越來越小，宏偉的跑道逐漸縮成一道道蜿蜒的小河。

阮思嫻指尖抓緊肩上的安全帶，目光漸漸模糊。

她想起四年前，也是一個像范明知一樣慈眉善目的機長，正執行飛躍北冰洋航線的航班。

那時候她還是空服員，替座艙長送牛排到駕駛艙，彎腰擺放時，那個機長突然說：「妹妹，抬頭看。」

抬頭那一瞬間。

她看見冰川沉浮，阡陌縱橫，浩浩蕩蕩蔓延向天邊。

似是無垠的遠方卻有極光拔地而起，五光十色，噴射而出，黑夜也化作幕布為陪襯。

她也曾在客艙透過窗戶見過極光，像船從橋下穿過，只能窺見一角。

而在駕駛艙裡，她能在那一公尺寬的窗戶前，將極光盡收眼底。

那是只有駕駛艙能看見的風景。

在固定滾輪裡嘔吐時，在做引體向上感覺手臂快斷時，在彈跳網中空翻到眩暈時，她眼前都曾出現過那道極光。

直到今天，眼前是昏暗的雲層，阮思嫻似乎又見到了極光。

她揉了揉眼睛，定了心神，前方的范機長沒有回頭，卻手臂朝後豎了大拇指。

半小時後，飛機進入巡航狀態，開啟自動駕駛。

范機長側身道：「小俞，你來駕駛座，小阮，妳去副駕駛座，我去上個廁所。」

「我嗎？」阮思嫻指著自己，「我今天就可以去副駕駛？」

「坐坐吧，俞師兄坐鎮，不用擔心。」范機長已經解開安全帶起身，「我去去就來。」

阮思嫻坐到副駕駛座，繫上安全帶，小心翼翼地輕輕摸著面前的儀錶盤。

一旦進入自動駕駛狀態，駕駛艙就輕鬆多了，機長和副駕駛通常會閒聊兩句。

俞副駕戴上氧氣罩，笑道：「妳看儀錶盤的樣子跟我女朋友看包似的。」

阮思嫻立刻收了手，「以前只做過模擬機的駕駛座，這還是第一次，有點興奮，別笑話我啊師兄。」

「沒笑話妳。」俞副駕抬抬下巴，「喝點什麼嗎？」

阮思嫻點頭，俞副駕便撥通PA叫來了江子悅。

她推開駕駛艙門，問道：「需要什麼嗎？」

「我要一杯礦泉水。」俞副駕轉頭問阮思嫻，「妳呢？」

阮思嫻心思全在儀錶盤上，根本沒回頭，「我要一杯咖啡。」

江子悅看著阮思嫻的背影，皺了皺眉，抿著唇出去了。

幾分鐘後，她端著托盤進來，「俞副，您的礦泉水。」

又看向阮思嫻，張了張嘴，不知道叫什麼，「您的咖啡。」

阮思嫻接過，說了聲「謝謝」，抿了一口，立刻回頭道：「太燙了，換一杯。」

江子悅愣了一下，伸手接過杯子，沒說話，直接掉頭出去。

沒多久，她再次端著咖啡進來。

沒說話，阮思嫻從她手裡接過咖啡，試了一口，笑道：「這次對了，謝謝啊。」

江子悅僵硬地笑了笑，轉身出去。

「怎麼感覺她怪怪的？」俞副駕摸著下巴，「被乘客為難了？」

「誰知道呢。」阮思嫻放下咖啡，不再說話。

范機長十分鐘就回來了，還帶進來三個小蛋糕。

「今天的紀念蛋糕，順便拿了三個過來，我們一人一個。」

一一分給俞副駕和阮思嫻後，他又說：「客艙裡好多媒體哦，好熱鬧。」

阮思嫻聽了沒什麼興趣，「我去趟洗手間。」

她輕手輕腳地打開艙門，空服員們推著車送蛋糕，一派熱鬧景象，沒人注意到她這邊的情況。

幾分鐘後，阮思嫻打開洗手間的門，竟然看見傅明予站在外面。

他脫了外套，只穿一件煙灰色襯衫，直直站在那裡，身材頎長挺拔，還挺賞心悅目的。

但是再帥的人在妳上完廁所出來就出現在妳面前，那也挺奇怪的。

阮思嫻抓著門，沒跨出去。

傅明予也看著她，無言中，眼神裡的情緒輕微的變動著。

「又有事？」阮思嫻問。

這個「又」字聽得傅明予一陣煩躁，偏偏那人還站在洗手間裡像看什麼變態一樣看著他。

要不是剛剛視線在人群中捕捉到她的身影，四周又全是媒體，他何必站在洗手間門口堵人。

「妳出來。」傅明予沉聲道，語氣頗為急切。

阮思嫻上下打量了他兩眼，緊緊皺著眉頭，「這麼急？傅總你腎不行呀。」

「……」

哄不了。

第六章　執迷不悟

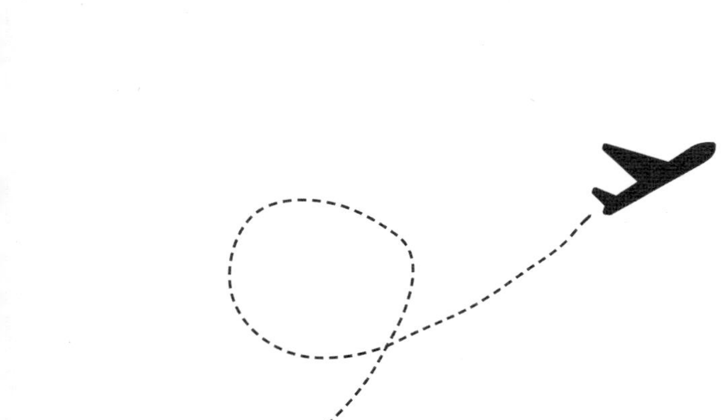

看見傅明予的神色，阮思嫻笑嘻嘻地擠出來，「那您去吧。」

說完她就要往駕駛艙走。

剛跨出去兩步，手腕被人抓住。

阮思嫻還沒回頭就開始掙扎，甩不掉，這才轉過身。

「傅總，即便你是傅總，你阻攔我回駕駛艙我也是可以請安全員制裁你的。」

這邊說完，傅明予便鬆開了手，「抱歉。」

抱歉？

阮思嫻不可置信地看著傅明予。

這狗男人這次這麼好說話？嚇唬他兩句就道歉了？

阮思嫻覺得自己也不是在這種小事上面斤斤計較的人，抬了抬下頷，算是就這麼過了。

只是這狗男人力氣還挺大。

她揉了揉手腕，剛剛那麼一抓，這時還有點疼。

要是以後把他惹大了直接動手，她不一定能占到好處。

思及此，阮思嫻覺得自己還是見好就收。

——在傅明予沒有繼續惹她的情況下。

也沒什麼其他話可說的，阮思嫻直接轉身去了駕駛艙。

飛機在三小時後平穩著陸。

受邀前來的媒體沒有多做停留，按秩序離開了飛機。

阮思嫻下機的時候正值晌午，休息兩個小時，這趟飛機便要返回江城。

范機長提議大家一起去吃午飯，沒人有意見，一群人拉著飛行箱匆匆往餐廳走去。

范機長他們身高腿長的，走得快，在最前面。阮思嫻忙著看手機，不知不覺就落了一步。

自她開機那一刻，許多訊息湧了進來，知道情況的朋友都來問她今天首飛如何。

其中屬卞璿和司小珍最實在，在群組裡直接發了紅包。

驚喜地打開一看，五塊二。

真是夠意思呢。

阮思嫻傳了個微笑的貼圖過去。

卞璿：『意思意思就行了，妳薪水那麼高還在乎我們這點紅包嗎？』

司小珍：『就是，按理說今天是妳的大喜日子，應該妳給我們紅包的。』

司小珍剛說完，群裡就收到了五個兩百的紅包，她手速快，搶了三個，卞璿只搶到兩個。

卞璿：『妳這個女人，發五個是故意搞事情對吧？』

司小珍：『嘻嘻，我們阮阮就是財大氣粗。』

阮思嫻：『別說我偏心，我再發一次，自己搶。』

說完，她又發了幾個紅包過去，這次卞璿搶回本了，心滿意足。

卞璿：『謝謝阮機長，祝您步步高升。』

司小珍：『同時也謝謝傅總，惠及百姓。』

阮思嫻：『關他什麼事？』

司小珍：『妳不是有一半年薪是他個人帳戶出的嗎？』

阮思嫻：『……』

阮思嫻：『進了我的包，就是我的錢了，跟他沒關係了。』

司小珍：『好好好，阮機長今天是爸爸，阮機長說了算。』

一聲聲「機長」聽得阮思嫻很是舒服，心裡一爽，又發了兩個紅包過去。

受了一番馬屁後，阮思嫻退出群組，滑到下面，宴安也傳了訊息過來。

宴安：『著陸了嗎？飛行順利？』

阮思嫻：『很ＯＫ。』

宴安：『那就好，幾點返航？』

其實這樣的詢問，阮思嫻大概猜到接下來宴安會說什麼。

她想了想，如果宴安真的晚上約她吃個晚飯什麼的也沒什麼不好，只是她覺得下午返航後，她應該挺累的，到時候硬撐著去見宴安也沒意思。

阮思嫻：『大概七點著陸。』

果然，下一秒，宴安就傳來邀約。

宴安：『晚上一起吃個飯？』

阮思嫻：『下次吧，今天挺累的，想回家休息。』

宴安：『那好，下午飛行愉快！』

阮思嫻：『謝謝。』

剛退出和宴安的聊天室，一則新訊息就彈了出來。

來自傅明予，問她在哪裡。

阮思嫻沒回，直接收起手機。

她看手機這幾分鐘落後了好幾步，走在後面的空服員已經追了上來。

「阮副！阮副！」

聽見有人叫她，阮思嫻停下腳步，回頭望去。

那幾個空服員邁著小碎步走上來，「妳明天有排班嗎？」

阮思嫻點頭：「有啊，怎麼了？」

後排帶飛階段，飛行時間管得沒有正式飛行那麼緊，她接下來兩天都有飛行任務。

其中一個空服員撇撇嘴，「還想說妳有空的話約妳一起玩，去逛逛街什麼的。」

「等我空下來吧。」阮思嫻朝後看了一眼，江子悅走在後面，見她們停留，也放慢了腳步，似乎是不太願意走在一起。

「那我們加個好友吧！」

「好。」

阮思嫻重新拿出手機給她們掃，在這期間，江子悅已經超過了她們，走到前面。

「江姐。」

加好好友後，阮思嫻快步上前，和江子悅走在一起。

江子悅不得不放慢腳步，和阮思嫻並肩前行。

「妳今天好像一直不怎麼說話。」阮思嫻問，「是有什麼事情嗎？」

或許女人多敏感，又或許江子悅心裡確實一直裝著事情，她總覺得阮思嫻話裡有話。

「阮阮。」江子悅乾脆停下來，看著阮思嫻。

阮思嫻也不再繼續往前走，微微低頭，和江子悅對視，「怎麼了？」

江子悅腳尖挫了挫地面，鼓足了氣，說：「當初妳離職後，公司裡有一些關於妳和傅總的流言傳出來，妳知道嗎？」

阮思嫻點點頭：「隱隱約約有聽說一點啦。」

這也是意料之中的回答，江子悅就沒想過她會完全不知道，只是沒想到她還會回世航。

而且當時……她確實不想大面積散播，只是看到她和岳機長在倫敦吃飯，心裡有些著急，所以帶著一絲惡意跟身邊親近的同事說了幾句，沒想到一傳十，十傳百，就這麼無法遏制地擴散開來。

「當時……我跟他們說了實際情況，可他們總是更傾向於自己願意相信的。不過妳別多想了，這事已經過去很久了，人換了一批又一批，已經沒人提那件事了。」

阮思嫻久久地看著江子悅。

看得她後背發毛時，才笑著拍了拍她的肩膀，「那就這樣吧。」

說完就要走，江子悅又跟上去，說：「那傅總那邊……」

突然一道男聲打斷了江子悅的話。

「阮小姐！」

阮思嫻和江子悅尋聲往後看，柏揚正朝她們走來。

「又有事嗎？」

怎麼今天傅明予事情這麼多。

聽見阮思嫻的語氣，柏揚腳步頓了頓。

他做了什麼孽要來點這個炮仗。

「是傅總想請您過去一起吃個午飯。」

柏揚說完，靜靜地看著阮思嫻，堅決不再多說一個字。

江子悅詫異地看著阮思嫻。

傅總？午飯？

不僅江子悅不解，當事人阮思嫻也很不解。

這男人該不會堅定的覺得她對他有意思吧？

還午飯呢，是不是等一下就要甩一張房卡給她並且說「阮小姐既然妳對我這麼有意思我就給妳個機會吧」。

可怕。

阮思嫻沒立刻回答，柏揚鬆了口氣。

在考慮就好，她最好是別拒絕，否則他又要回去點另一個炮仗。

「他……」阮思嫻緩緩開口，「很閒嗎？」

柏揚：「……」

「也……不是特別忙吧。」

「可是我很忙。」見柏揚還不走，阮思嫻跟他揮揮手，

「你就跟他說沒找到我不就可以交差了？」

柏揚醍醐灌頂，心想也是，機場這麼大，他沒找到阮思嫻很正常。

於是鬆了口氣，轉身往回走。

沒走出兩步，就看到傅明予遠遠站在出口，沉著臉，看著阮思嫻離去的方向。

柏揚腳步頓時如灌鉛。

「傅總……」柏揚慢慢走過去，「阮小姐她可能比較忙，機組那邊還……」

「算了。」傅明予打斷柏揚，轉身往ＶＩＰ通道走去。

算了？

柏揚在原地愣了愣。

炮仗這就啞火了？

打發了柏揚，阮思嫻又看向江子悅，「妳剛剛說傅總什麼？」

江子悅對現在的情況很迷茫。

她見阮思嫻嘴角掛著淺淺的笑，聲音溫溫柔柔的，好像剛剛她隨意打發的不是老闆而是路人甲一般。

「沒、沒什麼。」

幾個空服員在催她們快點，阮思嫻沒再多問，笑著走上去。

見江子悅沒跟上，她還回頭等了兩步，「快點呀江姐。」

江子悅這一天強顏歡笑得臉都快僵了，還不得不跟阮思嫻上演一齣出同事和諧的戲碼，真累。

她甚至希望阮思嫻雄赳赳氣昂昂的來跟她吵架，質問她當初為什麼明明知道真相還要亂傳。

至少她還有準備好的說辭，隨意甩鍋給幾個已經離職了的同事也不是不可以。

偏偏阮思嫻裝得一副不在意的樣子，時不時露個意味深長的笑容給她來一記綿綿拳，三高都要急出來了。

但阮思嫻其實真的沒有想去質問江子悅，即便江子悅這天的種種表現已經自曝。

主要是阮思嫻覺得鬧一場又沒什麼用，流言的根本問題在於大家都誤會她想勾引傅明予不成憤而離職，她跟江子悅吵一場也解決不了這個問題。

何況三年過去了，世航的人換了一批又一批，沒什麼人去提這事，她也懶得跟自己找不痛快。

只要這些人別像罪魁禍首傅明予那樣時不時杵她面前惹她兩下，她完全可以不在乎這些隱藏在暗處的流言。

可惜阮思嫻低估了同事們的記憶力。

僅僅過了一週，首飛的媒體報導出來，世航內部也做了不少宣傳，作為首飛的新晉女機師，「阮思嫻」這三個字頻頻出現在各篇內部文件或報導裡，那些沉寂了許久的流言又漸漸被翻了出來。

這時候江子悅也很慌，這次真的不是她說出去的，只是總有那麼一些還記得那件事的人被喚起記憶，只要提那麼一下，話題便又在乘務部悄然蔓延開來。

當然這些話是不可能傳到阮思嫻耳裡的。

她隱隱有感覺的原因，是首飛那天認識的空服員在和她一起吃午飯時，幾次欲言又止。

阮思嫻當時直接問了，最近是不是有什麼關於我的傳說？

那個空服員被阮思嫻的直截了當震了一下，支支吾吾地說：「就……她們閒聊，沒什麼的，我反正是不相信的。」

行吧，看來還真的是這樣。

阮思嫻那天多吃了一塊慕斯蛋糕，充足的卡路里攝入讓人心情舒暢。

只是這塊蛋糕的作用只發揮到了第二天。

早上九點的航班，七點開航前協作會，阮思嫻提前二十分鐘到，替機長去簽派處簽了飛行任務書，而機長帶著副駕駛去加油。

阮思嫻回會議室的時候，還沒推開門，就聽到裡面竊竊私語中夾了她的名字。

在門口聽了一下，果然是她預料之中的話題。

「真的假的？這麼魔幻？」

「聽幾個老空服員說的話，有鼻子有眼的，應該是真的吧。」
「我的天，那她的人生履歷也真是厲害啊，竟然以機師的身分回來了。」
聽到這裡，阮思嫻還在告訴自己，算了，都是同事，以後時不時還要分配到同一趟航班。
忍一時風平浪靜，退一步海闊天空。
她抬手準備敲門提醒一下裡面的人，誰知這時裡面的話題又深入了。
「那她怎麼還回世航啊？不是說其他航空公司也在搶她嗎？」
「對啊，不會尷尬嗎？要是我，我可能這輩子都不會出現在世航了。」
「絕了，該不會她還對傅總執迷不悟吧？」
「要是這麼說，好像一切都合理了？」
阮思嫻扯著嘴角笑，胸都氣疼了，真是什麼樣的老闆就有什麼樣的員工。
忍一時卵巢囊腫，退一步乳腺增生。
「這麼好奇為什麼不當面問我？」阮思嫻推開會議室的門，抱臂偏著頭，皮笑肉不笑地說，「我這個人善於交流，只要妳們來問，我一定知無不言。」
一群背後說閒話被抓包的人頓時瑟縮得跟小雞崽似的，臉紅到耳根子，話都不敢接。
「至於我為什麼回世航。」阮思嫻跨了兩步進去，聲音越發清晰，「總部十八樓總監辦公室，隨時歡迎妳們去問個明白。」
地下鴉雀無聲，這半分鐘的時間就跟做平板支撐一樣長，大氣都不敢喘。
最後還是座艙長訕訕地打圓場：「阮副，我們只是……」

「大家都到齊了？」

機長突然出現，打斷了座艙長的話。

等回過神來，發現裡面氣氛有點不對勁，又問，「怎麼了？」

座艙長支吾著沒說話，阮思嫻笑了笑，說道：「沒什麼，我也剛到。」

機長有些狐疑，但沒多問。

同一天，出差近兩週的傅明予坐上了回程的航班。

出機場時天色已晚，車窗外霓虹閃爍，萬象澄澈，有浮光暗暗流動，是機場路一天中最美的時候。

傅明予靠著座椅，鬆開了領結，眉間的倦色漸漸瀰漫開了。

「傅總，回湖光公館嗎？」柏揚在副駕駛座回頭問。

傅明予沒睜眼，捏了捏眉心，沒直接回答，「幾點了？」

「九點一刻。」

傅明予略一沉吟，「回名臣公寓吧。」

司機聽到了，自然會往名臣公寓開去，但柏揚還是繼續說：「今天早上參會的時候您手機關機，夫人打了個電話給我，說您已經許多天沒回去了。」

「嗯。」傅明予漫不經心地說，「今天太晚了，明天回去。」

車飛速往名臣公寓開去，在大門外減速。

傅明予這時睏意已經沒了，他看著車窗外，一道身影緩緩進入他的視線。

「就在這裡停吧。」傅明予說這話的時候已經開始穿西裝外套，「等等你讓人把我的行李送上去。」

不等柏揚回答，傅明予就下了車。

初夏的夜晚很適合散步，這個時間的社區有很多老人家帶著孩子出來散步，也有遛狗的。

阮思嫻拖著飛行箱，一路走得很謹慎，隨時注意避開路上的狗。

但即便這樣，她的腳步也快不起來。

今天的航班本場四段飛，從早上八點飛到了晚上八點。

以前做空服員的時候，總是羨慕駕駛艙的機師能全程坐著。

真到了自己坐到那個位子才發現，體力還是次要的，全程的全神貫注真夠要命。

還好路邊有幾朵梔子花開了，香味被晚風捲起來，若有似無的，驅散了幾分疲乏。

阮思嫻走到樓下臺階處時，發現鞋帶鬆了。

她蹲下來繫好，再起身準備提起飛行箱時，已經被人搶先一步。

傅明予提起她的飛行箱，兩三步跨上臺階，回頭看她。

「剛下飛機？」

阮思嫻並不是很想說話，輕輕「嗯」了一聲算作回答。

她心裡還在為早上的事情不爽，覺得她算是見識到什麼叫做上樑不正下樑歪了。

這個人時隔三年還能冒出一句「我覺得她對我比較有意思」。

底下的員工什麼都不知道也能說一句「她對傅總還執迷不悟」。

恒世航空靠想像力發動飛機嗎？

想到這裡，阮思嫻已經在努力克制脾氣了，伸手去拿自己的飛行箱。

但傅明予沒有鬆手。

「我幫妳拿吧。」

「我沒手嗎？」

「……」

傅明予打心底升起一股無力感，卻又上不去下不來，空生一腔煩躁。

偏偏眼前的人還伸手來抓飛行箱，一隻白皙的手在眼前晃來晃去。

是真的煩躁。

傅明予抓住面前的手，「阮……」

手心的觸感有些異樣，剩下兩個字也沒說出口。

他愣了一下，為了確認，手指細微地摩挲過她的掌心。

一層薄薄的，卻又很明顯的繭。

最近腦海裡總是浮現第一次見她時的情形，次數多了，也越來越清晰。

她是很漂亮的，穿著修身的空服員制服，身材婀娜，皮膚細膩，任哪個男人看了都會覺得是個嬌滴滴的精緻女人。

藺這種東西，似乎不應該出現在她的掌心。

就在傅明予出神的片刻，阮思嫻猛地抽回自己的手，還在衣服上擦了擦，以一副看色狼的表情看著傅明予。

「你幹什麼！我告訴你，你再動手動腳，即便你是老闆我也敢告你職場性騷擾！」

說完還退了兩步。

「……」

傅明予是真的不知道該說什麼。

動手動腳？性騷擾？

他胸口憋著一股躁氣，壓低了嗓音道：「阮思嫻。」

三個字咬得極重，幾乎是咬牙切齒。

阮思嫻抬頭與他對視。

兩人相隔不到半公尺，眸子裡都倒映著對方，本該是一幅旖旎的畫面，四周卻只瀰漫著火藥味。

「妳別一次次挑戰我的脾氣。」

挑戰你的脾氣？

阮思嫻氣到笑。

到底是誰在挑戰誰的脾氣？

「說完了嗎？」阮思嫻怒極，語氣反而變得輕快，「那你墳頭就刻這句話。」

柏揚站在車旁，正在琢磨什麼時候把傅明予的行李送上去。

他只說了句「等一下」，也不知道這個「等一下」是多久，更不知道他為什麼要「等一下」。

柏揚看了看手錶，距離傅明予下車已經過去快二十分鐘了，差不多了吧。

於是他讓司機打開後行李廂。

但是剛把行李箱搬下來，便見傅明予從大門走了出來。

夜色中依然清晰可見他鐵青的臉色，腳步邁得大，迫不及待要離開這個地方一般。

柏揚下意識退了一步，貼著車身，問道：「傅總，有什麼東西忘了嗎？」

「回湖光公館。」

他只說了這麼幾個字，柏揚心裡惴惴不安，連忙去開車門。

傅明予卻沒立即上車，柏揚回頭，見他站在路邊，側著下巴點了一根菸。

傅明予菸癮不大，一包菸半個月才會抽完，並且很少在公共場合抽菸。

柏揚想，這兩週他從臨城趕往巴黎，中途還去了一趟塞席爾，輾轉回了江城，睡眠時間嚴重不足，或許是真的累了。

只是夜色裡，小小的火光明明滅滅，傅明予臉上的表情並未放鬆下來。

一個小時候，汽車駛入湖光公館。

車繞著湖邊道路逐步減速，路燈在瀲灩的湖水中泛起波光，枝頭玉蘭花垂著頭，搖搖欲墜。

傅明予開了車窗，一陣陣晚風吹進來，他的神情終於略有緩和。

出來開門的是羅阿姨，迎著傅明予進去。

「您半個多月沒回來了，夫人早上還提起你。」

傅明予環視一圈，卻沒見那個念叨他的母親，倒是一隻金毛犬撲了過來。

彎腰揉了兩下，傅明予抬頭問：「夫人呢？」

羅阿姨立即解釋：「今天畫廊開展，晚上有個宴會，她還沒回來。」

「嗯。」

傅明予上樓洗個澡的功夫賀蘭湘便回來了。

她一隻手提著真絲晚禮服裙擺，一隻手摘著耳朵上鴿子蛋般大的耳環，在樓梯上和傅明予擦肩而過時瞥了他一眼。

「等一下來飯廳陪我吃宵夜。」

說完就走，像個發號施令的皇太后。

傅明予本來也打算吃點東西。

他到飯廳時，桌上已經擺好了合他胃口的清粥小菜。

不多時，拆了髮型換了衣服的賀蘭湘下樓，坐到傅明予面前。

「宴安那事到底怎麼回事？」

「什麼怎麼回事？」傅明予抬頭，拿紙巾擦了擦嘴，「都過去一個月了，妳怎麼還在問？」

賀蘭湘攪動調羹，一口也沒動，雖想極力掩飾，眼裡還是透出八卦的光芒。

「晚宴的時候我聽人說的，他女朋友是個小網紅？聽說最近一直在網路上罵他，說他劈腿出軌，是這麼一回事嗎？」

傅明予頓時沒了胃口，放下勺子，淡淡道：「我不清楚，而且，是前女友。」

「哦，也對，鬧成這樣肯定都分手了。」賀蘭湘知道傅明予想走，沉下臉，「坐好了，多久沒回來了，不陪我說一下話？」

「妳說。」

賀蘭湘對傅明予的態度很不滿意，但親生的，又能怎樣。

「我覺得宴安這孩子，應該不至於做到那份上。但女孩子鬧成這樣，他肯定也是有責任的，肯定是對人家不好，或者跟哪個女孩子不清不楚的。」

傅明予敷衍地「嗯」了一聲。

賀蘭湘自顧自說道：「聽說那女孩有一兩百萬粉絲？這下可不好收場了，現在你宴叔叔很生氣，這件事影響了公司形象，一邊架空了宴安，另一邊也不放過那個女孩子，要吃官司了。如果真的是抹黑，這個女孩子就惹上事了。唉，你說你們這些年輕人也是，有什麼話不能好好說呢？非要鬧得這麼難看。」

對面的人這次連「嗯」都沒有一聲。

他垂著眼睛，目光定格在面前的碗裡，似乎在想什麼。

「算了，跟你說話真無趣。」賀蘭湘掩著嘴打了個哈欠，「禮物呢？」

傅明予下巴一抬，示意賀蘭湘去看身後的櫃子。

「算你心裡還有我。」

賀蘭湘起身走到置物架旁，看見一個精緻的絲絨盒子，上面繡著「Piaget」幾個字母。

打開一看，是她想要的那款金色綠洲高級珠寶。

讓羅阿姨把盒子收走，又看見旁邊還有一份。

盒子小，她隨手打開，黑色絨布上掛著一串珍珠項鍊，細膩熒澤，很是精緻。

她喜歡珠寶，自然能看出這是九〇年初的天然珍珠。

「這也是給我的？」

傅明予抬頭看了她一眼，很快移開目光。

「妳喜歡就拿去。」

這樣一說，賀蘭湘還有什麼不懂的。

她蓋上盒子，懶散地朝樓上走去，「我才不搶別人的東西。」

走到一半，她又憑欄望下去，「明天早上會展中心有個巴爾塞藝術展，你不是有空嗎？陪我去一趟。」

「沒時間。」

「哼。」

與此同時，名臣公寓的燈大多數還亮著。

阮思嫻泡了個澡，舒服得想在浴缸裡睡覺。

要不是門鈴聲響了，她真不想從浴缸裡起身。

這麼晚了不知道誰還會來，阮思嫻匆匆穿上衣服，拿乾髮帽包住頭髮，匆匆去監視器看了一眼。

竟是宴安。

這個時間，她的家，其實是有些尷尬的。

不過想到人家好歹也是個有頭有臉的人，阮思嫻還是開了門。

「宴總？」

宴安笑咪咪地站在門口，「怎麼還叫我宴總，多生疏，妳可以叫我名字啊。」

阮思嫻點點頭：「有什麼事嗎？」

「沒事。」宴安說，「前幾天我不是去義大利了嗎？今晚剛回來，帶了點小禮物給妳。」

說著，他拿出藏在身後的東西。

不用打開，阮思嫻只看上面的標誌就知道是價格不菲的奢侈珠寶。

阮思嫻推脫著說不要，幾番你來我往後，宴安直接跨進去，把盒子放在她的玄關櫃上。

「一點心意而已，妳這都不收，也太不給我面子了。」

「……」

阮思嫻沉默，宴安也沒其他話說，問了幾句最近的情況，阮思嫻一一答了，見她連請他進去喝口水的意思都沒有，便走了。

阮思嫻關上門，看著那個珠寶盒子，宴安這種動不動就送禮物的追求方式真讓她頭疼。

本來有在認真考慮，只是他這樣，倒是搞得阮思嫻有些上不去下不來。

她吹乾了頭髮，倒在床上，翻了兩次身，卻沒有睡意。

她又想起今天傅明予被她氣走的樣子。

當時他什麼都沒說，饒是氣得血氣倒流，也只是盯著她看了幾秒，然後轉身揚長而去。

或許是夜色讓人鬆乏，也可能是泡了澡讓人睏倦，阮思嫻的神經漸漸放鬆下來。

有那麼一剎那，阮思嫻覺得自己今天是不是太過分了。

冷靜下來想一想，傅明予只是幫她拿一下飛行箱，至於摸了一下她的手，大概真的是不小心。

畢竟也是個有頭有臉的人，再爛也不至於這樣。

可是她沒辦法，明明自己也不是脾氣很差的人，但是看到傅明予總是一點就炸。

阮思嫻想，肯定是他的問題。

阮思嫻又翻了個身，手機響了一下。

看到傳訊息的是傅明予，阮思嫻心裡咯噔一下。

傅明予：『妳明天白天有什麼安排？』

這是什麼意思？

傅明予後知後覺，終於覺醒，要請她去辦公室喝茶了？

阮思嫻：『很忙。』

傅明予：『妳明後天都休假。』

既然知道，那問我幹什麼？

阮思嫻：『休假就不能忙了？我要跑步健身練拳擊。』

傳送後，阮思嫻想了想，又補了一句。

阮思嫻：『萬一以後還有人動手動腳，都不用員警動手，我自己就可以解決。』

對面沉默了好一陣子，阮思嫻以為他被氣得溘然長逝了。

半分鐘後，他傳來一句語音。

『阮思嫻，我最後說一次，今天我不是故意的！』

聽這語氣是氣得不輕，阮思嫻莫名又有點開心，翹了翹嘴角，回了個『。』

也不知道對面是手機炸了還是人氣炸了，沒有再回訊息，阮思嫻也漸漸睡著。

第二天，鬧鐘準時響起，阮思嫻洗漱後穿上運動服，綁上頭髮，準備出門跑步。

在門邊換鞋時，她聽到外面好像有人說話。

想著可能是鄰居，她也沒在意，穿好鞋就打開門，卻見一男一女面對她的家門。

兩人手裡捏著手機，見到阮思嫻開門，說話聲戛然而止，還愣了一下。

變故就發生在這一瞬間。

阮思嫻還沒反應過來，那兩人突然舉起手機衝過去。

「宴安呢？出來！宴安！你給我出來！」

阮思嫻完全不設防，被擠到一旁，見兩個人衝進她家裡了才反應過來。

「你們幹什麼？」她兩步追上去，「你們是誰啊？有病啊？給我出去！」

這兩人是有備而來的，分工明確。

男人負責攔住阮思嫻，女人負責拿著手機衝進去錄影。

眼睜睜看著那女人推開她房間門了，阮思嫻卻無能為力。

男女之間體力懸殊過大，她根本掙不開那男的。

「我要報警！」

說是這麼說，可是手機還在房間裡，阮思嫻根本過不去。

女人氣勢洶洶地踹開房間門，對著裡面大喊：「宴安！」

喊完愣了一下，看見裡面只有一張整潔的床。

到了這份上，阮思嫻就算是傻子也知道這兩人是來幹什麼的。

她氣不打一處來，用盡全力掙脫，那男人下狠力，直接把阮思嫻推到地上。

大腿撞在茶几上，阮思嫻疼得吸了兩口冷氣，爬不起來，而那女人已經開始開她衣櫃了。

「宴安！你是不是在這裡！」

「你們有病啊！」

阮思嫻掙扎著要起來，那男人又來按她。

只是手還沒抓到阮思嫻，他的側腰突然襲來一股強烈的痛感，電光火石間，痛得五臟六腑都要炸了。

他倒在地上，眼前冒著金星，往後看去，踹開他的男人臉色陰冷，目光沉得像深淵。

對視僅有那麼一秒，傅明予收回目光，蹲下來朝阮思嫻伸手，嘴角似有譏笑。

「妳不是自己就可以解決嗎？」

第七章　動態交鋒

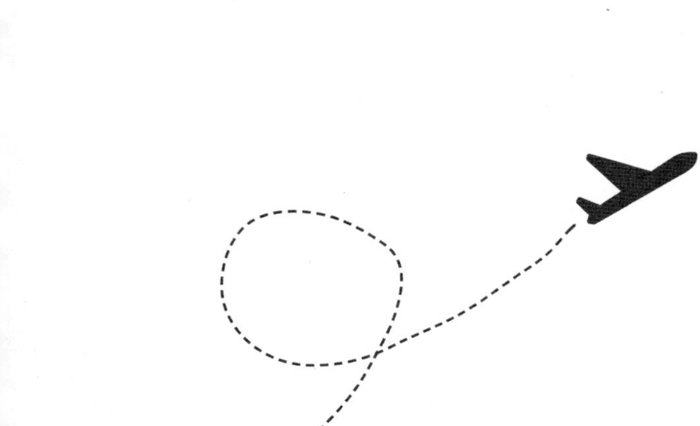

阮思嫻走出警局時，外面已經豔陽高照。

柏揚緊隨其後，看見她腿上紅了一片，問道：「妳的腿沒事吧？」

「只是擦破了皮，沒事。」

阮思嫻朝外看去，傅明予的車停靠在路邊。

沒想到傅明予還沒走。

阮思嫻走過去，敲了敲車窗。

傅明予搖下車窗，側頭看著她，「都解決了？」

阮思嫻點點頭，鼻尖沁出了點點汗珠。

夏天說來就來，昨天路人還裹著外套，今天便紛紛換上了短袖。

她摸了摸鼻尖的汗水，喃喃道：「員警都搞定了。」

傅明予搖上車窗前，說了句，「上車吧。」

打開車門，空調的涼風吹散阮思嫻身上的燥熱。

她和傅明予分坐兩端。

旁邊的人聲音和車內的氣溫一樣清冷：「怎麼回事？」

剛剛在警局裡走了流程，事情也弄清楚了。

也不知道是不是早上抓奸失敗又突然進了警局，那個女人遭受太大的打擊，說話語無倫次，阮思嫻好半天才抓到重點。

那女人是宴安前女友，兩人分手時間不長，男人是她哥哥。

宴安這人有大部分男人的通病，分手前期就是冷暴力，不接電話不見面，好像成天忙得要死。

人家自然就覺得他有了別的女人，逼問不成，於是帶著自己的哥哥蹲了宴安快一個月。

作為前女友，她當然知道宴安平時偶爾在名臣公寓歇腳，最近卻頻頻出現，定有貓膩。

再後來，就是昨晚宴安下飛機直奔阮思嫻家，給前女友製造了宴安金屋藏嬌的錯覺。

不過阮思嫻覺得這對兄妹也是挺厲害，大早上在公寓外等了半天，見一個老太太買菜回來，能面不改色地跟著人家刷卡進門，搞得好像一家人似的。

這技能不去當間諜反而當網紅真是屈才了。

「誤會。」阮思嫻簡明扼要，「蹲了幾天，昨晚看到宴安來我家，今天早上就上來找證據。」

說完這句，阮思嫻聽見他極輕的嗤笑了聲。

那感覺，就跟早上他出現時說的那句「妳不是自己就可以解決嗎」一模一樣。

傅明予看過來。

車窗外的陽光正好零星地灑在他臉上，眸色被映得特別淡，平日裡總是漆黑的一雙眼睛現在看來有點琥珀般的溫柔沉味。

有那麼一瞬間，阮思嫻覺得這人長得真好看啊。

「我早就提醒過妳慎重。」

「……」

行吧，阮思嫻收回剛剛的感覺。

前排的柏揚回頭問：「回公寓嗎？」

傅明予點頭，車便開了出去。

一路上，阮思嫻沒說話。

她看著窗外，想了想，自己好像該跟傅明予道個謝。

饒是她獨居慣了，早上那情況換個女人也受不了，陌生人突然闖入，還有個身強力壯的男人上來就武力鉗制，絲毫不講道理。

而傅明予的出現的那一刻，雖然伴隨著他那傅氏譏諷，但阮思嫻一顆心著著實實是落了下來。

「傅總。」阮思嫻轉頭去看他，神色鄭重。

可是傅明予卻閉眼靠著坐墊，一副養神的樣子，「嗯。」

「今天謝謝你。」

說完，過去了幾秒，阮思嫻眨了眨眼睛。

給個反應啊？

而旁邊那人卻好像睡著了一樣，只有嘴角緩緩蔓延出一絲笑意。

阮思嫻清楚，這絕對不是什麼善意的笑容，他接下來要說的話也絕對不是什麼好聽的話。

「我居然還能從妳嘴裡聽到這句話。」

果然。

「我是真誠的跟你道謝，還有……」她頓了頓，又說，「昨天晚上的事情不好意思。」

傅明予睜開眼睛，玩味地看著阮思嫻，嘴角挑著笑，「所以我現在還收到一個道歉？」

「那你接不接受？」

傅明予慢悠悠地轉回去，平視著前方後視鏡。

「接受道謝，道歉就算了。」

阮思嫻琢磨了半天沒明白他是什麼意思。

而手機鈴聲不合時宜地打斷了她的思緒。

宴安打來的。

「宴總？」

宴安那邊很吵，顯然，他剛下飛機。

他也是剛剛才知道這件事，立刻打電話過來詢問情況。

『他們沒把妳怎麼樣吧？現在是什麼情況？我派人過去幫妳？』

「不用，已經解決了。」阮思嫻想了想，還是把剛剛瞭解的情況說了出來，「兩個人拘留十天，你前女友在裡面又哭又鬧呢。」

畢竟是個網紅，被拘留的事情肯定藏不住。

她們不像明星有專業的公關團隊——即便有，也沒有明星那樣強大的粉絲基礎。所以要是被爆出非法闖入私宅還被拘留了十天，公眾形象算是全完了。

宴安聽到這個，沉默了一陣子，然後說道：『實在是對不起妳，是我沒處理好，我現在剛剛下飛機，明天就回來，我親自跟妳道個歉。』

「真的不用了，宴總。」阮思嫻想起什麼，又說，「還有昨晚你送我的東西，真的太貴重了，我會還給你的。」

『別別別，妳千萬別還給我，昨晚妳不收就算了，今天必須收下，當做是我的道歉。』

「口頭道歉就行了，宴總，真的，我說了這件事已經過去了，我不會放在心上了。我不是個小心眼的人，你完全沒必要這麼在意。」

阮思嫻說這話時，沒注意到一旁的傅明予瞥了她一眼。

——一個非常不相信的眼神。

「真的不用送我這個，宴總……」阮思嫻快沒耐心，「而且我也不喜歡這些東西。」

『那妳喜歡什麼？』

「那妳喜歡什麼？」

聽到這句話，阮思嫻愣了一下。

她捂著手機，看向傅明予，傅明予也看著他。

原來剛剛沒聽錯，他和宴安真的同時問了這一句話。

手機連接著宴安，阮思嫻卻疑惑地看著傅明予，一字一句道。

「我喜歡飛機。」

「空客三八〇，雙層大飛機。」

電話那頭和車裡都同時沉寂了片刻。

四目相對，是傅明予先收回自己的視線，別開臉，眼裡還帶點無語。

而宴安那邊，雖然知道是開玩笑，但這話題也聊不下去了，撂下一句，『我回江城再說吧。』

掛了電話，車裡再次陷入沉默。

阮思嫻靜靜地看著車窗。

車窗上映著傅明予的臉。

她在想，剛剛傅明予為什麼會突然問她喜歡什麼。

人說出來的話肯定是動機驅使的，比如宴安，問她喜歡什麼，是想送她禮物賠禮道歉。

那傅明予呢？也想送她禮物嗎？

這不符合他的人設啊。

阮思嫻百思不得其解，鬼使神差地轉頭，想看看他的表情。

——然後就猝不及防對上他的視線。

「……」

「……」

兩人默契地移開視線，默契地沉默，默契地當做什麼都沒發生。

車內空氣流淌得很慢，又安靜得出奇，連呼吸聲都清晰可聞。

整個上午算是被毀了，阮思嫻睡了個午覺，醒來後也沒什麼心情再去健身房。

躺在床上閒來無事，打電話給卞璿聊起這事。

卞璿聽了在電話那頭連翻幾個白眼。

『真的假的？我上次見他還覺得這人不錯啊。』

「妳說他的人吧，確實是不錯的，只是這方面太糟心了。我跟他還什麼都沒有呢就發生了這種事情，要是真有點進展，他的前女友們可不得夠我喝一壺？」

『對，這種男人做朋友可以，絕對不能當男朋友，那妳打算怎麼處理跟他的關係啊？』

「還能怎麼處理啊？趕緊說清楚連夜買站票走吧。」

阮思嫻覺得這種事情最忌諱拖泥帶水，越早說清楚越好，及時把關係停留在朋友這一層，免得節外生枝。

翌日傍晚，阮思嫻和宴安約在上次吃飯的地方。

席間的氣氛很自然，畢竟雙方來的時候都知道對方的意圖。

她知道宴安想道歉，宴安知道她想及時止損。

不過宴安既然從來沒有明確地說過「追求」二字，阮思嫻也不會明確說「我拒絕你」，只是話裡話外的意思都是兩人以後的關係就停留在「朋友」上面。

宴安又不傻，這話說得已經很給他面子了。

而阮思嫻要還給他禮物，他也沒有再拒絕的理由。

這頓飯勉強算是融洽吧。阮思嫻這麼想。

至少宴安沒有糾纏的意思，儘管他眼神裡有遺憾。

兩人吃完，走到外面，宴安抬頭看了看天，好像要下雨的樣子。

他爸因為前女友那事大發脾氣，他媽也氣得不輕，宴安為了緩和家裡的關係，並且表明自己有悔過之心，最近夜裡都回星灣壹號的別墅。

「我送妳吧。」宴安很自然地說。

阮思嫻到現在還以為他真的常住名臣公寓，便也沒拒絕，都是順路而已。

今天宴安自己開車來的。

一路上兩人沒怎麼說話。

再怎麼樣，宴安也知道自己今天被拒絕了，要強顏歡笑有點難。

他把車開到阮思嫻住的那棟外面，踩下剎車，他嘆了口氣。

「到了，妳早點休息吧。」

阮思嫻點點頭，解開安全帶，下車的時候，說：「嗯，那你也早點休息。」

宴安的目光一直在她身上，直到她快進一樓大廳了，忍不住，喊了她一聲。

她回過頭，見他好像有話要說的樣子，便又走了回來。

宴安把車窗搖到底。

阮思嫻彎腰探過去，「怎麼了？」

宴安第一次這麼認真地看著阮思嫻，許久，他才說：「如果我把那些事情都處理好，我還有機會嗎？」

今天一個晚上都沒有明著說，阮思嫻以為這事就過了。

沒想到最後一秒，他還是忍不住點破了。

如果宴安沒有發生這些事，或者說他保證會處理好那些事。

會真的想要跟他在一起嗎？

阮思嫻認真在心裡想了想。

好像……貌似……也沒有很想。

不知道是原本就對他沒有太大的衝動，還是因為昨天發生的事情打消了衝動。

總之，這是阮思嫻目前心裡最直觀的想法。

連衝動都不濃烈，何況這還只是假設。

阮思嫻笑了笑，「宴總，算了吧，我覺得我們做朋友挺好的。」

宴安沒再說什麼。

像他這樣的人，被拒絕了也不會露出落敗的表情。

坐在豪車裡，輕輕一揮手，就這麼離開。

阮思嫻目送著他，出了一下神。

想起他送的花，送的首飾，開的豪車，會勾起一幕幕不願意想起的回憶。

那些被她埋藏了十幾年的回憶。

直到宴安的車消失在視線裡，阮思嫻轉身進了大廳。

她低著頭在包裡翻手機，快步朝前走去，直到站在電梯門口才抬頭。

「傅總？」

傅明予一隻手插在口袋裡，一隻手拿著手機。

抬眼看了阮思嫻一秒，又漫不經心地繼續看手機。

就在阮思嫻以為自己被無視了的時候，他卻開口道：「什麼事？」

「……」

阮思嫻有點茫然。

她剛剛只是打個招呼而已，你回應一下就行了，我能有什麼事？

不過他這麼一問，阮思嫻還真的想起一件事。

昨天早上傅明予為什麼會突然出現？

兩人雖然住在同一棟，但是電梯直達，除非傅明予腦子不太對勁喜歡走樓梯，否則他是不可能出現的。

但阮思嫻還沒來得及開口問，傅明予突然走到阮思嫻面前，說道：「我很好奇一件事。」

「嗯？」

兩人面對面站著，頭頂的燈光打下來，照得傅明予的眼睛格外亮。

卻有些咄咄逼人。

阮思嫻想起昨天早上，她還因為這雙眼睛裡流露的溫柔恍了一下神。

而這時候卻……

傅明予似乎不是很想開這個口，眉宇間有不耐煩，語氣自然也有些盛氣凌人。

「妳既然那麼喜歡北航，為什麼還要來世航。」

阮思嫺愣了一下，心想不是你求我來的嗎？

見她不說話，傅明予又問：「如果妳想要雙薪，妳跟宴安開口，他會不答應嗎？」

電梯其實剛剛就到了，門緩緩打開，又緩緩闔上。

阮思嫺不知道傅明予這是突然怎麼了，昨天都挺正常，怎麼今天就開始陰陽怪氣。

兩人依舊一動也不動地面對面站在門口，頗有些對峙的氣氛。

「會啊。」阮思嫺抬頭說道，「我要四倍年薪他都會答應我。」

說完，阮思嫺突然反應過來。

剛剛傅明予看見了？以為她身在世航心在北航？

傅明予聞言，鼻腔裡哼了聲，又露出他那傅氏冷笑。

「那妳為什麼要來世航？為了我嗎？」

自從知道阮思嫺就是當年那個送三次咖啡給他的空姐後，傅明予便理清楚這人時不時對他的敵意從何而來。

但既然對他有敵意，為什麼要回世航？

反正宴安喜歡她，她要多少錢他都出得起，兩人在北航雙宿雙飛有何不可？

所以他認為，阮思嫺要麼就是憋著一股氣想回來證明給他看，要麼就是單純的想回來氣他。

這麼看，他剛剛說的話也算客觀。

但是一本近十萬字的書尚且能被讀者讀出一千個哈姆雷特來，更何況傅明予這一句話的措辭本就過於簡潔，給人無限的解讀空間。

阮思嫻就快被自己解讀出來的意思氣炸了。

多？大？臉？

「你是鼻樑能當滑梯還是眼睛能游泳？你是睫毛能盪鞦韆還是腹肌能跳舞？你是不是以為你長得真是讓人看一眼就想熱愛國家保護地球？還為了你呢你這麼能你當什麼總裁你直接上天啊！」

阮思嫻一口氣罵完不帶歇氣，還完全不給傅明予說話的機會掉頭就走進樓梯間。

電梯也不想等了，她現在一刻也不想跟傅明予待在一起。

而傅明予那邊也是氣得不輕。

他見阮思嫻爬樓梯去了，甚至覺得好笑。

就這麼不待見他嗎？

宴安的前女友差點把她家屋頂掀翻了她都能跟宴安有說有笑的。

而他不過是曾經誤會了她一次她就記仇到現在？還口口聲聲跟宴安說自己不是一個小心眼的人？所以大度都給了別人把小心眼給了他？

傅明予氣不打一出來，掉頭就走。

他覺得自己有病才放著大別墅不住跑來這不到一百坪的蝸居。

阮思嫻爬上十幾樓，出了一身汗，直接衝進浴室洗澡。

熱水兜頭而下，一陣暢快。

她吹乾頭髮，細緻地抹了護膚乳，香噴噴地躺在床上，卻睡不著。

每每闔上眼睛就想起傅明予那張臉，杵在她眼前，「為了我嗎？」

到底是誰給他的自信啊？從小吃彩虹屁長大吃壞腦子了嗎？

誰為了你啊？誰為了你啊！

阮思嫻翻來覆去，乾脆又拿起手機在群組裡鬧了起來。

阮思嫻：『@卞璿！@司小珍！出來！！！』

卞璿：『有八卦嗎？來了來了！』

司小珍：『（耳朵）（耳朵）（耳朵）。』

阮思嫻：『不是八卦，是吐槽傅明予這個蠢男人！』

人到齊了，阮思嫻覺得打字不過癮，乾脆傳了四則一分鐘的語音過去。

卞璿：『太長不聽886，去招呼客人了。』

幾分鐘後，乖乖聽完的司小珍不知道說什麼，傳了個無語的貼圖。

於是阮思嫻就開始了單方面的吐槽。

卞璿招呼完客人，見群組裡這麼多則訊息，幾乎都是阮思嫻一個人傳的，實在忍不住好奇，點開聽了一遍。

卞璿：『聽妳這麼說，我對這個人好好奇哦，真後悔那年在倫敦沒有仔細看看他，你們誰有照片嗎？讓我瞧一瞧。』

阮思嫻：『沒有，我手機裡怎麼會有他的照片，等著手機死機嗎？』

司小珍：『我知道哪裡有！妳等一下！』

阮思嫻：『？』

沒多久，司小珍往群組裡丟了一張圖片。

這是國內某航空雜誌今年二月刊，主題聚焦關於航空環保的國際條約，而代表世航簽署條約的傅明予自然是本期雜誌採訪主人公之一。

內頁附上一張他簽署條約時的照片。

身後是巨大的幕布，簡單的標明主題。傅明予則站在中間，與幾位白人握手。因為四周有鏡頭，他露出合宜的笑意，削弱了凌厲的氣質，凸顯幾分溫柔。

卞璿：『實話實說，看了這照片，我覺得他有資格自戀。』

卞璿：『這可是無精修生圖啊！』

卞璿：『發言完畢。』

司小珍：『附議。』

阮思嫻：『退群組了。』

雖然沒有真的退群組，但阮思嫻也不再參與群組聊天。

她把那張照片打開看了好幾分鐘。

這兩人至於嗎？

不知道的還為他傅明予上了《Gentlemen'S Quarterly》封面呢。

想到這裡，阮思嫻憤憤地打開音樂軟體，分享一首歌到動態。

希望他明天聽到這首歌，能有一點自知之明。

然而一夜過去。

阮思嫻醒來的時候，打開手機，看到動態有一百多個讚和幾十則留言。

她一個個翻過去，並沒有看到傅明予的動靜。

突然有一種一拳打在棉花上的感覺，阮思嫻在床上捂著被子悶了好一陣子才起床。

傅明予向來不愛看社群動態。

何況他昨晚在回湖光公館的路上接到了公司電話，立刻回去處理事情，對接歐洲營業部，忙到今天中午才空下來。

接下來的事有人接手，傅明予便回家補了個覺。

醒來時已是晚上七點。

從房間落地窗看出去，夕陽的倒影在湖中央，影影綽綽，忽然被風吹散，一圈圈蕩漾開來。

傅明予拿起手機，看了今日的飛行即時監控情況一眼。

一行行看下來，目光突然定格在中間一行資料裡。

世航一五六九，機型 ACJ31，因天氣原因返航延誤，至今未起飛。

傅明予想到阮思嫺在這趟航班上，解氣地勾了勾唇角。

放下手機去沖了個澡，回來時有一個未接電話，祝東打來的。

傅明予打了回去。

「什麼事？」

『今晚鄭姍生日啊，你忘了？』

傅明予打開日曆看了一眼，還真的忘了。

祝東：『你可真夠意思啊，早上柏揚把禮送過來了，我還以為你記著呢，原來是你祕書記著？』

傅明予：「行了，我這就來。」

由於是兄弟女朋友的生日宴，傅明予隨便換了身衣服便出門了。

生日宴在南郊的一處私人招待所，傅明予是最後一個到的。

作為祝東的女朋友，鄭姍卻不敢說他什麼。

人來了就已經很給她面子了。

今天在場的大多是熟人，都是祝東邀請來幫鄭姍過生日的。

傅明予落座，對面正好是宴安。

一看到他，自然又想起昨晚的事情，傅明予的眼神沉了下去。

而宴安已經脫了外套，鬆了幾顆釦子，臉連著脖子那一片都紅了。

看來已經喝了不少，和旁邊的人交頭接耳說著什麼。

傅明予這邊比較安靜，右邊坐著祝東，左邊坐著一個陌生女人。

自傅明予落座後便沒說話，大家都看得出來他興致不高，除了幾個特別熟的譬如祝東，其他人不敢去主動搭話。

酒過三巡，一桌子的話永遠說不完，無休無止。

傅明予甚至有些煩，想提前離席。

就在他心裡想著尋找適合的機會開口時，突然有人朝宴安抬了抬下巴。

「宴總，你上次說的那個女機師呢？都過去多久了，追到手了嗎？」

傅明予看了宴安一眼，端起面前的酒杯，放到嘴邊，淺嚐一小口。

「吹了吹了！」

宴安其實沒喝多少，但是失意人能將三分酒意化作七分，這時他也沒什麼顧忌，把心頭鬱悶說了出來，「都他媽怪常孝藝，前天早上衝到人家家裡去鬧，把人惹急了，昨天晚上就跟我說拜拜。」

「這就跟你說拜拜了？」

「廢話，昨晚讓我死得明明白白的。」

傅明予放下酒杯，拿紙巾擦了擦嘴角那並不存在的酒漬。

雖然這麼說不好，但傅明予知道自己現在有些開心。

胸腔裡憋了一天的鬱氣，也在這一刻盡數散去。

若是不隱住笑意，讓人看出來，落個幸災樂禍的罪名就不好了。

那邊的對話還在繼續。

「你真的就這麼算了？女人嘛，很多時候要哄的，她說算了就算了，那還算什麼追啊？你不再試試？」

「本來我昨天回家的時候還在想，等她消氣了我再去哄回來。」

宴安說到這裡頓了頓，全桌的注意力都在他身上，等著他的下文。

自然也包括傅明予。

只是他慢條斯理地品著酒，表現得不那麼明顯罷了。

宴安有些為難，本來不想當著這麼多人的面說。

但是大家都看著他，而他酒勁一上來，也就不管那麼多了。

「昨晚她還動態分享了一首歌，我點進去聽了下，覺得她在罵我，算了，這真的算了，她這麼看不上我我還自找什麼沒趣。」

有人問他是什麼歌，他自然打死也不肯說了。

而傅明予不動聲色地拿出手機，點進阮思嫻的動態，果然看見昨晚她分享了一首〈GQ〉。

散場後，夜色已濃。

傅明予喝了些酒，倦意再次上湧。

他閉目養著神，開了點窗，讓夜風吹進來驅散酒勁。

突然想到什麼，傅明予拿出手機，再次點進阮思嫻動態，打開那首歌。

兩秒後，一段極其……有個性的歌聲在車內響起。

車內很安靜，所以這段音樂在傅明予耳裡格外清晰。

——每一個單字都很清晰。

「stop wasting my time（不要再浪費老娘時間了），

even on a cover of GQ（即使你上了GQ封面），

I ain't ever going home with you（老娘也不會和你回家），

I'm kinda different to the girl next door（老娘和那些鄰家傻白甜不一樣），

I'm looking for something more（老娘想要更多有意義的），

you're barking up the wrong tree（你真是傻狗吠錯樹了）。」

歌聲戛然而止。

司機從後視鏡裡看了臉色不對勁的傅明予一眼，一個字也不敢說。

傅明予捏著手機，沉著臉看著窗外。

不是他多想，而是他非常懷疑，阮思嫻究竟是在罵宴安，還是罵他？

回到湖光公館時已是夜裡十點半。

這個時間算不上深夜，但四周已經人靜。車平穩開到門口，傅明予抬頭看了一眼，只有一樓的燈亮著，偶爾有燈下身影晃動。

大門緊閉，而傅明予跨上第一層臺階時，裡面響起幾道撓門的聲音。

隨著羅阿姨打開門，豆豆拔開腿撲出來，繞著傅明予腿邊轉。

傅明予沒有急著進去，彎腰陪豆豆玩了一下。

賀蘭湘裹著一條披肩走出來，靠在門邊瞧了一下，「好了，羅阿姨要帶豆豆去滴眼藥水，都進來吧。」

傅明予聞言，掰著豆豆的頭看了看，「病了？」

「眼睛發炎。」賀蘭湘斜他一眼，「自己的狗也不關心，病了都不知道。」

說完便朝裡走去，傅明予回頭問羅阿姨：「她今天心情不好？」

羅阿姨諱莫如深地看了賀蘭湘的背影一眼，悄悄點了點頭。

進了屋，羅阿姨找來藥水，喚豆豆去一旁上藥。

「我來吧。」傅明予從她手裡接過藥水往沙發走，豆豆搖著尾巴跟著他。

賀蘭湘坐在沙發上翻書，默不作聲。

一屋子安靜得很，只有豆豆時不時叫喚兩聲。

畢竟是狗，平時再乖，到了上藥的時候還是不老實。

傅明予幾次沒把藥滴進去，不耐煩地擱下藥水，對一旁的羅阿姨說：「還是妳來吧。」

豆豆已經五歲了，剛出生兩個月就送來了傅家。

一開始賀蘭湘不確定養不養，她不喜歡貓貓狗狗的，但是又覺得平日裡一個人在家寂寞。大兒子傅盛予常年駐紮國外事業部，一年到頭見不了幾次面。小兒子倒是在國內，不過也跟不在沒什麼差別，人杵在面前也沒幾句話。

那時候賀蘭湘猶豫不決，反而是傅明予說可以留下。

如今豆豆也五歲了，平日裡牠和傅明予親近，傅明予也對牠極有耐心，偶爾還會親自幫牠洗個澡。

像今天這樣不耐煩的樣子，倒是第一次見。

賀蘭湘側目看他，「今天工作上遇到不順心的事了？」

「不是。」

「那你怎麼了？」

「沒什麼。」

賀蘭湘用力翻書，冷冷地看他，「年齡越大越是悶葫蘆。」

傅明予不再搭話，起身準備上樓。

做家政的阿姨拿著一些雜物經過他身旁，他餘光一瞥，看見阿姨手裡拿著一個打開的盒子，裡面整齊地疊著一條絲巾，上面繡著一個「嫻」字。

也就頓了那麼一秒，阿姨敏銳地發覺他的目光，停下來問：「怎麼了？有什麼問題嗎？」

傅明予問：「這是什麼？」

以他對賀蘭湘的瞭解，她不用有繡字的絲巾。

即便有，也只會是品牌專門為她訂製的繡著「湘」字的衣物。

果然，一旁的賀蘭湘說道：「別人送的禮物。」

說完，她翻了翻手裡的書，低聲念叨：「也不知道在炫耀什麼，誰會戴繡著別人名字的絲巾，要不是看圖案實在漂亮，我就拿去擦桌子了。」

聽賀蘭湘語氣裡有著吐槽的欲望，傅明予趕緊上樓。

可惜天不遂人願，他走到一半，還是被叫住了。

「對了，你不提這個我都忘了。」賀蘭湘放下書，抬頭看傅明予，「鄭總和他夫人下個月結婚紀念日，邀請了我們，但是你哥和你爸最近都不在國內，我想著別人也就算了，鄭總這邊邀請，光我露面不合適，你記得一起去。」

賀蘭湘口中的鄭總是做酒店起家的，和航空公司自然也是合作夥伴，這點其實不用賀蘭湘提醒，傅明予自然會露面。

「還有，你那天然珍珠項鍊……」賀蘭湘突然轉變了笑臉，揶揄地看著傅明予，「我看都在家裡放好幾天了，你還送不送人啊？」

那天她問了傅明予一句，心裡推測他是買來送人的。

項鍊嘛，自然是送給女人，而這天然珍珠價格不菲，可見那位的身分自然不普通。

誰知過去幾天了，那珍珠就放在家裡動都沒動過。

賀蘭湘只開了一盞暖黃的落地燈，而傅明予已經走到樓梯上，隔著這麼遠，看不清他的神色，只聽他說：「送去給鄭夫人吧。」

賀蘭湘輕哼了聲，略有不滿，嘀咕道：「也不知道人家看不看得上這些俗物。」

鄭夫人便是送了賀蘭湘絲巾的人，名叫董嫻。

她是個畫家，搞藝術的，和賀蘭湘這種開個畫廊是為了賺錢的人不一樣。但賀蘭湘和她也不算不合，畢竟她們這樣的人，總是要維持表面的和諧。只是賀蘭湘平日裡就是有些看不慣她的假清高。

比如她這次送的絲巾，看起來好像雲淡風輕地送了些不值錢的禮物給朋友們，重在心意，上面的圖案是她自己畫的。

可誰不知道，為她設計並製作絲巾的品牌是出了名的難搞，連賀蘭湘都還沒有這家訂製的絲巾呢。

思及此，賀蘭湘又想：也不知道二婚有什麼好紀念的，我還不想讓兒子去呢，多不吉利。

幸好傅明予走得快，不然他又要聽賀蘭湘碎碎念，本就不好的心情更是火上澆油。

而他去了二樓，看見被羅阿姨歸置好的那串珍珠項鍊，心頭更是煩躁。

這條項鍊確實是為阮思嫻買的，價格也確實不菲。

那次去臨城，登機的時候知道了阮思嫻的過往。後來又因為工作直接去了巴黎，回來的時候，他便想著和阮思嫻談一談。

或者說，跟她道個歉。

而傅明予的人生中，對於「道歉」一事，經驗實在不足。

所以他想，挑選個貴重的禮物，外化他的歉意，免得那位祖宗又因為他的少言寡語而覺得他誠意不足。

可是現在，傅明予腦子裡還迴響著那首歌，同時還浮現著這段時間的種種。

突然就覺得，沒必要，完全沒必要。

還道歉？

本身就不是他一個人的錯，能容忍她一次又一次，已經是他最大的讓步。

何況阮思嫻的所作所為早已超過他的忍耐極限。

與此同時，因為天氣原因延誤了好幾個小時候的航班終於起飛。

之前等候的時候，乘客情緒不穩，空服員安撫不下，後來還是機長親自出面才穩下乘客的情緒。

進入平飛巡航狀態後，范機長要了一杯茶，慢悠悠地喝了一口，問俞副駕：「你什麼時候結婚？」

「明年。」俞副駕笑著說，「怎麼，要傳授什麼經驗給我嗎？」

范機長連連擺手，「沒有沒有，女人結婚了都一個樣，你只管當孫子就行了。」

說完又回頭問阮思嫻，「小阮，妳有男朋友嗎？」

不等阮思嫻回答，俞副駕就說：「又來了又來了，范機長，你才五十出頭，怎麼已經開始愛好做媒了，該不會每天下了飛機其實沒回家而是去跳廣場舞了吧？」

「去！」范機長佯裝給他一巴掌，又笑呵呵地說，「我問問嘛，小阮這麼優秀，應該有男朋友吧？」

阮思嫻說沒有，范機長點了點頭，沒再說什麼了。

可是過了幾分鐘，他還是按捺不住，又回頭問：「那個……我兒子今年二十四，比妳小一歲，但是研究所馬上就畢業了，工作都簽了，在研究院。」

「來，我幫你說下一句。」俞副駕接著說道，「小阮呀，妳要不要跟我兒子認識認識呀？」

范機長也不反駁，笑咪咪地看著阮思嫻。

昨天才剛走了一個宴安，阮思嫻沒空再接觸一個了，卻又不好直接說。

「我現在……不太考慮那方面。」

「啊？」俞副駕驚詫地問，「還不考慮啊？」

范機長瞪他一眼，說道：「沒關係沒關係，事業為重嘛，要不然妳跟我說說喜歡什麼樣的，我幫妳留意留意，我還是認識很多單身的機長啊、研究員啊，都是有為青年。」

說是為了阮思嫻留意，其實還是想聽聽阮思嫻的擇偶標準，看看自己兒子合不合適。

在兩人好奇的目光下，阮思嫻垂眸想了想，腦海裡竟奇怪的浮現出一張臉。

「我喜歡謙遜的。」

「有自知之明的。」

范機長問：「就這樣？太抽象了啊，有什麼具體點的？職業啊身高啊長相什麼的。」

他看見阮思嫻不知想到了什麼，表情奇奇怪怪的。

「職業啊，正經點就行，不需要賺太多錢。身高不用太高，我不喜歡太高的，至於長相……」她頓了頓，「普通就行。」

——不然容易自戀。

俞副駕說：「妳這些要求都不高啊，看來妳是個很重感覺的人。」

阮思嫻沒再說話。

誰談戀愛不是重感覺呢，可惜偏偏感覺這東西是最難琢磨的。

兩個小時後，飛機在江城降落。

由於延誤，阮思嫻到家已經凌晨兩點了，洗了澡倒頭就睡，一夜無夢。

緊接著六月到來，意味著航空旺季開始，航班越來越多。

阮思嫻每天的日子就是機場和家兩點一線，偶爾有時間去卞璿店裡坐一坐，一眨眼大半個月就過去了。

這天早上，阮思嫻出門跑步，等電梯的時候看到數字停在十八樓。

她突然想起，好像這大半個月都沒在名臣見過傅明予。

出差了？

好像不是，前兩天她還在公司裡匆匆瞥見過傅明予的身影。

正想著，電梯門打開，阮思嫻差點以為自己出現幻覺了。

不是吧，說曹操曹操到？

電梯裡，傅明予自然也看見阮思嫻了。

視線交錯片刻，他便移開目光，不再有別的動靜。

他昨晚忙到三點，而今天早上又有個會議，便來這裡住了一晚。
其實以往一直是這樣的。
阮思嫻走了進去，和他分站在兩邊，一時間兩人都沒說話，好像不認識對方一般。
密閉的狹小空間內，這氣氛著實讓人尷尬。
電梯平穩下行，到了八樓停下。
阮思嫻突然有一種不好的預感。
自從上次那隻拉布拉多從八樓進來，她就記住了這個樓層，每次坐電梯看到在八樓停下時，她都會緊張一陣子。
電梯門緩緩打開。
阮思嫻：「……」
她今天還真是想什麼來什麼呢。
而且今天這隻拉布拉多更有精神了呢。
一進來就在電梯裡活蹦亂跳，還在阮思嫻褲子上撓了一爪。
阮思嫻嚇得差點沒叫出來，退到角落裡靠緊了牆。
這次出來遛狗的是個年輕女孩子，按不住狗，只能抱歉地看著阮思嫻。
而一旁的傅明予，不動聲色地看著手機，似乎根本沒注意到這一幕。
不行，要窒息了。
阮思嫻想伸手去按電梯，她想立刻出去等下一趟，可惜她站在角落裡，又不敢挪動，手根本搆不著。

就在這時，一直默不作聲的傅明予突然動了。

——他伸手按了五樓的按鈕。

正好電梯剛到六樓，傅明予按完後沒幾秒，電梯便停在了五樓。

電梯門緩緩打開，傅明予微微側頭，看向阮思嫻，垂著眼眸，下巴朝門口微微一抬。

意思是，您可以請了。

阮思嫻根本沒注意到他的表情有多麼微妙，兩三步就跨了出去。

心神微微定下的同時，她鬆了口氣，想跟傅明予說聲謝謝。

然而她一轉身，就見電梯門正在關上。

而傅明予依舊垂眸看著手機，沒有表情就是他的表情。

第八章　草船借箭

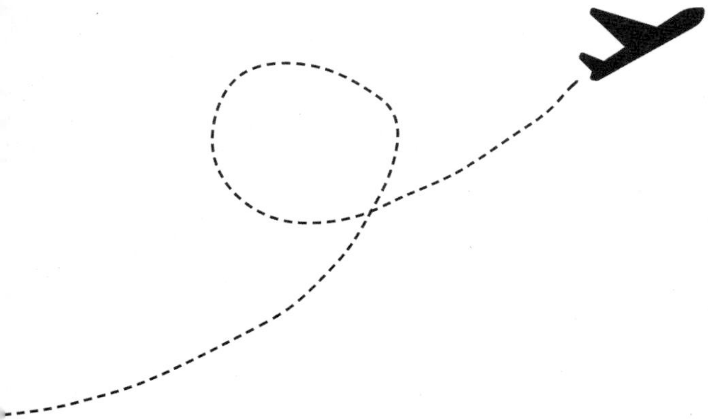

阮思嫻再次從電梯裡出來時，傅明予的車剛駛離她的視線。

看著汽車離去的方向，阮思嫻出了下神。

在那一分鐘內，她盤算著自己什麼時候才有時間去考個汽車駕照，再買個汽車，免得以後這麼曬的天氣還要在太陽底下等車。

沒辦法，六月的氣溫飆升得太快，根本沒給人緩衝的時間，而江城是個火爐城市，這樣的高溫將持續到十月。

門口只有警衛亭的屋簷可以遮太陽，阮思嫻站在那裡等車。

她剛站好，身旁就多了個人。

起初只是瞥見那人穿的制服有些眼熟，回頭一瞥，兩人都愣了下。

倪彤拉著飛行箱，和阮思嫻對視一秒，然後移開目光。

幾分鐘的沉默後，阮思嫻先開了口。

「妳也住這？」

「……不是。」倪彤眼神四處飄，就是不看阮思嫻，「我閨密住這裡。」

阮思嫻「哦」了一聲，又不說話了。

沒多久，阮思嫻手機顯示她約的車馬上就到，她可以去路口等著上車了。

臨走時，她回頭看了倪彤一眼，「妳約到車了嗎？」

倪彤聞言看了下手機，現在高峰期，她還在排隊，前面有四十多個人。

「……沒有。」

「走吧。」正好阮思嫻約的車到了，她朝倪彤揮揮手，「妳再等下去說不定又要遲到。」

「……不會，我今天提前了兩個小時。」

「好吧。」阮思嫻朝前走，「那妳就曬著吧。」

屋簷雖然能擋光，但紫外線也防不住的。

他們這些高空作業人員平時特別注意防曬，否則皮膚老化很快。

倪彤在大太陽底下排隊等車和蹭阮思嫻的車之間猶豫了兩秒，拉著飛行箱悄悄地跟上去。

她昨天看過這週的飛行任務了，好巧不巧，下週有國家隊運動員包機出戰，她和阮思嫻剛好排到那一趟航班。

反正到時候都要合作，還僵持什麼哦。

上車後，兩人分坐兩端，沒有人說話。

阮思嫻低頭看手機，而倪彤偷偷看了她幾次。

上次在電梯裡的事情倪彤還耿耿於懷，可是過兩天要合作了，總要提前緩和一下關係吧。

說點什麼呢……

倪彤舔了舔唇角，突然開口道：「妳真的在追傅總啊？」

「……」

阮思嫻抬起頭，沒看倪彤，直接對司機說：「司機，麻煩靠邊停車，有人要下車。」

「欸欸！」倪彤急了，「這裡前不著村後不著店的，妳怎麼這樣啊！」

「我就這樣。」阮思嫻瞥她，「要不然妳閉嘴。」

倪彤敢怒不敢言，往車門挪了挪，心想早知道就不上這趟車了。

一路沉默到下車，倪彤把飛行箱搬下來，回頭一看，阮思嫻都走出去老遠了。

「什麼人嘛……」

倪彤拖著飛行箱憤憤跟上去，和阮思嫻在電梯前分道揚鑣。

阮思嫻今天休假，但是有一個安全講座，所有不在航班的機師還有機務都要參加。

休息時間被占用，許多人心裡都有怨言，講座又枯燥，專家洋洋灑灑說了幾個小時，好不容易熬到結束，已經是中午了，想睡個回籠覺也不成。

聽講座的時候，阮思嫻和一個機務坐在一起，偷偷聊了兩句，發現兩人竟然是同一個高中的。

只是那個機務比她大幾屆，阮思嫻高一的時候他已經畢業了。

「妳中午回去嗎？要不要一起去餐廳吃飯？」出來時，機務問道。

阮思嫻說不去，「我下午還有點事。」

「好吧。」

阮思嫻走路向來目不斜視，快到電梯時，機務突然拉她的手腕了一把。

「怎……」話沒說完，阮思嫻看見一行人從另一邊直奔電梯而來。

為首的是傅明予，他一手插著口袋，側頭垂首看柏揚端在他面前的iPad，腳步不疾不徐，身後跟的七八個人面色嚴肅。

阮思嫻被機務拉著退了兩步，讓出了電梯門口的位置。她看著傅明予從她面前經過，走進電梯，轉身面朝外，目光冷冷淡淡，直至電梯門闔上那一瞬間，眼神未曾有過變化。

嘿，挺好。

阮思嫻想，他終於安靜下來了。

出了世航大門，阮思嫻叫了車，途徑一家熟悉的花店，讓司機停了一下。

她下車走到花店門口，老闆立即迎出來：「買花嗎？」

「綁一束百合給我。」阮思嫻說，「要開得好點的啊。」

「我們的花都是開得好的。」

店裡有裝飾好的百合，老闆挑了一束給阮思嫻，「一百五十八，收妳一百五吧。」

「好，謝謝老闆啊。」

拿著花上了車，司機回頭問了句，「去看故人？」

阮思嫻閉著眼睛「嗯」了聲。

車慢慢開向郊區。

山路崎嶇，司機開得慢，晃了近一個小時才到目的地。

阮思嫻下車後，輕車熟路地進了墓園，找到那一座墓地。

其實剛剛還有幾公尺遠的時候她就看見碑前放著一束花，走近一看，果然是一束新鮮的百合。

阮思嫻彎腰把那束花撿起來，丟到碑後。

花落地的那一瞬間，散落了幾朵攤在地上。

阮思嫻看著那花，嘆了口氣，又撿起來重新放回碑前，然後把自己買的花也放到旁邊。

她從包裡拿了一張報紙鋪在地上，盤腿坐上去，盯著墓碑上的照片看了許久。

照片上男人淡淡的笑著，眼神溫柔，五官俊秀，和阮思嫻一樣有著狹長的眼睛，高挺的鼻樑，就連唇角的弧度都如出一轍。

阮思嫻坐了好一陣子才從包裡拿了個小盒子出來捧在手心。

「爸，這是我的肩章。」

她打開盒子，放到碑前。

「現在三條槓，再過兩年就四條槓了。」

說了兩句，不知道說什麼，阮思嫻又沉默下來。

好幾分鐘後她才又開口：「太可惜了，你沒坐過飛機，要是多堅持幾年，說不定還能坐我開的飛機，帶你出國轉轉。」

烈日當空，連風都是熱的，可是在這空寂的墓園裡，始終有一股清冷的感覺。

阮思嫻垂著頭坐了許久，幾片葉子落在腳邊。

她撿起來捏了捏，又說：「爸，你別看飛機那麼大一架，上了天就跟葉子差不多。你不知道，上個星期有一次返航，差點碰到積雨雲，幸好機長厲害，成功繞行了，但還是差點把我嚇死，那東西太恐怖了。」

風吹動雜草，發出「沙沙」的聲音。

阮思嫻的聲音變得有些沙啞，「還有這幾天晚上風特別大，窗戶外面吹得嘩啦啦的，我總覺得有小偷翻牆進來了，雖然我現在住十幾樓，社區裡還有保全，但我還是以為我還在我們家那邊，經常有小偷翻窗戶偷人家東西。」

「唉，不說這些了，你都不知道積雨雲是什麼。」阮思嫻揉了揉眼睛，從包裡翻出一本書，「我給你讀詩吧。」

不知是哪家祭拜的後人放置的掛紙被風吹散，飄到了阮思嫻身上，她渾然不覺，細細沙啞的聲音在這座墓園裡斷斷續續。

身後的風不止樹不靜，天上的雲聚了又散，豔陽漸漸收斂了光芒，在時間的驅使下悄然落於西山。

當時鐘指向七點，一下午就這麼過去了，有兩個負責打掃的老人拿著掃帚四處轉，布鞋踩著草地，聲音竟清晰可聞。

與此同時，江城國宴酒店，星月燈火，交相輝映，暗金色的大門外四個燕尾服侍者依次站立，白手套一抬，將賓客引入一片浮光躍金的內裡乾坤。

室內燈火輝煌，新鮮的淡粉百合花無處不在，或是包裹著圓柱，或是盛開在桌上，或是擁簇在糕點旁邊，滿室繽紛，大提琴與鋼琴聲嫋嫋不絕，客人交談聲喧而不亂，竟碰撞出一種奇妙的融洽感。

一輛黑色賓利緩緩停在門口，兩個侍者立刻上前，分別拉開左右兩道車門。

傅明予先行下車，略等片刻，賀蘭湘便從另一旁過來，挽住他的小臂，在燕尾服侍者的引領下朝裡走去。

賀蘭湘腳未踏進去，視線先巡視一圈，抓住了今天的主角。

賀蘭湘小聲哼哼道：「我就知道，她今天又穿一身素，柔柔弱弱站在哪裡，四兩撥千斤，顯得我濃妝豔抹像隻孔雀。」

傅明予抬手扶她上階梯，並未去看賀蘭湘眼裡的人。

賀蘭湘提著自己湖藍色的訂製魚尾裙擺，娉婷前行。

母子倆出現，頓時吸引了一眾賓客的注意，主人家自然也看到了。

眼看著董嫻朝她走來，賀蘭湘小聲道：「今天連口紅都不塗了，看起來倒像是我的結婚紀念日一樣。」

傅明予端看前方，卻輕聲道：「妳既然這麼不喜歡她，以後別出席她的晚宴了。」

「不行，我的畫廊還要跟她合作呢。」說完，賀蘭湘如同變臉一般，端著一副笑臉迎了上去，「鄭太太！妳今天這裙子太漂亮了！」

傅明予見狀，揉了揉眉心，驅步跟上。

董嫻和賀蘭湘寒暄一陣，又看向一旁的傅明予，「你送的項鍊我收到了，我很喜歡，你費心了。」

「他費什麼心呀。」賀蘭湘接著說道，「都是我選的，他哪裡懂這些。」

傅明予在一旁點頭，附和他親媽說的話。

招呼打完了，賀蘭湘和傅明予有不同的交際圈子，自然分頭行動。

端著托盤的侍者經過傅明予身旁，他取了一杯，轉身回望，看見和賀蘭湘並肩而立的董嫻身影，竟有片刻晃神。

他凝神看過去，從她的側臉看到了另一個人的影子，在心頭蕩漾開來，最後竟化作一陣煩悶。

那股煩悶這些天時時出現，在他閉目養神的時候，在他獨自吃飯的時候，抓不住，摸不透，比悶熱的天氣還讓人躁鬱。

而另一邊，賀蘭湘看著朝董嫻款款走來的女子，笑道：「好久沒有見到幼安了，上次畫展也沒見到，上哪去了呀？」

董嫻被鄭幼安挽著手，嘖嘖嘆道：「長大了，在家裡待不住，成天往外跑，上次畫展的時候跟著老師去澳洲采風了，昨天才回來。」

「孩子長大了就是這樣的。」賀蘭湘指著前方的傅明予，「我家那個也是，一年到頭也不見在家待幾天，下週又要去西班牙出差，不知道要走多久。」

鄭幼安聞言問道：「他下週要去西班牙嗎？」

「對啊，怎麼了？」

鄭幼安抿著唇沒說話，董嫻抬頭看了傅明予一眼，說道：「幼安下週也去西班牙，不過這次她不跟老師了，要一個人去，攔都攔不住。」

「不錯呀。」賀蘭湘上下打量鄭幼安，心想我兒子天天到處飛，有什麼好攔的，不過說出來的話卻是，「幼安學攝影的，以後少不了全世界到處跑，妳習慣就好了。」

董嫻說，「畢竟是女孩子，還沒放她一個人去過那麼遠的地方，總是不放心的。」

賀蘭湘沒女兒，不能體會董嫻的心情，只能隨意敷衍，「也沒什麼不放心的，到哪裡都有司機接送，安全得很。」

話都說到這裡了，董嫻隨口問道：「傅明予他怎麼去？」

這次傅明予是去視察西班牙營業部情況，隨行的人多，自然是坐私人飛機。

董嫻聽了，便說要不然順勢帶上鄭幼安，她也放心些。

本來不是多大的事情，不管賀蘭湘怎麼想，也要當場應下來。

只是事後有一點擔憂，害怕傅明予不高興，怪她擅作主張。

但傅明予知道這件事後，沒什麼其他的情緒。

不過是多帶一個人而已，彷彿只是多帶一件行李，他根本不會在這種事情上分一絲心神。

第二週的星期三清晨，阮思嫻拉著飛行箱大步前行，整個機組的步伐都很快。

因為是包機，需要在商務航廈登機，路上雖然沒有閒雜乘客，但是距離更遠。

倪彤帶著乘務組跟得有些吃力，在後面嘀咕了一句：「走那麼快幹什麼……」

卻不想阮思嫻聽到這句話，回頭看她：「妳腿短嗎？」

倪彤一聽瞪大了眼睛，「我脫鞋一百七好嗎！」

「我也一百七。」阮思嫻說，「怎麼比妳快那麼多，妳說是不是妳腿短？」

倪彤無法反駁，又氣得說不出話，只能扯著嘴角僵硬地笑。

她的表情反而把阮思嫻逗笑了，放慢腳步，走在她身邊，跟著飛行學院裡一群男人學的逗女孩子的習慣不知不覺又來了，「妳測過比例嗎？腿長有沒有一百啊？」

「我一百一！」

「沒有吧，我覺得最多就九十五吧。」

倪彤別過頭翻白眼，懶得理她。

阮思嫻說完，也不再逗她。

一行人走到轉角，突然見前方迎面走來七八個人。

雖然目前還隔著十幾公尺，但阮思嫻遠遠就認出來走在最前面的是傅明予。

那股一如既往，天大地大老子最大的氣勢，除了他還能有誰。

唯一特別的是他身邊跟了一個女人。

穿著裸粉色連身裙，長髮飄飄，頭上頂著白色編織帽，一副出門遊玩的模樣。

阮思嫻瞥了瞥嘴角。

跟女人出門玩還帶這麼多人，也不嫌燈泡多。

還以為最近多忙，人影都看不見，原來是陪女人，怪不得看起來有些憔悴，怕是真的有點虛。

隨著雙方相距越來越近，視線相撞，阮思嫻不動聲色地移開目光，假裝沒看見，嘴角翹起，譏誚地笑著。

可惜最前面的機長都停下來跟傅明予打招呼了，阮思嫻也不得不停下來。

她看向傅明予的那一剎那，餘光瞥見一旁的鄭幼安。

隨後面色一頓，嘴角的弧度慢慢垮了下來。

鄭幼安很瘦，纖長的脖子上掛著瑩潤的粉鑽，襯得她的皮膚越發白嫩。裙子下的小鳥腿踩著一雙細高跟鞋，極具纖弱的美感，一看便是捧在手心長大的公主。

阮思嫻目光微閃，緊緊抿著唇，壓著心裡的酸澀，想移開視線，卻又總忍不住去打量她。

其實這是她是第一次見到鄭幼安。

以往，她只是偶爾會去翻一翻她的社群，看看她平時的生活。

有那麼一點偷窺的感覺，阮思嫻一直深深地埋著自己心裡這一處陰暗面。

她想看看自己的媽媽跑去做別人的媽媽，是不是做得很好。

事實證明，她總是做得很好。

鄭幼安應該早就接受董嫻，並且從她身上得到了缺失的母愛。

看她曬國外旅行的照片，看她曬和家裡的貓貓狗狗的合照，看她曬生日宴會的照片，所以能在今天第一次見面，就認出她來。

阮思嫻失神略久，連鄭幼安都感覺到她的目光久久停留在自己身上，於是不自覺地退了一步。

和機長短暫聊了幾句的傅明予似乎感知到了什麼，看向阮思嫻，正好和她強行移開的視線對上。

而阮思嫻不想讓他看出什麼，別開了頭，看著遠處。

但視線交錯的那一瞬間，他還是看見阮思嫻眼裡複雜的情緒。

幾句話說話，兩方人各自前往登機口。

走出幾步，傅明予突然回頭，看見向來挺拔的阮思嫻，此時的背影竟然有些落寞。

「怎麼了？」鄭幼安問。

「沒事。」傅明予轉身繼續前行。

上了飛機，爬上高空，直到平飛狀態。

此次一同前往西班牙的員工各司其職，在飛機上也沒閒著。

而閒著的只有傅明予一人。

他面前放著不少資料，卻一直沒看進去。

腦海裡一直是剛剛阮思嫻看著鄭幼安的眼神。

以及她的背影。

突然，身旁一道音樂聲打斷了傅明予的思緒。

鄭幼安捂著 iPad，抱歉地說：「不好意思哦，耳機沒插好。」

傅明予目光掃過她的臉。

片刻後，突然回過味來。

胸口裡憋了許久的鬱氣一瞬間消失殆盡。

半晌，他拿起手機，分享一則新聞給阮思嫻。

這個時候，阮思嫻還沒有起飛。

新聞是阮思嫻即將降落的地方的暴雨預警。

幾分鐘後。

阮思嫻：『？』

傅明予：『記得帶傘。』

阮思嫻：『……』

阮思嫻：『傅總，你帶著女朋友出門，又來關心我，不太合適吧？』

傅明予看到這則訊息，終於證實心中的想法。

他鼻子裡溢出一聲輕哼，自己都沒發現他臉上有了笑意。

飛機落地馬德里時已是第二天凌晨兩點。

在這期間，賀蘭湘傳了好幾則訊息給傅明予。

『什麼時候到？』

『那邊天氣怎麼樣？』

『也不知道現在歐洲那邊是不是有點亂，你平時注意一下，保鏢該帶就帶。』

絮絮叨叨的話題最後如傅明予所料，來到了他旁邊那位女孩身上。

『鄭幼安路上還好吧？』

『她爸媽安排了人接她，你也別多操心了，下飛機就好好休息，你這段時間太累了。』

傅明予看到這則訊息時，簡短地回了兩句。

『到了。』

『我也沒那麼多閒工夫操心別人。』

順便捎上鄭幼安，是賀蘭湘答應下來的，而傅明予也沒有異議。

但這並不代表他有其他意思，母親大人的擔憂是多慮。

在關於鄭幼安這件事上，傅家有小小的分歧。

去年賀蘭湘生日，董嫻帶鄭幼安出席，那是傅明予和鄭幼安第一次見面。

鄭幼安被董嫻帶過來和傅明予打招呼時有些靦腆，聲音細細小小，傅明予出於禮貌一直看著她，頻頻笑著點頭。

其實他好幾次沒聽清她在說什麼。

而這一幕落到一旁的傅成周和鄭華靖眼裡，兩個父親都覺得看起來甚是般配。

從此便有了撮合的意思。

傅成周自然也跟賀蘭湘說了這個意思，當時賀蘭湘拿出一副端莊識大體的笑容，說傅成周這個想法不錯。

兩家孩子年輕合適，郎才女貌，要是能湊一對，對兩家的公司也是大有好處。

然而賀蘭湘的內心卻是一萬個不願意。

她對鄭幼安沒什麼意見，甚至有一點喜歡這個小女孩，但是——要她跟董嫻做親家？她寧願自己兒子一輩子不結婚！

不，這個惡毒了一點。

可她一想到如果傅明予跟鄭幼安真的成了，以後她跟董嫻見面次數將數量級上升，未來的生活簡直要窒息了。

好在鄭幼安一直在國外讀書，傅明予又忙，想撮合也沒什麼機會，一年多下來，兩人見面不過兩次。

可是現在鄭幼安畢業回國了，還越長越漂亮，笑起來一對梨窩甜死人，哪個男人承受得住啊。

思及此，賀蘭湘開始展望自己未來的生活，要和董嫻一起參加婚禮，一起上臺致辭，以後還要一起參加孫子的滿月酒、周歲禮，甚至每年過年兩家都要聚在一起，她還要裝出一副親家情深的樣子。

這日子真的太難了。

她到底做錯了什麼要跟董嫻做親家？

如果上天這時候安排一個真命天女抓住傅明予的心，她願意吃素一年以表謝意。

此時，飛機正在滑行，速度漸漸慢下來。

傅明予側頭看了旁邊座位的女人一眼。

在著陸前半個小時，她就忙了起來。

也不知道從哪裡變出來一個小包，掏出來一堆瓶瓶罐罐，一下子臉上拍一下，一下子又蜷起身體往腳上抹東西，最後又往脖子上塗東西。

她仰著頭，脖子白得晃眼。

傅明予瞥到這一幕，突然想起，阮思嫻的脖子也很長很挺拔，像天鵝一樣，總是高高昂著。

今天是第一次見她垂頭喪氣的模樣。

傅明予神思飄遠，覺得好笑又好氣，完全不知道自己的眼裡竟然溢出毫不掩飾的笑意。笑意蔓延，連人也變得柔和了。

傅明予看著手機，十幾個小時前傳的訊息阮思嫻還沒回，竟不覺得生氣，反而又傳了一則過去。

傅明予：『為什麼不回訊息？』

阮思嫻收到這則訊息的時候剛到家。

因為暴雨，航班延誤，經歷了十幾個小時才返航，這時候才回家。

她還把倪彤帶回來了。

說到這個，阮思嫻有些無語。

最近天氣熱，她貪涼，連續幾天狂喝冰飲，報應就在今天來了。返航途中，倪彤生理期突然來了，小腹一開始只是隱隱作痛，後來便像有電鑽在裡面攪似的。

但她沒說，咬著牙飛完這趟航班，終於在下飛機的時候堅持不住，往牆角一蹲，站都站不起來。

大半夜的，她也不想麻煩別人，就說要去名臣公寓閨密家裡。

正好阮思嫻住那裡，最後就由她送倪彤過去。

可是到了門口，敲了門沒人應，打了電話才知道人家回老家了。

倪彤的臉色已經成了菜色，蹲在地上一句話都說不出來，阮思嫻只好把她弄到自己家裡休息。

一開始倪彤還不願意，哼哼唧唧地說要回家。

阮思嫻知道她介意兩人初次見面的尷尬，不想去她家住，也不堅持，便說：「那妳自己回去吧。」

倪彤說走就走，扶著牆站起來，一步步往電梯挪。

阮思嫻看著她的背影，說：「妳裙子髒了。」

「啊？哪裡哪裡？多不多啊？明不明顯啊？」

阮思嫻拇指和食指比出雞蛋大小的圓圈，「這麼大呢。」

倪彤又看不見屁股，在去阮思嫻家和帶著血跡回家之間猶豫了兩秒，說：「那我去妳家洗洗裙子吧。」

說是這麼說，但是倪彤一到她家裡就倒在床上起不來了，一邊翻滾一邊說著以後再也不喝冰水。

阮思嫻沒理她，去廚房煮生薑紅糖，她也是這時候才有空拿出手機看一看。

打開手機的時間巧，正好傅明予的訊息彈了過來。

為什麼不回訊息？

阮思嫻覺得沒什麼好回的，因為他上一則傳的是：『她不是我女朋友。』

是在回答她說的：『傅總，你帶著女朋友出門，又來關心我，不太合適吧？』

阮思嫻看到這則訊息的時候，心想，關我什麼事？

而且搞得好像是傅明予在跟她解釋一樣。

如果回一個「哦，知道了」，那不是更奇怪嗎？

所以阮思嫻索性不回了。

可是沒想到十幾個小時後他竟然來追問為什麼不回。

好像一定要從她這裡得到答案似的。

阮思嫻隨手打了幾個字敷衍他。

阮思嫻：『哦，打消消樂去了沒看見。』

這麼說總可以了吧老闆，沒問題了吧？

然而訊息剛傳出去，傅明予居然秒回了。

傅明予：『？』

傅明予：『不回訊息很不禮貌。』

阮思嫻：「……」

不管是有意還是無意，阮思嫻也罵了傅明予很多次了，什麼芬芳都吐過了，他怎麼會以為她對他會彬彬有禮？

阮思嫻：『您是第一天認識我嗎？我有禮貌這個東西嗎？』

傅明予：『阮思嫻，妳見好就收，我沒那麼多耐心給妳消磨。』

阮思嫻：「……」

跟這個人說話好累啊！到底是誰在消磨誰的耐心啊！

正好手邊的水開了，阮思嫻手忙腳亂地把紅糖倒進去，也沒耐心打字，按住語音鍵說了句：「傅總，您現在很閒嗎？您累不累啊？您不用工作嗎？不用開會嗎？飛了十幾個小時不用休息的嗎？」

能不能安靜一下？

傳出去的同時，阮思嫻聽見身後有動靜，回頭一看，倪彤扶著門框，臉色蒼白，雙眼卻炯炯有神。

「呃……我不是故意偷聽，我出來上廁所。」

阮思嫻沒理她，轉頭攪拌鍋裡的紅糖水。

倪彤邁著虛弱的腳步朝廁所走去，經過阮思嫻身旁時，猶豫片刻，小聲說道：「妳不能這麼跟他說話的。」

阮思嫻：「什麼？」

倪彤又說：「妳這麼問，很容易適得其反的，要懂得用方法。」

說完她又虛弱地走進洗手間。

同時，傅明予回了訊息。

傅明予：『既然知道我很忙，就安靜點，我下週六回來。』

阮思嫻：？？？

你回來就回來啊跟我說幹什麼，意思是要我鋪上紅毯帶上喇叭去歡迎您嗎？

世航官僚作風這麼重嗎？

她關了火，非常認真的試圖站在傅明予的角度去理解他的瘋言瘋語。

兩分鐘後，她選擇放棄。

但是她卻想明白了倪彤剛剛說的話是什麼意思。

昨天她還問她是不是在追傅總，所以倪彤以為她纏著傅明予聊天？

為了驗證自己的想法，倪彤出來時，阮思嫻問：「妳剛剛說的話是什麼意思？」

倪彤肚子難受，但為了感謝阮思嫻今天的善舉，也不是不可以提點她一下。

「妳關心人不能這麼關心，要循序漸進，一次性問這麼多，他會煩的。」

阮思嫻：「……」

「我關心他什麼啊，我關心他棺材要滑蓋的還是觸控的嗎？」

「我好心指點妳妳不聽就算了凶什麼凶嘛？」

倪彤覺得阮思嫻這種人有時候簡直不可理喻，捂著自己絞痛的肚子走到客廳，一屁股坐下去，感覺肚子更疼了。

阮思嫻把紅糖水端過來，杵倪彤面前。

倪彤不想喝，別開臉，「我不想喝這……」

話沒說完，她就看見阮思嫻收回手臂，仰著頭自己灌了一大口下去。

一連串動作行雲流水，一氣呵成，豪不猶豫，讓倪彤看得目瞪口呆。

「不喝算了。」

阮思嫻說完還坐下來，一隻手拿著手機，一隻手端著紅糖水，時不時抿一口，看起來跟喝茶似的。

完全無視了旁邊的病人。

倪彤委屈，但說又說不過，肚子還疼，只能委屈地蜷縮起來。

突然，她感覺到沙發末尾的阮思嫻動了一下，以為自己的腳碰到她了，立刻蜷縮起來，力求和阮思嫻沒有肢體接觸。

太可怕了。

倪彤覺得自己以後不能惹阮思嫻，這女人瘋起來連老闆都敢罵，說不定對她敢動手。

肯定是打不過的，倪彤聽說過，阮思嫻的體能測試很強。

阮思嫻餘光看見她的動作，笑了一下，起身去廚房重新倒了一碗紅糖水。

「再不喝就涼了。」

倪彤接過，頭埋進去，咕嚕咕嚕喝完，剛放下碗，阮思嫻遞來一張衛生紙。

「謝謝。」

她低低地說了句，對面沒應答。

兩人就這麼沉默地占據著沙發。

一個小時後，倪彤媽媽來電了。

「啊……我走了啊。」倪彤拿起自己的東西站起來，「我好得差不多了。」

阮思嫻頭都沒抬非常沒有誠意地問：「要我送妳下去嗎？」

「不用不用，我媽媽來接我了。」倪彤穿上自己的鞋，扶著門把，「今天謝謝啊。」

阮思嫻非常沒有感情地說了句，「不用謝。」

倪彤覺得阮思嫻這人雖然說話太冷，但是心腸還是熱的，於是臨走之前還想再跟她傳授傳授自己泡男人的經驗。

結果還沒開口，又聽見阮思嫻說：「多大的人了還要媽媽來接，自己都到了能當媽的年紀了。」

「……」

關妳什麼事啊我永遠都是寶寶！

倪彤用力道控制得非常好的關門聲來表達自己的敢怒不敢言後，阮思嫻終於抬起頭看了門一眼。

屋子裡瞬間安靜了下來，幾分鐘後，阮思嫻走到陽臺，果然看到一個中年婦女牽著倪彤走了出去。

她覺得自己剛剛說話太酸了，活生生一個惡毒女炮灰的畫風。

而女炮灰沒控制住自己，時隔一個月，又點進了鄭幼安的社群帳號。

正好，十分鐘前，鄭幼安發了文，是三張照片。

第一章照片，是透過窗戶拍的外面的藍天白雲。

第二張照片，是疊在禮盒裡的絲巾，上面繡著一個「嫻」字，而圖片上面用彩色字體寫著『媽媽設計的絲巾』。

看到這裡，阮思嫻無聲地嘆了口氣。

翻到第三張，是飛機內的情形。

她沒有拍全，只有座位一角，隱隱可見前方柏揚的身影。

還不是女朋友呢，不是女朋友你讓人家坐你的飛機，不是女朋友你帶人家去西班牙玩。

阮思嫻在沙發上翻了個身，不回傅明予的訊息了，繼續打消消樂。

暑期的航運高峰如約而至，加上江城開展博覽會，世航加大運力投放，增開、加密了多條航線。

而最近天氣不好，大量客流與惡劣天氣疊加，阮思嫻忙得暈頭轉向，在保證規定休息時間的情況下，被排滿了飛行小時。

正好今天的航班遇到雷暴天氣，十天內機組要交書面報告，因為阮思嫻即將脫離帶飛階段，機長乾脆帶著她和副駕駛在世航飛行部起草了飛行報告，算是手把手教他們。

忙完出來，太陽已經落山，天邊僅剩一縷霞光照亮雲層。

今天結束，她有兩天的休息時間。

只用了兩秒鐘，她已經安排好了這兩天的行程。

——好好吃飯，去健身房，然後躺家裡。

除非地球爆炸，否則誰也不能讓她離開家一步。

往電梯走時，她抬頭看了牆上掛著的十個地區時鐘一眼。

竟然已經快八點了。

時鐘上面，還有當天日期。

週六了。

總覺得有誰提過週六。

她在電梯前頓了頓。

就這麼一秒，讓出來找她的柏揚看見她的身影。

見她要進電梯了，柏揚趕緊在後面喊：「阮小姐！」

阮思嫻一時間沒反應過來，跨進了電梯，機長在前面按了電梯門。

柏揚趕緊又喊了一聲「阮思嫻」，聲音較大，路過的員工都側目看了一眼。

機長立刻猛按開門鍵，阮思嫻探頭出去，「怎麼了？」

柏揚遠遠跟阮思嫻招了招手，見她不動，才走到電梯前。

「傅總叫妳去他的辦公室一趟。」

「我？」阮思嫻問，「有什麼事嗎？」

身後的機長也問：「是不是今天雷暴的事情，我已經起草報告了。」

柏揚說不是，「就是讓阮副過去一下。」

機長和副駕駛的目光頓時聚集在阮思嫻身上。

阮思嫻後背一緊。

這狗男人又要搞什麼？

然而這裡是世航，傅明予叫她去辦公室，她沒理由拒絕。

阮思嫻退出電梯，和柏揚進了另一部電梯。

這是她第一次來傅明予的辦公室。

穿過一道自動感應玻璃門，過道旁邊兩排座位，坐著四個助理。

見柏揚帶著阮思嫻過來，其中兩個人抬頭好奇地看了一眼。

但目光很快在柏揚打開傅明予辦公室門的時候收回。

阮思嫻走進去時，傅明予正在桌邊脫西裝外套。

見阮思嫻來了，他動作微頓，回頭看了一眼，沒說話，又將脫到一半的外套褪下。

手臂往後展時，胸膛的肌肉線條在襯衫後若隱若現。

他沒注意到阮思嫻的目光，放下外套，右手扯鬆領帶，另一隻手轉動椅子坐下。

如果遮住這張臉，阮思嫻想，不知道是傅明予的話，剛剛那一幕還挺性感的。

不過，看他這副樣子，好像沒什麼正事要說的感覺。

果然，下一秒，他開口道：「沒看手機？」

「沒看。」阮思嫻問，「怎麼了？」

傅明予手裡轉動著一支筆，目光落在阮思嫻臉上，淡淡掃過，開口道：「我等一下有個視訊會議，妳等我一下，結束了我帶妳去吃飯。」

阮思嫻：「……」

她愣了好幾秒都沒反應過來傅明予在幹什麼。

正要開口問，傅明予面前的手機響了。

傅明予不再看她，一邊接電話，一邊打開面前的筆記型電腦，以一種吩咐的口吻道，「妳在外面等我吧。」

他確實要忙了，阮思嫻不多說什麼，轉身走了出去。

身後的門自動闔上，隔絕了傅明予說話的聲音。

外面有休息間，一個女助理端著茶水過來，讓阮思嫻先坐一下。

阮思嫻下意識接過杯子，喝了一口，屁股剛沾到沙發上時，腦子突然清醒了。

憑什麼傅明予叫她等她就等？

況且還不是什麼正事，他說晚上去吃飯！又不是工作上的事情，這是她的私人時間！

她剛剛是腦子抽了嗎？

一定是因為身處辦公室，四周氣氛太嚴肅，傅明予又坐在辦公桌後，讓她有了一種上下級的階級感，所以才會乖乖的出來等。

阮思嫻感覺自己被擺了一道。

還帶她去吃飯呢，她是沒長腿還是沒長嘴？

而且她越想越不對勁。

一起去吃晚飯？為什麼啊？他們好像不是能約飯的關係吧？

她工作上也沒出現任何錯漏，今天的雷暴主要是機長負責，跟她沒什麼關係。

阮思嫻想不明白，眉頭擰在一起，疑問都寫在臉上。

女助理見狀一愣，連忙上來問：「是不是茶太燙了？」

「啊？」阮思嫻回過神，搖頭，「沒有，溫度正好……」

女助理鬆了口氣，笑道：「那就好，我不打擾妳了。」

女助理走後，阮思嫻拿出手機，翻了翻聊天紀錄，果然看見傅明予在一個小時前傳訊息給她。

傅明予：『我回來了。』

回來了為什麼要跟我報備？

她放下茶杯站起來，面朝傅明予辦公室的門，一股本能的感應在心裡慢慢蔓延。

阮思嫻對男人這種示好的意圖再熟悉不過，她不至於連這種都猜錯。

所以，傅明予——是想泡她？

傅明予這個狗男人，剛跟別的女人從國外回來就馬不停蹄來泡她？

還用這種命令的語氣？

半個小時後，傅明予從辦公室出來。

目光一掃，除了四個助理以外，沒有其他人。

傅明予看向負責接待的女助理，問道：「她呢？」

女助理站起來，猶豫了片刻，說：「阮副說她不等您了，先走了。」

雖然傅明予已經猜到是這樣，但是親耳聽到助理這麼說，還是揉了揉眉骨。

女助理悄悄打量他的表情，慶幸自己轉達阮思嫻說的話時，換了一下措辭。

——「告訴你們傅總，他一個人吃吧！」

阮思嫻回到家裡，沒力氣換制服，脫了鞋子，倒在沙發上。

她望著天花板，感覺自己的肺都氣疼了。

心裡罵了傅明予一百八十遍後，門鈴聲阻止她罵第一百八十一遍。

阮思嫻坐起來喊了一聲：「誰？」

外面一道陌生聲音：「您的外送到了。」

阮思嫻想起自己在回來之前確實點了外送，於是一骨碌坐起來，連忙去開門。

但是站在門口的人卻沒有穿著黃色制服，而是一身黑色西裝。

對方手裡提著兩個大袋子，遞給阮思嫻。

「您的外送，請慢用，祝妳用餐愉快。」

阮思嫻愣了一下，她點的是煲仔飯啊，店家是真的煲了個仔嗎這麼大兩袋？

「你是不是送錯了？這不是我點的吧？」

「名臣公寓三棟，阮思嫻小姐，是嗎？」

「是啊。」

「那沒送錯，就是您的外送。」

阮思嫻接過兩個袋子，關上門，擺到桌上，拿出裡面兩個木質餐盒，上面雕刻著「西廂宴」三個字。

她知道這是附近一家高級中餐廳，可是她沒點過啊。

正猶豫著，門鈴又響了。

阮思嫻這次沒問，去監視器看了一眼。

是傅明予。

「……」

果然，這外送是他點過來的。

阮思嫻在監視器裡看著傅明予，卻一直沒開門。

久久沒有等到門開，外面的人又按了一下門鈴。

阮思嫻兀自點點頭。

行吧，看看你想幹什麼。

她打開門，手撐著門框，橫站在傅明予面前。

「傅總，有事嗎？」

傅明予的西裝外套搭在手上，領帶也摘了，襯衫釦子解開兩顆，眉目垂著，不復平時凌厲的氣質，反而有些疲憊。

「外送到了嗎？」聲音有點沙啞。

「到了。」阮思嫻說，「您是什麼意思啊？」

「我不是說了晚上一起吃飯嗎？」

「不是，我不是說這個，你剛跟女朋友從西班牙玩回來，又來約我吃飯，什麼意思啊？」

「我跟妳說過了，她不是我女朋友。」

傅明予坐了十幾個小時飛機，到了世航又開了視訊會議，隨後直接來了這裡，算下來這一整天沒有休息過。

面對阮思嫻這個質問的態度，他自己都不相信他竟然又耐心地解釋。

女人吃起醋來真是難哄。

「她是合作公司老闆的女兒，這次是去西班牙有事，順便坐我的飛機。」

阮思嫻頓了下，「哦」了一聲，沒再說話，眼珠子卻在轉，似乎在想什麼。

傅明予提了一口氣，慢慢吐出來，害怕她又把話題繞到鄭幼安身上，於是先發制人。

「外送都到了，妳還不讓我進去嗎？」

他說這話時語氣平淡，甚至沒有什麼情緒，可是那雙眼睛看過來的目光卻有一種說不清道不明的感覺。

這種悄然浮動在四周的氣氛，阮思嫻覺得不該出現在他和傅明予之間。

走道裡異常安靜，傅明予擋住了部分感應燈光，阮思嫻被他的身影籠罩著，原本寬敞的空間在掰成分秒的時間流逝下不動聲色地皺縮，四周好像變得越來越逼仄。

阮思嫻沒動。

傅明予也沒動。

其實只是短暫的僵持，但彷彿過去了很久。

阮思嫻扣在門上的手指漸漸鬆了。

她側頭看向另一邊，避開傅明予的視線吹了吹瀏海。

吃個飯而已，沒什麼大不了。

她側了側身，傅明予便大步走了進去。

他把外套放在沙發上，轉身去桌旁，打開盒子，將裡面的飯菜一一擺出來。

他的動作其實很快，但看起來卻有一股慢條斯理的感覺，好像他擺弄的不是飯菜，而是精緻的藝術品。

阮思嫻走過去看了一眼。

菜色還挺豐富，有葷有素，清香撲鼻，由於送餐人員效率很好，珍饈上桌還存有熱氣嫋嫋縈繞。

而另一個盒子裡，竟然是四隻肥碩的大閘蟹。

阮思嫻拎了一隻出來，動手去拆繩子。

但是繩子捆綁很講究，她弄了半天沒弄開，嘀咕道：「怎麼綁這麼緊。」

傅明予看了她一眼。

「妳去拿剪刀。」

「哦。」

阮思嫻放下大閘蟹，轉頭去找剪刀，看見傅明予放在她沙發上的外套。

阮思嫻頓了頓，說：「你吃完飯就走。」

是陳述句，不是疑問句。

傅明予聞言，手裡的動作停下，轉頭過來看她。

「不然呢？」

阮思嫻：「……」

你說話就說話，笑什麼笑？

「不然我就把你綁到草船上借箭去。」

第九章　把妳撬開

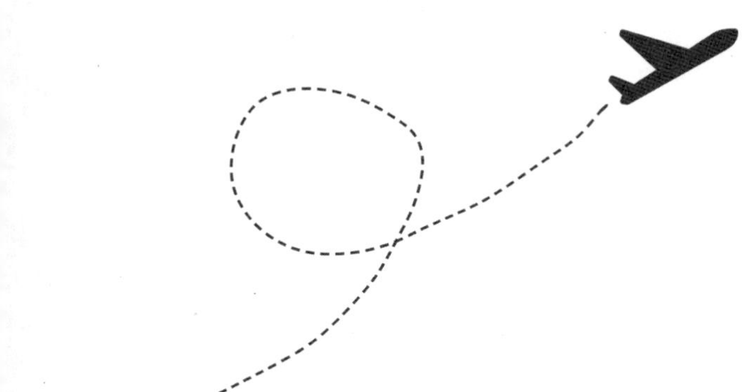

如果是第一次聽到阮思嫻說這樣的話，傅明予會火冒三尺。

如果是第二次聽到，他會氣血上湧。

然而現在，傅明予嘆了口氣，除了無奈沒什麼其他的情緒。

他沉默著轉身，去桌子上拿了剪刀，將大閘蟹拆開，然後將桌上的繩子、包裝全都清理乾淨。

「吃飯吧。」

阮思嫻跑去洗了個手，率先坐到桌前，而傅明予則去洗手。

掃了桌上的飯菜一眼，阮思嫻發現旁邊還有個小冰袋。

打開一看，裡面是一份奶油泡芙。

比起熱騰騰的飯菜，這大熱天的她更想吃一口甜食。

而且掰開泡芙後，軟綿綿的奶油冒出來，阮思嫻當即咬了一大口。

吃完泡芙，她一邊吸吮著手指上的奶油，一邊找紙巾。

傅明予正好這時候洗完手出來。

他視線落在阮思嫻的手指以及下唇上，眼神忽地黯了幾分，胸口的位置突然癢了一下。

「擦擦。」

他隨手從身後的櫃子上遞了一張紙巾。

阮思嫻擦了手指，兩人面對面坐下。

傅明予不說話，拿起筷子吃飯，而阮思嫻喝了口湯，瞄見對面的傅明予，感覺人生還挺奇妙。

她做夢也沒想過自己居然會跟傅明予在同一張桌子上心平氣和的吃飯。

不過她也沒忘記自己放傅明予進來的真正目的。

勺子在碗裡有一下沒一下地輕輕攪拌，她盯著面前的菜，琢磨著怎麼措辭。

剛剛傅明予說，鄭幼安是他合作公司老闆的女兒。

這一點阮思嫻是知道的，只是她不知道傅明予和鄭幼安認識，而且看起來關係還不錯的樣子。

畢竟她對鄭幼安所有的瞭解都是她單方面看鄭幼安的社群，卻從未真正接觸過她，連間接都沒有。

阮思嫻一直知道自己對鄭幼安的情緒有點奇怪。

她曾經無意中發現鄭幼安的社群帳號時，心裡甚至希望她是一個浮誇紈褲的富二代，成天聲色犬馬，飛揚跋扈，金玉其外，敗絮其中，這樣她心裡會平衡一點。

妳放著自己的親女兒不要，跑去當別人的後媽，可是那個孩子也不怎麼樣嘛，根本沒有我優秀。

可是鄭幼安偏偏不是這樣的人。

至少阮思嫻透過社群對她的片面瞭解裡，她雖然也花錢無度，喜歡在社群上曬奢侈生活，可是又能看見她在社群上吐槽與一等獎學金失之交臂，有時候能看見她秀一秀自己的攝影作品獲的獎，還從社群上知道她養的三隻狗和一隻貓都是撿來的。

阮思嫻甚至在她的社群上看著那些貓貓狗狗一點點從小可憐變得胖嘟嘟。

這讓阮思嫻心裡對鄭幼安的那點討厭都變得名不正言不順，覺得自己就像一個躲在暗處偷窺的小人。

可是她一邊討厭著自己的心態，一邊又好奇鄭幼安私底下是不是真的跟社群上展現出來的一樣，也好奇她跟董嫻真實的關係怎麼樣。

而傅明予，好像是唯一連接著她和鄭幼安的一條線。

「那個……」

阮思嫻正要開口，傅明竟也同時開口，「妳……」

兩人愣了一下，阮思嫻的小心思一下子縮回去，立刻道：「你先說。」

傅明予說：「妳下週是不是結束帶飛了？」

阮思嫻點頭。

片刻後，阮思嫻突然抬頭，「說完了？」

傅明予視線掃來，似笑非笑，「妳還想我說什麼？」

阮思嫻：？

你以為你是相聲演員嗎成天都有人盼著聽你說話。

阮思嫻沒回答，低頭抿了一口湯。

「剛剛妳想說什麼？」傅明予問。

本來都把小心思縮回去了，可是現在傅明予又主動提起來，阮思嫻便有些按捺不住。

她沉吟片刻，緩緩開口：「你覺得鄭幼安怎麼樣啊？」

如果此時阮思嫻抬頭，就能看見傅明予嘴角的笑意瞬間沒了，並且還深吸了一口氣。

「妳怎麼知道她的名字？」

阮思嫻摳著勺子，嘀咕道：「你管我怎麼知道的。」

傅明予：「妳為什麼這麼在意她？」

阮思嫻：「你管我為什麼在意她。」

「……」

傅明予放下筷子，鄭重地看著阮思嫻，「我已經說過了，她只是我合作公司老闆的女兒，她父母跟我父母走得比較近，就這樣。」

雙方父母走得比較近……

阮思嫻小幅度地攪拌勺子，又問：「那你覺得她怎麼樣嘛。」

一口氣長長地吐出來，傅明予估算著自己的耐心在短短幾個月內究竟翻了幾倍，竟然在同一件事上解釋了三次。

「我跟她認識不到兩年，見面不超過四次，說過的話不超過二十句，我怎麼知道她怎麼樣？她怎麼樣又關我什麼事？」

阮思嫻：「……」

搞半天你跟她不熟啊。

阮思嫻放下勺子，胃口大減，興致缺缺。

「好吧，不知道就算了。」

見阮思嫻這樣子，傅明予也沒心情吃飯了，他放下筷子，直勾勾地看著對面。

「阮思嫻。」

「幹什麼。」

「妳再吃點。」

「沒胃口。」

傅明予舌頭抵著下頷，閉了一下眼睛，開口道：「妳到底還在生什麼氣？」

阮思嫻也是莫名其妙：「我哪裡生氣了？」傅明予抬了抬眉梢，「妳自己去拿鏡子照一下妳看看妳臉黑成什麼樣子了。」

阮思嫻摸了兩把臉，鼻子裡哼哼一聲，嘀嘀咕咕道：「我不是一直都是這個樣子嗎你又不是第一天認識我。」

傅明予冷笑：「原來妳也知道妳對我態度不好？」

阮思嫻別開臉懶得看他，「要不是你惹我我能這個態度對你？」

「我什麼時候惹妳了？」

「你自己看看你剛剛說話什麼語氣？是你自己要跑來找我吃飯還不准我說話了，怎麼，我就是一道下飯菜嗎？」

傅明予抬起一隻手，逼迫自己妥協，「行，打住，算我不對行不行。」

阮思嫻：「……」

本來就是你不對什麼叫做算你不對啊你還挺委屈呢？

幸好這時門鈴聲響起，阮思嫺懶得再跟他多說，問也沒問就去開門。

她動作幅度大，開門的時候臉色把外送員嚇了一跳。

「不、不好意思，路上車子壞了，我推過來的，又在警衛處登記了很久，來晚了，實在對不起。」

聽聽，外送員為了幾塊錢的外送費態度都比傅明予好，他還想撩妹呢，就這態度撩個屁。

阮思嫺接過外送，笑著說：「沒關係，您辛苦了，我會給您好評的。」

說完還隨手從一旁的櫃子上拿了一罐礦泉水給他，「天氣熱，你喝點水吧。」

外送員受寵若驚地接過水，就差把感激涕零幾個字寫在臉上了，「謝謝謝謝！」

關上門，阮思嫺轉身見傅明予還大爺似的坐在她桌前，沉著臉看著她，好像她欠他幾百萬似的。

不想再跟他面對面，阮思嫺拿著外送坐到沙發上，快速拆開，拿著勺子吃了起來。

「妳對外送員態度倒是挺好。」

「你要是去送外送我也對你態度好，沒辦法，我仇富。」

傅明予按了按脖子，半張著嘴，又長長地吐一口氣。

他再次看向阮思嫺時，發現她吃那聞起來就一股劣質菜籽油的飯菜吃得還挺香，而他面前精緻的飯菜卻在一點點變涼。

也不知過了多久，傅明予慢慢站了起來。

正要走向阮思嫻時，她的手機卻響了。

阮思嫻看了一眼，宴安打來的。

大晚上的有什麼事？

阮思嫻一手拿著勺子，一手接起電話。

「喂，宴總，有什麼事嗎？」

聽到阮思嫻的稱呼，傅明予的腳步頓了頓。

而那邊，宴安的聲音帶著些醉意，『妳睡了嗎？』

喝酒了？

有的男人喝多了喜歡打電話給心心念念的女人，沒想到宴安總裁也有這種矯情病。

這種情況，一旦聊起來就很容易給對方多想的機會，所以阮思嫻撒了個謊，「馬上就要睡了，有事嗎？」

宴安沉默了一下，說道：『唉，我想跟妳說說話，妳……能下來一下嗎？我就在妳家樓下。』

阮思嫻感覺背後有一道目光在看她，回頭瞪了一眼，往沙發角落挪了挪，抓住抱枕塞進懷裡，低聲說：「不好意思啊，我已經躺在床上了。」

『唉……』宴安又說，『那電話裡說一下也行，其實上次那件事我真的毫不知情，我跟前女友真的斷乾淨了，以後不會再發生那種事情了。』

阮思嫻揉了揉太陽穴。

怎麼今天兩個男人都給她找事，這年頭的總裁這麼閒嗎？

「宴總，這事我以為我已經說得很清楚了。」

『唉……』

「時間也不早了，您早點休息吧。」

宴安又嘆了口氣，頓了好一陣子才說：『那妳休息吧，我不打擾妳了。』

阮思嫻毫不猶豫地掛了電話，一抬頭，見傅明予還在看她。

「宴安？」

阮思嫻放開抱枕，抬頭看了傅明予一眼。

目光對上那一刻，阮思嫻咳了咳，抓起筷子彎腰繼續埋頭吃飯。

頭頂的燈光漸漸沉暗，一股明顯的視線壓迫襲來，阮思嫻手裡的筷子頓了頓，在抬頭與不抬頭之間徘徊。

誰被這樣盯著吃飯能吃得下啊？

正在這時，傅明予的手機響了起來。

是柏揚打來的。

他今晚其實是抽空出來的，晚上還要回公司開個會，這時時間已經差不多了。

他走到阮思嫻身邊，垂著眼睛慢悠悠地看了她一眼，突然俯身靠過來。

阮思嫻猛然一退，正要說什麼，傅明予卻伸手拿起自己的外套，轉身說道：「公司還有事，我走了。」

「慢走不送。」

傅明予：「阮思嫻。」

阮思嫻不耐煩地說：「又怎麼了？」

「外食不乾淨，妳少吃點。」

阮思嫻依然埋頭吃飯，好像沒聽見傅明予的話。

直到關門聲響起，她的手頓了頓，抬頭看向桌上的菜飯。

傅明予下樓時，天已經全黑了。

他拿著外套，腳步邁得極快。

忙了一整天沒休息過，百忙中抽空來陪阮思嫻吃個飯，還被她氣得半死，也不知道自己在圖什麼。

但還沒走出一樓大廳，卻看到外面有一個熟悉的身影。

宴安弓著背，靠在車身上，手裡點著一根菸。

雖然沒看見他的表情，但他渾身散發著一股「我很憂傷我很惆悵」的氣息，乍看還真有點失戀之人該有的氣質。

傅明予本來想當做沒看見直接越過他，但是走下臺階時，他腳步頓了頓，回頭道：「宴安。」

宴安抬頭，見是傅明予，不想說話。

傅明予就這麼側頭看著他，沉聲道：「人家都發動態嘲諷你了，你還纏著不放，能不能有點骨氣？」

盛夏的雨如同女人的脾氣一樣，說來就來。

司小珍小心翼翼地把車停到停車場，進了電梯。

她按響門鈴時，阮思嫻剛吃完飯正在收拾桌子。

司小珍走進去便看到桌子上的大量剩菜。

這些沒怎麼動的飯菜色澤還很鮮亮，阮思嫻打開冰箱放了一半便發現快塞不下了。

司小珍過來幫她一起倒進小碗，問道：「妳一個人怎麼點這麼多飯菜？」

她端起盤子看了一眼，「還是西厢宴，奢侈呀。」

「別人點的。」阮思嫻說，「不是我一個人吃的。」

「誰來了啊？」司小珍關上冰箱，轉頭又看見茶几上的煲仔飯，「怎麼還有煲仔飯？」

阮思嫻擦著桌子，動作俐落，不答反問：「妳怎麼來了？把垃圾桶拿過來給我。」

司小珍依言去了，還念叨著：「今天高架橋那邊出了車禍，我看路況可能要塞上很久，又下了大雨，就乾脆來妳這裡歇歇腳，唉，我剛剛還在外面看見我們北航的宴總了。」

阮思嫻「哦」了一聲，司小珍又問：「他是不是還在追妳啊？」

說完，司小珍頓了一下，「難道妳剛剛跟他一起吃飯？」

「不是。」阮思嫻把桌子清理乾淨，往廚房走，丟下一句：「過來吃飯的是傅明予。」

直到她洗完手走出來，司小珍還愣在原地，臉上一副「妳他媽別逗我」的表情。

「妳幹什麼？」阮思嫻問。

「妳幹什麼？」司小珍反問，「傅總來妳家吃飯？」

「對，就是他，妳沒聽錯。」

「他為什麼過來啊？」

阮思嫻一時沒有回答。

為什麼過來？因為我覺得他想泡我。

「……聊工作。」

「……」

司小珍愣怔半晌，發出一個音節以表達她的情緒——「啊？」

「聊工作要來家裡聊？」

「不是，今天我太累了，他為了我方便。」

司小珍半信半疑地點了點頭，想了想，揶揄地看著阮思嫻：「傅總真是體恤員工啊。」

阮思嫻一記眼刀甩過去，司小珍立刻嚴肅地說：「那你們怎麼好像沒怎麼吃？」

「這不是重點，今天氣死我了。」

「啊？什麼？」

阮思嫻拉著司小珍坐下來，和她說了今天發生的事情，並且解釋了為什麼這桌飯菜幾乎沒動。

她發現自己今天記憶力出奇的好，竟然把兩人的對話逐字逐句複製了下來。但是。

複述到後面，她的聲音漸漸小了，最後摸著胸口，小心翼翼地問：「我今天脾氣是不是不太好？」

「我不知道妳脾氣好不好，但是我覺得傅總脾氣可真好。」

這時冷靜地回憶，發現好像還真的是那麼一回事。

阮思嫺又摸了摸小腹，「我是不是生理期快來了？」

說完也不等司小珍回答，自己打開生理期記錄軟體看了看，還真的是。

阮思嫺悄悄地咬了咬指甲。

一旁的司小珍還在絮絮叨叨：「我覺得妳就是把對鄭幼安的不爽轉移到他身上了，唉，我真的覺得妳就是……」

司小珍說到一半，看了看阮思嫺的臉色，止住了話頭，沒有把剩下那四個字說出來。

別人不瞭解，但她自認為還是足夠瞭解阮思嫺。

她十四歲開始跟父親獨自生活，十八歲那年父親病逝，她一個人去外地上了大學。爸爸留下的錢僅僅夠她四年的學費，生活費全靠自己打工。家裡沒什麼親戚，她又不願意跟著媽媽過。

這樣的環境逼得她要比別人更獨立，也更難輕易相信別人，很多情緒總是一個人默默消化，對外表現出一副歲月靜好的樣子。

可是這樣生活久了，一旦遇到可以無條件盛放她所有情緒的容器，就會放肆地的把脾氣一股腦倒進去。

司小珍覺得她是習慣了傅明予總是無限容忍她，所以把對鄭幼安的不爽，和對董嫻的怒意，全都發洩到傅明予身上了。

也就是俗話所說的……

「妳說完啊？」阮思嫻等了半天沒等到司小珍的下文，問道，「妳說我什麼？」

「我覺得妳就是……」司小珍突然加快語速，「恃寵而驕。」

「妳說什麼？」

「我說妳恃寵而驕！恃寵而驕！」

話音落下，室內突然沉默。

阮思嫻看著司小珍，兩人四目相對，誰也沒說話。

無言以對的幾秒內，阮思嫻感覺心裡有一層淺淺的熱浪輕輕地拍打了一下她的胸腔，又很快縮了回去，餘下一股若有若無的灼熱感。

「妳胡說八道什麼？」阮思嫻翻了個白眼，「會幾個成語就迫不及待出來獻醜了。」

司小珍聳著肩膀，翻白眼乾笑，「隨便妳，我今天不走了，先去洗澡。」

走了兩步，她又回頭說：「我建議妳可以看看《非暴力溝通》。」

「妳今天話怎麼這麼多？」

「知道了知道了！」

司小珍噠噠噠跑進浴室，「砰」一下關上門。

客廳裡安靜了下來。

阮思嫻慢慢抬腿縮在沙發上，鬼使神差地打開瀏覽器，搜尋《非暴力溝通》。

翻到目錄。

第一章，讓愛融入生活。

第二章，是什麼蒙蔽了愛？

這什麼書？

什麼愛不愛的？

阮思嫻怒關網頁，打起了消消樂。

一關打了幾次也沒通關，破遊戲沒意思。

阮思嫻退出遊戲，打開聊天軟體，滑了滑好友動態，竟然第一次看見傅明予有了新動態。

分享了一則新聞——《亞洲最大機庫在江城新機場正式封頂，世航江城新機場基地建設進入新階段》。

還真是冷靜自持工作狂呢。

要不然點個讚吧，今天畢竟因為生理期要來了對他發了一通脾氣。

阮思嫻動了動手指，覺得好像誠意還不夠。

於是阮思嫻又留言：『（點讚）（點讚）（點讚）。』

她摸了摸鼻子，想著傅明予肯定不是會回留言的人，何況還是這麼沒有營養的留言。

等了一陣子，果然沒有反應。

阮思嫻突然發現自己好像從來沒有看過傅明予的動態，也不知道他這種人平時會發什麼。

點進去一看。

五個月前：《世航召開春季航線產品推介會》。

一年前：《世航ＨＣＣ對外開放，揭開江城樞紐暑期高效運轉的祕密》。

兩年前：《世航與卡達航空簽署合作諒解備忘錄，達成共用合作》。

很好，總裁人設不倒。

年紀輕輕二十八歲活出了四十八歲的姿態。

退出他的動態後，阮思嫻略一遲疑，還是傳了訊息給他。

阮思嫻：『對不起。』

對面很快回。

傅明予：『？』

阮思嫻：『今天心情不好，不是故意對你發脾氣的。』

略等了幾秒，阮思嫻看見抬頭那一欄顯示「對方正在輸入」。

可是等了好一陣子，卻等來一句：『在開會，知道了。』

「……」

行吧。

第二天正好也是司小珍的休假日，反正人都已經來了，她自然不會放過阮思嫻，拖著她出門。

阮思嫻累，不太想動，於是兩人下午便去看了一場電影。

出來後如司小珍所願去吃了火鍋。

「唉，好撐啊，逛逛吧，這時去卞璿那裡她都還沒開門呢。」

「我想回家！」

「大好週末，別掃興。」

司小珍非要去樓下看衣服，見一家試一家，一次拿了四五件衣服進去。

等司小珍的時候，阮思嫻坐在沙發上玩手機。

打了幾輪消消樂，看了看好友動態，又看了看網購的物流資訊，司小珍還沒出來。

阮思嫻無聊，又打開社群，把所有新貼文全都看了一遍。

有時候像是形成習慣了一樣，滑完社群，她就會從「最近訪問」裡點進去看看鄭幼安的帳號。

就在昨天，鄭幼安更新了一則貼文，曬了一張明星簽名照。

『啊啊啊啊！！！我媽去國外參展，竟然還幫我要了簽名照！！！啊啊啊啊！！！我愛媽媽！！！！』

就在這時，司小珍從試衣間出來了，穿著一件黑色連身裙，站到阮思嫻面前。

「這件怎麼樣？」

阮思嫻關了手機螢幕，點頭道：「可以。」

「好，那就這件了，不糾結了。」

司小珍跑回試衣間脫衣服。

阮思嫻再次打開手機，沒繼續看，退出社群軟體。

買完衣服去卞璿店裡的路上，司小珍發現阮思嫻一直鬱鬱寡歡。

「怎麼了？」

阮思嫻慢吞吞地走著。

夜市喧鬧繁華，油煙味四處竄，充滿了煙火氣息，也很能讓人放鬆。

「沒什麼，有點累。」

眼看著已經快到了卞璿的店了，司小珍躊躇片刻，說道：「要不然回去了？」

抬頭便能看見卞璿酒吧的招牌。

阮思嫻搖頭：「都到了，去坐一下吧。」

司小珍遲疑地點頭：「好……今晚有樂隊表演，我們去聽一下。」

推開門，卞璿正端著托盤從她們面前走過。

「來了？快幫我整理一下吧檯，一團亂！」

說完就走，毫不留情。

阮思嫻和司小珍還真的老老實實去幫她收拾吧檯了。

大約十分鐘後，卞璿笑咪咪地走過來，擠到司小珍和阮思嫻身邊，「今天請妳們嚐嚐新品，還沒面世，妳們是第一個喝到的人。」

她動作極乾淨，調酒加冰搖晃，沒多久便做出兩杯橙色的酒。

「全新產品，日落大道，嚐嚐？」

司小珍率先喝了一口，「這個多少度啊？」

「唔……」卞璿想了想，「大概跟長島冰茶差不多吧。」

司小珍差點沒一口氣噴出來。

「長島冰茶？那可是烈酒啊！怎麼這喝起來這麼甜？」

「怎麼樣，不錯吧？」卞璿挑挑眉，「女客人一定喜歡，度數夠，口感又好。」

「還行。」司小珍又忍不住嚐了一口，轉頭問阮思嫻，「妳要不要嚐一口？」

阮思嫻拿過來喝了一大口，直到咽下去許久，才眨了眨眼睛，「這真的是酒？怎麼這麼甜？」

連續兩個女生這麼說，卞璿也有點遲疑，拿過來喝了一口，尷尬地說：「哦，我蜂蜜放多了……」

「……」

「……」

「就當蜂蜜水嘛！美容又養顏！」

卞璿說著就要去倒掉，「算了，我重新做一杯。」

「別浪費了，拿過來吧。」阮思嫻朝她伸手，「我也只能喝這個口感的了。」

卞璿當然樂意，把酒給阮思嫻，又轉頭對司小珍說：「我再幫妳做一杯啊。」

不多時，樂隊出來表演，酒吧的氣氛熱了起來。

司小珍端著酒，坐在吧檯裡跟著樂隊哼唱完一整首歌。

「欸，這次這個駐唱小哥哥有點小帥，就是個子矮了點，要是再高……」她一邊說著一邊看向阮思嫻，「妳怎麼喝完了？」

司小珍不敢置信地端起她面前的空酒杯晃了晃，「這雖然喝起來像蜂蜜水，可是它是酒啊！是酒啊！」

這時說什麼都沒用了，畢竟她面前的人已經整張臉紅了。

「嗯……有點好喝。」阮思嫻撐著下巴看著她笑，「妳怎麼不喝呀？」

司小珍：「……妳今天是不是心情不好？」

阮思嫻笑著搖頭，「沒有啊。」

「妳老實告訴我，有什麼不能跟我說的？」司小珍伸手摸了摸她的臉，有些發燙，「是不是妳媽媽找妳了？」

阮思嫻還是搖頭：「沒有啊。」

司小珍突然沉默下來，看著阮思嫻的眼睛，心裡五味陳雜。

這句「沒有啊」，聽得她太心疼了。

「阮阮沒事啊。」司小珍幫她理了理頭髮，「走吧，我送妳回家。」

「這就回去了呀？」

「走吧，早點睡覺，不然頭暈。」

「嗯，好。」

阮思嫻也不想多留，她現在只覺得頭暈暈的，抓起自己的包站了起來。

司小珍伸手要扶她，她擺了擺手。

她還不至於一杯下去就走不了路。

但司小珍還是不太放心，叫車把她送到了名臣公寓門口。

「妳路上慢點啊。」

阮思嫻朝車窗擺擺手：「嗯，妳早點回去，到了跟我說一聲。」

「好。」

都到家門口了，司小珍也沒什麼不放心的。而且她見過阮思嫻喝酒的樣子，知道她雖然酒量不好，但是行動力和思考能力還是不會完全喪失。

目送著計程車駛離視線，阮思嫻轉身朝家走去。

今天夜裡的風很舒服，路燈的光暈處有很多小蟲子圍成一團飛舞，像小時候住的那條巷子，最亮的那盞路燈總是吸引最多的蚊蟲，阮思嫻每次經過那裡都會下意識繞開。

但有時候也會沒注意到，一頭撞進去，嚇個半死。

就像現在這樣。

阮思嫻忙不迭退了出來繞開走。

兩步後，她回頭望了一眼。

小時候走路不看路，董嫻總會輕輕拍一下她的腦袋，卻從來不會罵她。

她一直是個很溫柔的媽媽，脾氣好到鄰居家的小孩都很羨慕阮思嫻。

從來不罵孩子，也不打孩子，更不會在考試拿到試卷後說不好聽的話。

她總是很耐心地講道理。

這樣的媽媽，哪個孩子不羨慕。

所以阮思嫻其實很羨慕鄭幼安。

一直都很羨慕。

坐電梯上了樓，阮思嫻在電梯口扶著牆站了一下。

她很少喝酒，並不知道其實酒後很忌諱吹風。

特別是她這種酒量不好的人，風往頭上吹一吹，那股暈乎乎的感覺更重了。

她低著頭慢慢走到家門口，聲控燈早已亮起，門口有一道背影。

阮思嫻定睛看了看。

傅明予。

他怎麼在這？

在阮思嫻愣神的片刻，傅明予轉身瞧見阮思嫻，朝她走來。

在離她一步遠的地方停下。

阮思嫻正要開口問，他卻突然俯身湊近阮思嫻，近到阮思嫻能感覺到他的呼吸。

「妳喝酒了？」傅明予慢慢站直，看著阮思嫻。

「嗯。」

「怎麼又喝酒了？」

又？

今年一共只喝過兩次，一次是從飛行學院畢業的時候跟同學們聚餐，還有一次就是今天，哪裡稱得上「又」。

阮思嫻垂著頭沒說話。

聲控燈由於兩個人的沉默而熄滅，眼前看不清了，便只剩嗅覺感應到的傅明予的味道。

阮思嫻覺得這個氣氛有點點奇怪，於是跺了跺腳，喚醒了聲控燈，同時低聲說：「心情不好。」

傅明予這個角度只能看見阮思嫻垂下的眼睫毛，在下眼瞼處投下淡淡的光影。

他放柔了聲音，問：「怎麼了？」

「就是心情不好。」

「還在生氣？」

阮思嫻抬頭看他，眼睛霧濛濛的，雙頰緋紅，沒了平時那股氣勢。

「你怎麼在這裡呢？」

「我傳訊息給妳，妳沒回。」

「噢，我沒看手機，你找我有事嗎？」

傅明予目光落在阮思嫻臉上，一點點打量，發現她耳邊頭髮上沾了一片落葉。
他伸手去摘，並同時問：「妳是不是還在生氣？」
他身上那股冷杉香味隨著這個動作一同靠近阮思嫻。
她微微愣了一下，傅明予的手腕在她眼前一晃而過，冷杉香味卻久久彌留。
「嗯？」阮思嫻問，「我生什麼氣？」
「鄭幼安。」
阮思嫻張了張嘴，心裡突然被戳了一下。
同時也很疑惑，傅明予知道什麼了嗎？
她不解地看著傅明予：「我生她什麼氣？」
傅明予垂眸看著她，目光若有所思，「那妳這幾天鬧什麼脾氣？」
「……」
阮思嫻仔仔細細地琢磨這句話。
生鄭幼安的氣？鬧脾氣？難道……
足足思考了好幾秒，阮思嫻腦子裡一股熱意湧上去。
所以，這幾天傅明予一直以為她在吃醋？吃鄭幼安的醋？吃他的醋？
「你上輩子是盤子嗎臉這麼大？」
說實話，這句話的語序、用詞、邏輯都超乎了傅明予的日常涉獵範圍。
所以當他明白阮思嫻什麼意思時，心中一口悶氣上躥下跳，太陽穴的青筋隱隱跳動。

而面前的人卻看都沒看他的臉色，直接越過他，扶著牆走到門口。

門上是密碼指紋鎖，阮思嫻今天不知道怎麼回事，拇指按上去兩次也沒解鎖。

她在衣服上擦了擦手指，再按上去，還是只有「滴滴滴」的錯誤的聲音。

她煩躁地在用腳尖踢了一下門，嘴裡還念念有詞，聽不清她在說什麼。

她完全沒有意識到自己拿錯手了。

看著她這副醉態，傅明予深吸一口氣，上前一步，手臂繞過她，握住她的右手，把她的拇指穩穩按了上去。

並且在她耳邊沉聲道：「嘴巴這麼倔，遲早把妳撬開。」

與此同時，門應聲而開。

阮思嫻在這道開門聲中愣了一下，回頭問：「你說什麼？」

傅明予沒說話，只是看著阮思嫻。

頂頭的燈光打在他臉上，眼睛卻因高挺的眉骨遮擋，反而有了幾分陰影。

從他眼裡，阮思嫻看到幾分無奈與妥協。

「……」

片刻的對視，阮思嫻確定自己剛剛沒聽錯。

他怎麼能說這種話！他怎麼好意思！

「我遲早把你腦子撬開，看看裡面裝的是什麼！」

說完她便拉開門準備進去，傅明予拉住她的手臂。

泉水。

「哎呀你放開我！」阮思嫻兩三下掙脫他的手，蹬掉鞋子，光腳走到冰箱前拿出一瓶礦泉水。

「阮思嫻！」

傅明予站在她身後。

房子裡很安靜，只有阮思嫻仰頭吞咽礦泉水的聲音。

看見她臉頰緋紅，光腳站著，心裡再多的無奈只能任其上下沉浮，卻沒有發洩口。

「妳還不高興？」

她走到沙發上坐下，拎了一個抱枕，蜷縮雙腿，頭歪歪地靠著。醉意在眼裡浮動，化作氤氳的霧氣。看向傅明予的時候，嘴角往下撇著。

「我是不高興，但是不關你的事，聽明白了嗎？不關你的事，你千萬別多想。」

「是嗎？那妳今天為什麼喝成這樣？」

「嘴長在我身上還不能喝酒啦？而且我為什麼要因為你生氣啊？你是我的誰啊？你是我男朋友還是我老公啊？你真奇怪。」

傅明予眸色漸漸深了。

四周似乎變得特別熱，他往一旁別開頭，伸手扯鬆了領帶。

而他正想開口說什麼的時候，阮思嫻抱著抱枕翻了個身，面朝沙發角落，把頭埋進枕頭裡，背對著傅明予。

「我只是好羨慕鄭幼安啊。」她的聲音從枕頭縫隙裡傳出來，「我好羨慕她啊……」

她的聲音低低啞啞的，伴著幾分醉意，聽起來是從未有過的脆弱。

傅明予心頭突然軟了幾分。

他走到沙發旁，彎下腰，身影籠罩在阮思嫻身上。

「羨慕什麼？」

阮思嫻悶了好一陣子，聲音才悶悶地傳出來：「她們明明沒有血緣關係，卻可以天天在一起。」

「妳在說什麼？」

「我是親的，卻不要我了。」

傅明予聽不懂，伸手拂開阮思嫻臉頰的頭髮，柔聲問：「誰不要妳了？」

「我媽媽啊……」

傅明予不知道她的話題突然繞到了媽媽身上，可是她的聲音卻帶著一絲哭腔。

心裡沒來由的一陣堵塞。

「妳……」

傅明予話沒說話，阮思嫻突然翻身，睜眼看著他。

兩人的臉相距不到半公尺，阮思嫻仰著頭，而傅明予垂著頭，四目相對，一時靜默無言。

人在半醉半醒的時候傾訴欲最旺盛，很多醉漢抓個人就開始從初戀說到兄弟的女朋友。

但是阮思嫻不明白自己怎麼會對著傅明予說這麼多，明明她今天連司小珍都沒開口。

「你怎麼還在我家裡？」

看見阮思嫻的眼睛，傅明予就知道，她又開始了。

刺蝟又縮進殼裡了。

「妳又沒關門。」

「沒關門你就進來，那銀行白天也不關門呢你怎麼不去搶啊？」

傅明予閉了閉眼，嘆了口氣，說：「阮思嫻妳能不能好好跟我說話？」

「你到底走不走啊？」

「我要是不走呢？」

阮思嫻捏緊了枕頭，下巴往窗戶抬，惡狠狠地說：「我就讓你做類自由落體運動下去，電梯都省了。」

「……」

傅明予只能起身。

然而他走到門邊，回頭看時，見阮思嫻躺在沙發上，抱著枕頭，就這麼閉眼睡了。

傅明予無奈地笑了笑。

還真是一點都不設防。

他突然掉頭，回到沙發旁。

鼻子再次聞到屬於傅明予的冷杉香味，而阮思嫻還沒來得及睜眼看看他要幹什麼，就被打橫抱了起來。

「你幹什麼！」

阮思嫻伸腿亂踢，但傅明予力氣極大，把她箍得很緊，任她掙扎也沒鬆手，反而笑了下，「妳有點重啊。」

阮思嫻：？

「我重什麼重？我才五十公斤！」

「五十公斤還不算重？」

「我身高一七二！」

「我還一八七呢。」

「都是一百多你得意什麼！你放我下來！不然我報警了！」

說話間，傅明予已經走進阮思嫻的房間，把她放到床上，俯身撐在她耳旁。

「要睡就到床上睡，別擠在那麼小的沙發上。」

聽到這句話，阮思嫻平躺在床上，頭髮亂糟糟的，愣怔地眨了眨眼睛，看著近在咫尺的傅明予。

可是下一秒，卻聽他道：「摔壞了對不起我出的雙倍年薪。」

你這個又摳又狗的男人！

「拿你點錢你就心疼得不得了，真是說你鐵公雞都侮辱了鐵公雞，人家好歹掉點鐵銹呢你連鐵銹都斤斤計較！」

「……」

醉了還能這麼思緒清晰精準地攻擊他，真不知道剛剛那弱小又可憐的樣子哪裡去了。

傅明予今天第三次深呼吸，扯過被子蓋到她身上，「睡覺。」

阮思嫻還瞪著他，但卻沒說話。

片刻後，她裹著被子翻身，背對他，丟下一句，「走的時候記得關門。」

半分鐘後，整個房子的燈滅了，隨後響起一道輕輕的關門聲。

見傅明予下樓，等著的柏揚趕緊從車裡下來。

「傅總，快十一點了，還回湖光公館嗎？」

「回。」

今早出門前，賀蘭湘專門叮囑他今晚要回去，明天一早要一同去醫院探望一個長輩。

但是柏揚拉開車門後，傅明予卻站著沒動。

他摸了摸包，發現裡面空的，於是跟司機要了一根菸。

他站在路燈下，偏頭點了菸，影子被拉得很長。

傅明予深深吸了一口菸，緩緩吐出，白霧縈繞在眼前。

直到一根菸燃到盡頭，傅明予才低聲說了句：「太難哄了。」

柏揚安靜地等著，什麼也不敢問。

自從知道傅明予今天從公司出來回名臣公寓，是來找阮思嫻的，他便決定沉默到底。

這兩個炮仗他哪個都點不起。

掐滅了菸，傅明予轉身上車。

遠處霓虹燈暈成模糊一片，影影綽綽的燈光映在傅明予臉上。

他閉著眼睛，眉間有隱隱的疲憊感。

車開得平穩，但他卻毫無睡意。

到了這時候，四周安靜下來了，他才有心思琢磨阮思嫻說的話。

快下車時，傅明予突然對柏揚說：「去瞭解一下鄭幼安……還有鄭夫人的事情。」

這突如其來的任務有些沒頭沒腦，但柏揚也不敢問，點頭說好。

到了湖光公館，傅明予剛進門，便感覺四周氣氛不對。

他脫了外套，遞給身旁的羅阿姨，並問：「怎麼了？」

羅阿姨微皺眉頭，低聲道：「又不高興啦。」

傅明予朝客廳走去，果然見賀蘭湘坐在沙發上，背挺得很直，渾身寫滿了「我不高興別惹我」。

傅明予自然不去惹她，直接邁腿朝二樓走去。

但是禍躲不過，該來的總會來。

賀蘭湘的聲音幽幽傳來：「怎麼，回來了都不打聲招呼，當我是一座雕塑嗎？」

傅明予無奈停下腳步，轉身道：「怎麼了？」

賀蘭湘端著面前的燕窩，慢吞吞地喝了一口，擦了擦嘴角，才開口道：「你說怎麼有這樣的人？」

「什麼人？」

「就今天晚上的私人拍賣會，誰都知道我是為了月三林大師的畫去的，錢都準備好了，結果到了一看，哦，人家大師的畫不在拍賣品裡，你猜怎麼了？」

傅明予解了領帶，解著釦子，懶懶應付：「怎麼了？」

「董嫻她早就暗度陳倉，私下把畫買走了！」

傅明予無心再聽，轉身繼續上樓，「妳也可以。」

「你什麼意思啊？」

賀蘭湘說著就追了上去，傅明予自然無法再走。

他嘆了口氣，說道：「這種事情已經不是第一例，既然是私人拍賣會，她也不算破壞規則，最多只是心思活絡了點。」

「哦，意思還是我的錯了？怪我沒提前想到？」

傅明予張了張嘴，想說什麼，但想想還是算了。

「人家也沒怎麼樣，妳看拍賣會的其他人有妳這麼生氣嗎？」

見他這幅樣子，賀蘭湘更是氣不打一處來：「你什麼態度啊？其他人？什麼叫其他人？是不是你也跟你爸爸一樣覺得別家的女人都乖巧懂事，就我不講道理，就我無理取鬧？」

「沒有。」

賀蘭湘「哼」了聲，打算放過傅明予。

而傅明予不知想到了什麼，又道：「都一個樣。」

「……」

賀蘭湘愣了愣才反應過來傅明予是什麼意思，對著傅明予上樓的背影罵道：「傅明予你這個不孝子！」

關上書房的門，傅明予在桌前坐下，仰著頭閉目養神。

手機滴滴響了一下，柏揚打來了電話。

讓他去「瞭解」一下鄭家的事情，其實費不了多少工夫。

只是平時傅明予不關心別人的家事，才一無所知而已。

傅明予接起電話，柏揚在那頭把他瞭解到的資訊一一道來。

『鄭董和現在的鄭夫人是二婚。』

『鄭董的髮妻在生下鄭小姐沒多久就因病去世了。』

『現在的鄭夫人也有個前夫，不過去世很久了。』

柏揚頓了頓，把自己查到的最關鍵資訊說了出來：『鄭夫人之前有個女兒，就是阮思嫻。』

「……」

傅明予心頭突然猛地一跳。

長久的沉默後，傅明予掛了電話。

他再次閉上眼睛，將這些天的事情理了一遍。

其實不難，他只要知道了阮思嫻與鄭幼安的關係，便清楚了一切。

原來她不是嘴硬。

原來她這幾天的情緒，真的跟他沒半毛錢關係。

尷尬倒是一瞬即逝，取而代之的卻是一股莫名的焦躁，還有一種空落落的感覺。

第十章　QAR三級事件

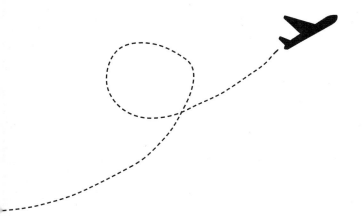

翌日清晨，阮思嫻在鬧鐘聲中醒來。

她睜開眼睛，盯著天花板看了一陣子才把神志拉回來。

然而起身下床那一刻，不得不罵一句卞璿黑心賣假酒。

頭也太痛了吧。

走到客廳後，她愣了愣，差點抬起了報警的小手。

映入眼簾的是掉在地上的抱枕，東一隻西一隻的鞋子，沙發上的小毛毯歪歪扭扭地掛在茶几邊，而她的包倒扣著，裡面的東西散落一地。

不過幾秒後她就恢復了理智。

家裡這樣子不是進賊了，而是昨晚傅明予強行把她從沙發上抱起來時她弄的。

回憶從這裡按了開啟鍵，阮思嫻身體的感覺好像在不自覺地回憶。

看向沙發，她想起傅明予把她抱起來時，身體和他緊緊相貼，掙都掙不開。

走到門口穿拖鞋，又想起他從她背後圈住她，伸手握住她的手，下巴在她頭側，輕輕一扭頭就看見他下頜的弧度。

回頭看房間，她想起他俯身撐在她的床上時，被他的氣息籠罩，動彈不得，而他領口垂下來的領帶在她眼前輕輕地晃來晃去。

嘶……

阮思嫻抱住雙臂，警覺地看向四周。

怎麼每每看向一個角落，腦子裡都會一幀幀閃出傅明予的畫面。

這狗男人是怎麼做到把她的家弄得四處都是他的影子。
阮思嫻趕緊穿上拖鞋走進浴室沖了個澡。
熱水洗清疲乏的同時，也一同帶走了這幾天的情緒。
昨晚酒也喝過了，脾氣也發過了，鬧也鬧過了，心裡好像一下子疏通了一般。
事情還是存在，但卻沒什麼堵心的感覺了。
她吹乾頭髮，回到客廳開始收拾，在地上撿到一包菸。
拿起來看了看，裡面只動了兩三根。
不用想也知道是誰的。
阮思嫻把菸放到茶几抽屜裡，關上的那一刻，她腦子裡突然閃了一下傅明予抽菸的畫面。
放鬆地站著，單手插著口袋，頭一偏，眼睛垂著，輪廓在火光中若隱若現。
還怪好看的。
嗯？
阮思嫻愣了一下。
她根本沒見過傅明予抽菸，腦子裡怎麼會浮現這樣的畫面。
這時，門鈴響了，打斷了阮思嫻的神思。
她起身去開門，一個外送員遞過來一袋東西。
「您好，您的早餐，請慢用。」
有了上次的經驗，阮思嫻也沒感覺多驚訝。

她看了收據，確實是她的名字，便收下了外送。
裡面是一碗青菜瘦肉粥，一杯熱豆漿，還有兩塊棗糕。
唔……是她平時喜歡的早餐。
阮思嫻喝一口豆漿，清甜在舌尖縈繞。
她想了想，覺得還是要跟傅明予表示一下。
於是她翻到傅明予的帳號，傳了一句話過去。
阮思嫻：『早餐收到了，謝謝。』
傳完她也不期待大忙人傅明予會秒回，一邊喝著粥，一邊看著未讀訊息。
列表往下一滑，二十分鐘前司小珍傳訊息給她。
司小珍：『醒了嗎？怕妳睡過頭難受，幫妳叫了早餐，記得吃哦。』
阮思嫻看著這則訊息，足足愣了好幾秒。
不是傅明予點的？？？！！！
她立刻重新找到傅明予的帳號，生死時速般收回了那則訊息。
然而就在她剛鬆開手指的那一刻，對面傳來訊息。
傅明予：『不是我。』
傅明予：『別多想。』
阮思嫻：「……」
誰多想了？

阮思嫻：『？？？』

阮思嫻：『我傳錯了而已，不好意思。』

傅明予：『哦。』

哦？？？

哦！！！

怎麼你還不信是吧？？？

阮思嫻頓時覺得豆漿不甜了，粥也不香了。

傅明予這個人怎麼這樣？明明昨天還是他在自作多情，怎麼今天就變得好像是她自作多情了一樣？

還一副不相信的樣子。

阮思嫻越想越氣不過，拿手機幫早餐拍了個照發動態。

而另一邊，傅明予在病床旁站著，賀蘭湘在跟她的表姐噓寒問暖。

兩人絮絮叨叨聊了許久，傅明予神思游離在外，盯著窗邊探進來的樹枝上的一朵花。

也不知道看了多久，轉過頭，賀蘭湘還說個不停，阿姨精神也挺好，感覺能立刻拔了針管跟她去米蘭血拚三天三夜。

耳邊全是他不感興趣的話題，傅明予只好拿出手機看一看。

打開聊天軟體，畫面還停留在和阮思嫻的對話。

對方沒有回覆，他便退了出來，看了眼動態右上角小圖案正是阮思嫻的頭貼。

他點進去一看，半分鐘前，她發了一張照片，拍的是一頓早餐。

『謝謝寶貝的早餐，愛你！』

傅明予知道阮思嫻是什麼意思。

他瞇著眼睛再次看向窗外，心裡莫名煩躁。

目光再次回到手機上。

傅明予點進阮思嫻的動態，想看看這兩天她是不是又發過什麼暗諷他的內容被他忽略了。

然而剛剛進去，阮思嫻動態主頁背景便抓住了傅明予的眼球。

白底黑字，非常囂張的一行字。

『又來看我了，承認吧，你就是喜歡我。』

傅明予：「……」

他關了手機。

這種浪費時間的東西果然還是不看最好。

在發生了誤以為早餐是傅明予送的這件事之後，阮思嫻覺得這人肯定會逮著這個機會在她面前狠狠秀一把存在感。

然而這次她失算了，傅明予非常安靜。

當然，或許也是因為他忙，總之他沒再出現過。

兩人再一次見面，是五天後的一個早晨。

阮思嫻按時到了世航，準備她正式上任副駕駛前的最後一次航班。

清晨的世航忙碌依舊，阮思嫻穿著制服，拉著飛行箱，經過飛行部大會議室時，門突然向內打開。

隨後，腳步聲響起。

阮思嫻心裡莫名覺得，多半是傅明予。

她停下腳步看過去，果然看到了他。

門後燈火通明，與會人員鴉雀無聲，目送傅明予出來。

他似乎心情很不好，單手插著口袋，眉頭微簇，大步流星走出來，讓四周的空氣都冷了兩度。

阮思嫻站在離門不到五公尺的地方，這個位置，勢必要和傅明予打個照面。

兩三步後，傅明予果然看見阮思嫻。

然而只是視線短短相交，正當阮思嫻開口想打個招呼時，他卻側頭去聽助理說的話，不再看阮思嫻。

一群人就這麼走過阮思嫻身邊。

當柏揚隨後走出來時，腳步頓了頓，想打個招呼。可是看到剛剛傅明予沒什麼反應，心想兩人上次大概又鬧了一架，說不定這時正水火不相容呢，還是別去點炮了，回頭把他原地炸成天邊最絢麗的一朵煙花。

會議室裡的人盡數離開後，四周恢復安靜。

阮思嫻回頭看了傅明予的背影一眼，眉頭慢慢擰了起來。

她仔細地回想，喝醉那天晚上，她是不是忘了自己幹過什麼得罪了他？

打傅明予？不對，應該打不過他。

罵得太過分？應該沒有吧，是他自己要跟進去還賴著不走，她說話已經很客氣了。

還是說了什麼傷他自尊了？

不是，阮思嫻突然回神。

自己為什麼要在這裡反思啊，傅明予這個人從來就不按套路出牌，她怎麼能用正常人的思考方式去分析他的行為模式？

而且他愛怎樣就怎樣，她又管不著。

她在心裡暗暗罵自己兩句，拉著箱子大步走了。

今天這趟航班說來也巧。

阮思嫻最後一次後排帶飛，而機組人員正好又是她第一次帶飛的范機長和俞副駕。

他們三個人在這期間組合過好幾次，也算熟悉。

上了飛機後，范機長和俞副駕坐在前排，兩人神情都很輕鬆。

今天江城飛臨城，本場兩段飛，航線熟悉，天氣狀況良好，一切都很完美。

準備妥當後，順利起飛，半個小時後，飛機進入巡航自動駕駛狀態。

范機長端了杯紅棗茶，回頭道：「小阮，下週妳正式做副駕了，妳可以跟飛行部打個招呼，第一次還是我來帶妳。」

「哦，好。」阮思嫻點點頭，又沉默下來。

「妳在想什麼？」范機長突然問。

阮思嫻躊躇片刻，說道：「你們說，一個男人突然就……」

說到一半，她瞥見一旁的俞副駕臉色不太好。

「你怎麼了？」

俞副駕捂著右上腹，唇色一點點發白，「嘶……我這裡有點疼。」

說完，他對范機長說：「我可能是拉肚子了，我去一趟廁所。」

范機長點點頭，在俞副駕起身的同時帶上氧氣面罩。

離開一個副駕駛，范機長便不再閒聊。

沒過幾分鐘俞副駕回來了，范機長又摘下氧氣面罩，繼續剛剛的話題：「小阮，妳剛剛說一個男人什麼？」

阮思嫻沒回答，因為她在俞副駕進來的時候就注意到他的不對勁。

「你是不是哪裡不舒服？」阮思嫻探身去問，「你臉色太差了，額頭還有汗。」

范機長一聽，立刻去看俞副駕。

阮思嫻說得還算輕的，俞副駕整個人已經坐不直，雙手緊緊捂著右上腹，臉色慘白，豆大的汗滴從他臉上往脖子流。

「你怎麼了？」范機長驚詫問道。

俞副駕的嘴唇完全沒有血色，張了張嘴，半天才說出話：「我不、不知道，我這裡突然疼得厲害，我可能堅持不到臨、臨城。」

「你確定？」范機長再次問道，「嚴重到堅持不到臨城？」

俞副駕自己也想了想。

可是下一秒，右上腹一陣劇痛再次襲來，他整個人開始打寒顫。

「我感覺不行……」

阮思嫻拿紙巾幫俞副駕擦臉上的汗，同時探了探他的額頭。

「機長，他在發燒！」

范機長盯著俞副駕看了幾秒，突然罵了句髒話。

「媽的，多半是急性膽囊炎，我老婆也得過。」

正因為范機長老婆得過這個病，所以他知道，嚴重時是會危及生命的。

幾秒後，他說：「小阮，妳跟他換位子，妳坐到副駕駛來，然後叫三號空服員進來照顧他，讓安全員代替三號的位子，然後讓座艙長問一下乘客裡有沒有醫務相關人員。」

阮思嫻照做，過了一陣子，三號空服員進來了，並且帶來座艙長的話。

「本次航班上沒有醫務相關人員。」

身邊的俞副駕痛苦地呻吟著，范機長皺緊了眉頭看了他幾秒，終於做了個決定。
「小阮，讓座艙長通知客艙，我們現在備降撫都機場。」
「好。」
沒多久，客艙通知廣播響起。
同時，阮思嫻帶上耳麥與墨鏡，看向儀錶盤，說道：「現在距離撫都機場還有大概三十分鐘航程，預計落地會超重一點五噸。」
她說完，看向范機長，等著他做決定。
「嗯，可以降落。」范機長說，「準備備降。」
阮思嫻對此沒有異議。
不論是現在俞副駕的身體情況，還是根據適航標準，她都覺得完全可以超重降落。
如果是她坐在駕駛座上，她也會做這個決定。
可是後面那個話都快說不出來的俞副駕卻開口反對。
「不、不行，超重落地會造成不安全事件，不可以……」
「你閉嘴！」范機長怒道，「我是機長我心裡有數！現在已經是起飛重量下，只要速率控制在三百六十英尺每分鐘以下，怎麼不能安全落地，如果出了事一切後果由我承擔！」
他說完，俞副駕還是不同意，說自己還能堅持到飛機耗油低於最大著陸重量。
總之，他不同意超重降落。
范機長平時總是溫言細語，但是到了這時候，語氣是阮思嫻從未聽過的堅硬。

眼看著兩人要爭執起來了，阮思嫻柔聲道：「機長，耗油吧。」

這是個折中的辦法。

范機長無奈地嘆了口氣，「行，你自己要堅持的。」

但是飛機上沒有放油裝置，他們只能想辦法消耗油量。

阮思嫻一直注意著儀錶盤，等飛機降落到一萬五千英呎時，她問道：「機長，現在放下起落架？」

范機長點頭：「放。」

放下起落架並不是要準備著陸，他們只是想增加耗油量，儘早把油耗到最大著陸重量以下。

飛行高度在緩緩下降，而身後的俞副駕連呻吟都快呻吟不出來了。

阮思嫻低聲安慰道：「俞師兄，你再堅持一下，快了。」

身後沒有應答。

范機長深吸一口氣，說道：「小阮，準備使用減速板進一步增加油耗。」

阮思嫻正要說好，身後那個沒力氣呻吟的人卻說道：「不、不行啊！」

范機長根本不理俞副駕，他在後面急得連連喘氣，都快哭出來了。

世航規定，在使用減速板時發動機推力超過百分之六十六就算QAR三級事件。如果發生這種事，會嚴重影響俞副駕未來的晉級、升級、獎金、收入等。

雖然阮思嫻也想罵一句垃圾規定，可是卻不能真的視若無睹，也不能勸阻范機長。

畢竟在飛機上，機長就是絕對的權利。

果然，俞副駕開始強撐著說道：「再減、再減就QA……」

還沒等他說完，范機長打斷他：「你他媽給我閉嘴！我現在在救你的命！到底是你的命重要還是QAR重要！」

也不知道俞副駕是實在沒有力氣說話還是妥協了，總之，後排安靜了。

近一個小時後，飛機在撫都機場著陸。

當飛機在機務的引領下緩緩靠向廊橋時，阮思嫻回頭看了俞副駕一眼。

他的衣服完全被汗水打濕，雙眼閉著，嘴唇微張，艱難地喘氣。

飛機停穩的同時，救護車已經準備好，醫務人員進駕駛艙把俞副駕扶了出去。

但是到了艙門口，他突然回頭看向阮思嫻：「幫、幫我個忙。」

「什麼？」

俞副駕：「我的手機密碼是六個八……妳等一下幫我跟我女朋友報個平安。」

阮思嫻點頭說好，俞副駕才下去。

之前幾次飛行，阮思嫻知道他有這個習慣，每次落地一定會傳訊息給女朋友報平安。

范機長走了出來，目送俞副駕上了救護車，還不忘罵他兩句。

不過好歹是平安降落了，阮思嫻鬆了口氣，去找俞副駕的手機。

打電話跟俞副駕女朋友說明了情況後，阮思嫻摸了摸自己的手機。

她剛打開網路，一個電話就打了進來。

電話號碼沒存，但是她知道是誰的。

世航一旦有航班出現臨時變故，飛行部門會立即告知他，所以能精準知道落地時間並且打來電話的只有他了。

不過一想到今天早上他那副樣子，阮思嫻就不是很想接。

等鈴聲響了好一陣子，阮思嫻還是接了起來。

「喂，傅總。」

『落地了？』

「嗯……」

那頭沉默了片刻。

傅明予可能暫時還不知道是哪個機師出問題了，所以打電話過來的吧。

阮思嫻低頭看著自己的手指，拇指輕輕摳著食指的指甲，正想說「放心，你的雙倍年薪沒事」，卻聽他道：『那返航立即交出詳細事故報告。』

「……」

以為傅明予立刻打電話來關心真是太看得起他了。

一百二十分鐘後，飛機重新準備起飛。

由於撫都機場有世航基地，很快便調度另外一個副駕駛過來。

下午七點，本次航班返回江城機場。

范機長收拾收拾便帶著阮思嫻去了傅明予的辦公室。

「人怎麼樣？」傅明予問。

范機長站在傅明予桌前，如實回答：「急性膽囊炎，已經手術了，現在情況穩定。」

「嗯。」

阮思嫻跟在范機長後面，頭微微低著，全程聽著范機長和傅明予交涉，沒有說一句話。

十分鐘後，柏揚敲門進來，打斷片刻。

他開口前看了阮思嫻一眼。

阮思嫻注意到他的目光，以為這算是打招呼，便朝他點點頭。

柏揚抿唇，走到傅明予身旁。

「傅總，鄭小姐來了。」

鄭小姐？

雖然沒有指名道姓，阮思嫻下意識想，一定是鄭幼安。

她低頭摳了摳指甲。

她怎麼來了？

隨後，柏揚側頭瞟了阮思嫻一眼，然後走到傅明予身旁低語。

距離傅明予幾公尺遠的阮思嫻聽不見柏揚的話，只見傅明予點頭道：「知道了，你讓人去安排。」

柏揚走後，傅明予無縫銜接，又繼續問范機長情況。

說到最後，范機長說：「這次用減速板時發動機推力已經超過百分之六十六，我會承擔責任。」

阮思嫻猛然抬頭看范機長。

他的意思就是，這次備降造成的QAR三級事件算在他身上？

傅明予手裡捏著一支筆，沉吟片刻，沒接范機長的話，只是說道：「嗯，情況我知道了。」

報告到此為止，阮思嫻跟著范機長走了出去。

從頭到尾，阮思嫻跟傅明予沒有任何交流，甚至連眼神交流都沒有。

阮思嫻是真的覺得有點奇怪，前幾天還纏到她家裡待了半天，任勞任怨，被她嗆了半天連火苗都沒冒一簇。

眼下看來，他的火苗終於被她直接悶死了？

但是走到門口，卻聽到身後的人叫了一聲，「阮思嫻。」

雖然叫的是阮思嫻，但范機長還是下意識停下腳步，看了看阮思嫻，又看了看傅明予，目光來回打量一圈，隨後揚長而去，還體貼的為他們關上了門。

本來阮思嫻覺得傅明予突然叫住她沒什麼，但是范機長這麼一搞，她莫名覺得沒什麼好事發生。

她轉身問道：「怎麼了？」

傅明予一邊開電腦，一邊說道：「今明兩天之內，妳應該會接到通知，公司即將啟動今年的飛行學院全國巡迴招募，需要拍攝一組宣傳片，飛行部選了妳上鏡。」

阮思嫻偏偏頭，笑得很開心：「可以呀。」

上鏡拍宣傳片，代表企業形象，誰不樂意呀。

緊接著，傅明予又說：「掌鏡攝影師是鄭幼安。」

阮思嫻詫異，但略微一頓便想通了。

鄭幼安學攝影，主攻人像，又跟傅家關係匪淺，讓她來負責這次拍攝很正常。

阮思嫻問：「怎麼了？」

傅明予抬頭望過來，眼神有輕微波瀾閃過，垂眸道：「如果妳不願意，我讓飛行部換了攝影師。」

我為什麼不願意？

如果我不願意，你換機師就行，為什麼換攝影師？

阮思嫻細細打量他，頓時明白了。

哦！你又開始了是吧！還覺得我吃鄭幼安的醋是吧？

這狗男人……

阮思嫻一副不解的樣子看著傅明予，問道：「為什麼不願意啊？我很願意啊。」

傅明予看著她的眼睛，確認後，輕輕地嘆了口氣，「好。」

當初讓鄭幼安來掌鏡這次的宣傳片，是傅明予當著鄭幼安父親的面答應下來的。

本不是什麼大事，平時也只是請個差不多的攝影師就行了，所以借此賣鄭董一個面子沒關係。

但知道阮思嫻和鄭幼安的關係是在這之後的事情。

他平時不管這些細枝末節的小事，不過專案啟動後，他特地問了負責這一塊的人。果然不出他所料，飛行部選了阮思嫻上鏡。

他想過，如果阮思嫻不想和鄭幼安有什麼接觸，他甚至可以言而無信換掉鄭幼安，事後再以其他方式跟鄭董賠罪便是。

其實他明明還有另外一種解決的辦法，就是讓飛行部換掉阮思嫻，重新選一個機師就行，簡單省事。

但他竟然從頭到尾根本沒考慮這個處理方式。

而之所以主動事先問她，是他不想再在自作多情的基礎上擅作主張。

但卻又有一種莫名想在她面前表現表現的衝動。

可是阮思嫻看起來確實絲毫不介意的樣子。

完全不介意。

第二天上午，阮思嫻果然接到飛行部的通知，讓她準備拍攝今年招生的宣傳片。

雖然攝影師是鄭幼安，可是自上次醉酒之後，她心中的鬱結已經疏散許多，拍個照而已，沒什麼。

只是今天氣溫又創新高，阮思嫻不得不穿著制服出門。

襯衫扣得整整齊齊，西裝褲密不透風，在太陽下轉個身就像燒烤架上翻身的小黃魚。

偏偏這時候還不好叫車，她從家裡走到門口都沒司機接單。

在門口等待的幾分鐘，阮思嫺感覺自己已經五分熟了，喜歡生的人可以直接上口了。

宴安開車從停車場出來時，便看見阮思嫺夾著飛行帽站在門口，面色煩躁。

他不知不覺踩了剎車，在距離阮思嫺十幾公尺的地方停下。

上次夜裡的一通電話後，宴安再也沒來過名臣公寓。

反正別人拒絕得明明白白，他再糾纏只會顯得難看，即便偶爾煩躁不爽，也克制自己想主動聯絡的欲望。

但是這一刻一瞥，第一次見她穿著制服，身姿挺拔，皮膚在陽光下白得發光，又莫名心癢難耐。

或許是得不到的總是最好的，又或者是不甘心，總之，他此刻很難說服自己就這麼視而不見。

足足停了三分鐘後，宴安才將車緩緩開到阮思嫺旁邊。

「去哪裡？」宴安搖下車窗問。

阮思嫺回頭見是宴安，愣了一下，「宴總？」

「嗯，去世航嗎？」

阮思嫺點頭，「我……」

「上車吧，我順路。」宴安說，「我要去機場基地，帶妳一程吧。」

見阮思嫻似在猶豫，宴安咧嘴笑了笑，「不是吧，連我的車都不願上了?真的是順路送妳一程，我們不是說了做朋友嗎？」

做朋友你大晚上還打電話給我呢。

阮思嫻心裡的吐槽沒表現出來，只是笑了笑，說：「我叫了車，馬上就到了。」

宴安笑容消失，不耐煩地按著方向盤，後面開上來的車按喇叭催促。

「別拖拖拉拉了，上來吧，多大的事，後面的車要下車打人了。」

阮思嫻抬頭看了馬路一眼，連個計程車的影都沒有。

而後面已經有三輛車陸陸續續出來了。

陽光晃得刺眼，氣溫熱得極其煩躁，她薅了薅頭髮，指尖上有了汗水行吧。

她拉開車門坐上副駕駛座。

在她低頭繫安全帶時，宴安側頭看了她一眼，抿了抿唇，想說什麼，最後還是沒說出口。

兩人就這麼沉默著到了世航大門，宴安緩緩停車。

阮思嫻說了聲謝謝，下車時，宴安叫住她。

阮思嫻撐著車門回頭，「怎麼了?」

宴安在車裡吐了口氣，憋了幾秒，說道：「天氣熱，注意防暑。」

阮思嫻點點頭，轉身朝裡面走去。

身後的車開走後，她回頭看了一眼。

這個宴安怎麼感覺還不死心呢？

阮思嫻和另外幾個年輕的機長以及副駕駛一起到的。

這一次見到鄭幼安，她穿得輕便了許多，短上衣牛仔褲，頭髮高高綁起，繃著一張臉在攝影棚裡穿梭。

工作不多，但她卻足足帶了三個助理。

鄭幼安一眼看見阮思嫻，沒在意，但走了幾步，突然退到她面前說：「我們是不是見過？」

不等阮思嫻回答，她又說：「哦，我想起來了，上個月在商務航廈我們見過一面。」

「嗯。」阮思嫻點頭，「是見過。」

鄭幼安上下打量阮思嫻，似笑非笑道：「妳應該很上鏡吧，你們公司貼心，人全都選好了，直接幫我省了不少事啊。」

聽起來好像有點介意飛行部直接把人拎出來，不給她選擇權，所以這誇獎聽起來也不太像那麼一回事。

身後她帶來的助理突然偷偷地笑：「也不是看看是誰的公司，能不幫妳省事嘛？」

鄭幼安回頭瞪她一眼，卻是含笑罵道：「閉嘴！」

阮思嫻秒懂了她們在說什麼，不就是在調侃鄭幼安跟傅明予嘛。

一邊說著自己跟她沒有關係，一邊又盡心盡力幫忙。

這個狗男人真不是人。

阮思嫻努了努嘴，不知道該說什麼，便安靜地站著。

站著站著，心裡又開始罵傅明予。

這狗男人真的太不是人了，前兩天還假惺惺地問她要不要換攝影師。

虛偽。

渣男。

「來，過來化妝了。」鄭幼安的助理朝阮思嫻揮手，「我們讓女生先哦。」

化完妝後該開始拍攝。

阮思嫻以前是空服員時拍過世航的期刊，攝影團隊也是外面請的，所以她自認為還算熟悉流程。

可鄭幼安跟那些靠拍照吃飯的人不一樣，光是在妝容上她就指指點點了許久。

一下子嫌眼影重了，一下子又嫌眉毛太粗了，別的男機師早就化好妝等在那裡，而阮思嫻卻在化妝鏡前坐了兩個小時。

不就是招生宣傳嗎？至於搞得像拍時尚雜誌嗎？

到最後阮思嫻快坐不住了，鄭幼安才勉強點點頭，「就這樣吧，馬馬虎虎。」

阮思嫻：「……」

不是我說，妳這小妹妹怎麼跟妳的長相一點都不符合呢？處女座的吧？

到了拍攝階段，流程依然沒有阮思嫻想像中順利。

光是打光板鄭幼安就讓助理們擺弄許久，一個姿勢來回微調了幾十次，阮思嫻臉都快笑僵了。

下午五點，大家都以為快結束了，結果鄭幼安一關相機，說：「走，我們出外景。」

阮思嫻：？

不是，這三十八度的天氣妳要出外景？

除了阮思嫻，其他人當然也不太樂意。

「幾個姿勢拍幾張就好了，出什麼外景啊，不是有後製嗎？」

「那能一樣嗎？」鄭幼安彷彿聽見什麼笑話似的，「後製P的藍天白雲跟實景能一樣嗎？我從來不用後製P。」

阮思嫻無語凝噎，第一百八十次想告訴她這只是一個招生宣傳海報，不是妳拿來參展的藝術品。

另外幾個機師一開始看鄭幼安長得清純可愛，各個還殷勤得很，被折磨一下午後也開始遊走在發火邊緣。

他們不說話，阮思嫻也沒表態，鄭幼安看著他們，僵持半分鐘，說道：「你們都不願意是吧？」

得了，不跟女人計較。

那幾個男機師煩躁地點頭：「拍拍拍！」

鄭幼安又看向阮思嫻，「妳呢？」

阮思嫻抱臂，看了看外面的烈陽，皺著眉點頭，「行吧。」

只要不是傅明予，事情再多也忍妳。

鄭幼安抬抬下巴，「那走唄。」

這一組室外照直到太陽快落山了才拍完，阮思嫻的制服前前後後幾乎濕了個遍，一口氣喝光送來的一整瓶礦泉水。

而鄭幼安翻出照片，自言自語道：「擺拍的確實沒什麼神韻哦。」

阮思嫻：「……」

這位姐是處女座守護者吧。

她沒什麼耐心再待在這裡了，看鄭幼安專心致志地翻看照片，大概也沒心思跟他們打招呼。

於是阮思嫻拿起包準備告辭。

只是經過鄭幼安身後時，聽見她一個助理嘀咕道：「這也太精雕細琢了點，只是個宣傳片，又不是藝術大片。」

嘿，可算有個明白人。

鄭幼安卻說：「宣傳片又怎麼了，這是明予哥要看的，我要做到最好。」

阮思嫻：「……」

她腳步沒停，眉頭卻擠得更緊，比眉頭擠得更緊的是心頭。

深吸一口氣後，阮思嫻還是沒能調整好心態。

好，明予哥哦，今天這筆帳我還是算在你頭上了。

春江夜包廂，傅明予鼻尖突然一癢，食指抵抵鼻子，輕輕咳了一下。

「怎麼了？冷氣溫度開太低了？」

祝東說著就要讓人進來，傅明予連忙止住，「沒事。」

「最近天氣太熱了，我上週就熱傷風了，前兩天才好。」祝東端起面前的酒壺幫自己和傅明予倒上，「你最近忙大事，可千萬別把自己身體弄垮了。」

傅明予端著酒杯，目光落在上面，卻像是在走神。

「欸，你要改革飛行品質監控，你爸和你哥知道嗎？」

傅明予點頭。

祝東又問：「他怎麼說？」

傅明予睇著眼看祝東身後的屏風，漫不經心地說：「他們反對也沒用。」

祝東笑了笑，端起酒杯喝了一口，「看來你要孤軍奮戰啊。」

他舉了舉杯子，「兄弟我精神上支持你。」

見傅明予不為所動，對這個話題的興致不高，他又轉了話題，「你猜我今天在世航門口看見誰了？」

傅明予抬了抬眼簾，沒有接話。

「宴安那小子啊。」祝東說，「送你們公司那個女機師呢。」

他說著就笑了起來，「你說你當初費什麼力氣跟他搶人呢，反正都身在曹營心在漢，搞得兩人都折騰。不過話說回來，宴安的話也是不可信，說什麼不追了不追了，我當初就說了，他能放下才怪，他什麼時候為女人喝過酒啊，那天我就看他不對勁了。」

見對面的人似乎對這個話題沒有興趣，祝東也無奈了，扣了扣桌子。

「你今天怎麼回事？心情不好？」

「沒。」

祝東懶得理他，還是專心吃飯喝酒吧。

而傅明予垂眼，眸色幽深，沉默許久，忽而哂笑一聲，端起了面前的酒杯。

阮思嫻拍攝結束後先回家洗澡換衣服，然後司小珍開車來接她，兩人一起出去吃了飯，又把她送回來，一來一去耽誤了不少時間，回到名臣公寓已是夜裡十點。

路燈把她疲憊的身影拉得很長，走到門口時，又遇到幾戶人家遛狗，站在屋簷下看著狗玩耍。

阮思嫻想繞都沒得繞，在路燈下站了一陣子，見那幾戶人家似乎短時間內不會走，她才極尷尬地出聲，讓他們把狗拉開。

那幾個狗主人還覺得她奇怪，邊盯著她看邊拉走自己的狗。

偏偏阮思嫻經過的時候，一隻金毛特興奮地衝過來，把她嚇得趔趄了一下。

眼看將要絆一跤，肩膀卻被人穩穩扶住。

阮思嫻抬頭，大廳明亮的燈光下，猝不及防撞上傅明予的目光。

他好像喝酒了，阮思嫻聞到一股酒味。

酒精讓他的臉更白了，沒什麼血色，眼睛裡卻映著燈光，隱隱跳動。

阮思嫻下意識問：「你怎麼在這裡？」

說完阮思嫻便後悔了。

他有房子在樓上，出現在這裡很正常。

阮思嫻兀自撇了撇嘴，覺得自己今天肯定是被曬到頭暈了。

側頭時，看見傅明予的手還扶在她身上。

阮思嫻往一旁避開。

這個動作讓傅明予眼神一沉，開口道：「我在等妳。」

酒後的嗓音特別低沉，卻又很清晰，阮思嫻都不能說服自己是聽錯了。

她奇怪地打量傅明予：「你等我幹什麼？」

他看向一側，讓晚風吹向他的臉。

「妳今天去哪裡了？」

不提這個還好，一提到這個阮思嫻就生氣。

他的幼安妹妹為了在他面前表現，硬是折騰她一下午，他還好意思問她呢。

「我能去哪裡啊，除了讓你的攝影師拍照還能去哪裡啊？」

傅明予低頭直視她，「妳知道我說的不是這個。」

阮思嫻不明白，「不是這個還能是什麼啊？我今天就是在拍照啊，不信你去問別人。」

說完她又嘀咕道：「早知道人家是為了你，我就不去摻和了。」

下巴突然被他的手指抬起來，阮思嫻不得不跟他對視，神色卻因為這個動作窒了兩秒。

「幹什麼啊？」

「妳今天跟宴安在一起？」

「對啊。」阮思嫻別開臉，下巴脫離了他指尖的觸碰，「他順路送我啊，怎麼了？」

傅明予的手指落空，無處安放，指尖卻在發熱。

他看著阮思嫻，眼裡的不解漸漸不再壓抑。

「為什麼？」

為什麼都這樣了還能跟他有說有笑的，卻要對他避之千里？

「什麼為什麼啊？」阮思嫻說，「我都說了他順路送我啊。」

說完，阮思嫻有片刻的懊惱。

她為什麼要跟他解釋這麼多。

阮思嫻扭頭就走，「傅總，喝多了就早點睡吧。」

傅明予突然拉住她的手腕，力氣有點大，且他手心很熱，讓阮思嫻莫名產生一種不妙的感覺。

喝多了的男人很危險，從古至今就是這樣。

阮思嫻回頭瞪他：「幹什麼呀！你連我跟誰接觸都要管嗎？你是不是管得有點多啊？你

是我上司，又不是我爸。」
在傅明予片刻地沉默中，阮思嫻腦子裡突然閃過一個想法。
她慢慢勾起唇角，「怎麼？傅總，你不想做我上司了啊？」
「管這麼多，想做我男朋友啊？」
如她所料，她看見傅明予目光漸深，喉結微微滾動。
還沒等他開口，她又笑著說：「你不如做夢。」
「……」
於阮思嫻而言，沒有什麼時候比這一刻更爽了。
她嘴角笑意更深，甩開傅明予的手，揚長而去。
然而剛剛走出一步，手再次被人拉住。
這次力氣更大，直接把阮思嫻按到牆邊。
他手掌的溫度漸漸升高，呼吸一點點拂在阮思嫻鼻尖。
有點燙，還有點灼熱。
「就真的……」他說，「對我一點感覺都沒有嗎？」
他雙眼深邃，專注地看著一個人時，漆黑得像深海，暗潮湧動只在眸中。
阮思嫻唇角的弧度慢慢消失。
就在這時，阮思嫻感覺他的手又加重了力道，握得更緊了。
「妳遲疑了，是嗎？」

「我遲疑什麼？我只是在想怎麼罵你！怎麼讓你腦子清醒一點！」

傅明予笑：「是嗎？平時挺能罵人的，怎麼現在卻遲疑了？」

「我說了我不是遲疑！還不允許我詞庫用光了啊！」

傅明予的眼神告訴阮思嫻，他明顯不相信。

阮思嫻的怒火澈底被點燃，抓起包就往傅明予身上砸，還一邊砸一邊踹他。

「你自戀什麼？你以為你是誰啊都對你有感覺！我只有見到狗才會心臟砰砰跳你懂不懂！」

傅明予退了兩步，被她打得狼狽不堪，一把推開她說：「行了！我知道了！」

阮思嫻還不解氣，一腳踢到傅明予小腿上。

「知道了就給我滾！」

天剛濛濛亮，阮思嫻蹬了一下腿，突然睜開眼睛。

她平躺著，盯著天花板，胸口還在劇烈起伏著。

是啊！她昨晚為什麼不直接動手打他！

反正她說什麼他都不會信，只會固執的活在自己的世界裡，那乾脆就用行動告訴他。

而不是昨晚傅明予問完之後，她只是矢口否認，就跟夢裡的場景一樣，對於傅明予這種人來說根本沒有力度！

他當時肯定沒有相信她的否認，不然怎麼會什麼都沒說就鬆開她的手，還讓她早點休息，然後轉身走了，根本不給她繼續否認的機會。

可恨她聰明絕頂的腦子在這種時候卡住，回家躺床上回想了一晚怎麼罵回去，卻沒有時光機能讓她回到那個時候，想再多都無濟於事。

阮思嫻突然坐起來，氣沖沖地看了樓上一眼，不知道現在去打他一頓還有沒有用。

拿起手機看了一眼，才五點，時間還早，阮思嫻又繼續倒下去睡覺。

可是一閉上眼，她腦子裡又出現昨晚的畫面。

不行，越想越氣，不知道還有沒有什麼補救的辦法。

阮思嫻又一個鯉魚打挺坐起來，拿著手機翻通訊錄。

昨晚司小珍夜班，這個時間還沒下班，不能打電話給她。

那就卞璿吧，她開酒吧的，經常忙到早上才回去睡覺。

電話播過去，一直到結束都沒有人接通。

阮思嫻又打了第二遍、第三遍……直到第五遍，電話終於接通了。

對面響起卞璿暴躁的聲音。

『姐！幾點啊！現在幾點啊！妳要是不給我說出個緊急事件出來我們從此就恩斷義絕！』

被卞璿吼了一陣，阮思嫻心有愧疚，氣勢下去了，捂著手機小聲說：「妳已經睡了啊？」

『廢話！我昨晚喝多了！』

「哦……」

『什麼事！快說！』

阮思嫻：「哦……就是昨晚，傅明予那個狗男人氣死我了，他——」

『怎麼又是他！』卞璿打斷阮思嫻的話，『妳就為了這麼個男人大早上擾我清夢？萬一我昨晚帶帥哥回家了呢？妳對得起我嗎！』

阮思嫻也是剛醒，腦子都還沒清醒，但是已經完全沒了睡意。

「唉，妳陪我說說話吧，我都快氣死了。」

電話那頭傳來窸窸窣窣的聲音。

卞璿坐了起來，深呼吸一口，強行平靜了心態，『說吧說吧。』

「唉，就是昨晚，傅明予……」

阮思嫻說到一半，又被卞璿打斷。

『為什麼又是他啊姐！』卞璿無奈地長嘆一口氣，伸腿踢開被子，『妳最近提他的次數也太多了吧，我耳朵都要聽出繭了。』

阮思嫻愣怔一下：「有嗎？」

『沒有嗎？』卞璿乾脆坐了起來，『來，我跟妳說說，我沒見過這個人，但是我跟他已經非常熟悉了，下次不如妳讓他來喝酒，我請客，反正大家都這麼熟了。』

阮思嫻沒接話，卞璿又接著說，『妳自己看看，妳一個幾乎不發日常動態的人，回來才幾個月，發的動態都是關於他的。』

阮思嫻：「那也算？我都是在罵他好嘛。」

卞璿：『也沒見妳罵別人啊！來，我現在就翻給妳看。』

她說著說著還真的打開了動態，『拒絕加好友的那個是說他吧，最後還不是加上了。野狗是說他吧，那首歌也是說他吧，哦，早餐那則不是說他，不過妳看看妳只發了四則，三則都是說他的。』

阮思嫻：「……」

早餐那則也是發給他看的。

卞璿：『這樣，我建議妳辭職好了，放過自己也放過他，別成天把自己氣出心臟病來，行嗎？』

阮思嫻「哼」了聲：「我才剛結束帶飛我怎麼能辭職？」

隔著電話，卞璿無語地撓頭。

現在什麼睡意都沒了，她做錯了什麼要遇到這樣的朋友。

『說吧，昨晚到底怎麼了？我倒要聽聽看。』

阮思嫻卻沉默了。

她感覺自己已經沒有什麼底氣了。

「算了，妳繼續睡吧。」

『……』卞璿憋氣，『阮思嫻我遲早跟妳恩斷義絕！』

掛了電話，阮思嫻盯著螢幕，點進自己動態，把這幾個月發的內容一一刪除。

等等。

怎麼搞得她心虛似的！能不能一鍵恢復啊？

什麼叫禍不單行，就是阮思嫻重新躺下準備補覺時，飛行部一通電話打來了。

這時候阮思嫻才深刻體會到剛剛卞璿的心情。

這個時候打電話過來肯定沒什麼好事，且很有可能是航班突然變動，需要臨時調配副駕駛。

所以阮思嫻即便很睏也不敢多睡，俐落地起身，一邊接著電話一邊往洗手間去。

可是她還沒走出房間，就聽那邊的人說，讓她今天下午再去世航一趟，鄭幼安要補拍幾張照片。

阮思嫻：「……」

她一屁股坐回床上，「為什麼啊？怎麼了啊？哪裡拍得不對嗎？」

飛行部的人說：『鄭小姐說室外那幾張表情不太自然，想補拍一下，就一下午，不會占用太多時間。』

阮思嫻極其不想去，飛行部那邊又說：『鄭小姐比較精益求精，所以……』

「能不能行啊？」阮思嫻看著窗外的日光，說道，「我覺得我是拍不好了，換人吧。」

換人當然不行。

飛行部那邊好說歹說終於把阮思嫻勸動了，順便附帶了幾句吐槽。

他們也是頭疼，覺得鄭幼安要求實在太高了點，可是沒辦法，他們想著鄭幼安是合作公司老闆的千金，又是傅明予親口答應讓她來拍的，她的要求他們當然會盡力去辦。

阮思嫻輕輕「呵」了一聲，「知道了，我現在出門。」

幸好今天早上氣溫不是很高。

阮思嫻換上制服，到世航門口時，另外幾個被叫來補拍的機師也是一臉無語。

「真他媽羨慕老張啊，今天有航班，逃過一劫。」

「煩都煩死了，一大早我他媽正準備跟女朋友去釣魚，這下我女朋友也生氣了。」

「欸你說搞藝術的是不是都這樣啊？」

阮思嫻心想，是的。

鄭幼安這麼龜毛，多半是被董嫻影響的。

她以前也是這樣，彷彿有強迫症似的，一張畫裡要是有一丁點別人都看不出來的細微瑕疵，她就能扔了重畫。

一行人拖著不情不願的腳步走了進去。

幸好今天化妝師也怕鄭幼安再要她重複改裝，用了十二萬的心思，一次通過。

鄭幼安點了點頭，看著幾個機師，想說點什麼，最後只是張了張嘴，說她先去調整器材。

不過過了一陣子，鄭幼安的助理提著幾杯冷飲進來了。

清晨的氣溫漸漸升了起來，但是太陽還不算刺眼。

阮思嫻等化妝師把她的頭髮弄好，便拿著鄭幼安買的冰咖啡往停機坪走去。

外面的各種設備已經擺好，鄭幼安站在鏡頭前擺弄著什麼。

她旁邊還站著一個人。

阮思嫻眯著眼睛看了看，是傅明予。

他今天還挺閒呢。

阮思嫻朝他們走去。

不過目的地卻不是傅明予。

她經過他們身邊，把咖啡丟進垃圾桶裡，轉身時，看見傅明予朝她看過來。

「來了？」

這語氣，搞得他們好像很熟似的。

明明昨晚才鬧了一場。

阮思嫻奇怪地看了他一眼，轉身朝打光板走去。

但是沒走兩步，卻聽到身後的鄭幼安說：「你看吧，這幾張不太好看。」

三十八度高溫誰能好看啊姐？

這就算了，她竟然還聽到傅明予說：「確實不太好。」

阮思嫻：「……」

她下意識摸了摸臉。

不好看嗎？昨天化完妝她站在鏡子前看了很久，明明就很好看啊！

阮思嫻一路琢磨著這個問題，根本沒回頭，也沒注意到鄭幼安聽到傅明予說的話時，臉色微變。

她關上螢幕，抬頭道：「我們開始吧。」

阮思嫻按照昨天的位置站好。

每每看向鏡頭時，傅明予就站在鄭幼安身旁，目光遙遙朝她看來。

傅明予確實覺得之前那幾張不太好，完全沒有阮思嫻平時好看，還不如隨便抓拍幾張。

就像現在，她站在飛機下，穿著制服，臂彎夾著飛行帽，撇頭看向側面，就這樣一眼，比照片裡僵硬的笑著好看多了。

感覺到他的目光久久停留在自己身上，阮思嫻回頭，瞪了他一眼，隨後又很不高興地別開臉。

傅明予低頭輕笑了聲。

「你笑什麼？」鄭幼安突然問，「是哪裡不對？」

「沒有。」傅明予回頭看她，嘴邊的笑意還未消滅，「妳拍吧，我看看就行。」

鄭幼安點頭說好。

阮思嫻回過頭時便看到傅明予笑著跟鄭幼安說話。

還笑呢，笑得那麼自然，敢情在太陽底下曬著的不是你！

阮思嫻越來越不舒服，扯出的笑容無比僵硬。

鄭幼安從鏡頭旁探頭，說道：「妳要不要先放鬆一下面部肌肉，現在笑得太不自然了。」

阮思嫻真的試著去放鬆，可是根本無濟於事。

她突然瞥向傅明予。

他笑得到是很自然呢。

「妳讓他走，我就笑得自然了。」

「……」鄭幼安噎了一下，遲疑地轉頭看傅明予，「她是在說你嗎？」

傅明予沒回答她的問題，只是看了阮思嫻一眼，隨即轉身走了。

身旁幾個機師這才小聲說：「傅總在那裡看著，我也渾身僵硬。」

「不過我不敢這麼說。」

敬佩之情完全流露。

而鏡頭那邊的鄭幼安多看了阮思嫻兩眼。

沉吟片刻，卻什麼都沒說。

拍攝結束後，已經是正午時分。

阮思嫻沒和那幾個機師一起去吃飯，打算回家吃。

傅明予的車就停在世航門口。

阮思嫻遠遠看見，腳步微頓，想了想，從一旁繞開。

她現在很不想看到傅明予。

可是只有那麼一個門，她才走出去沒幾步，那輛車跟上她。

傅明予搖下車窗，一股冷氣便溢了出來。

「吃飯了嗎」

阮思嫻沒理他，繼續走。

車繼續跟著。

阮思嫻無奈地停下腳步，「你跟著我幹什麼？」

傅明予面色不變，下車走到車旁，拉開車門。

「上車吧，我送妳。」

「你很閒嗎？」

傅明予抬手看了眼手錶，「不是很閒，所以妳趕緊上車。」

「不用了謝謝。」

阮思嫻不再理他，繼續朝前走。

傅明予不疾不徐地跟了上來，在她身後說：「天這麼熱，妳打算這麼走回去嗎？」

「我自己可以叫車的。」

「現在高峰期。」

「我可以等。」

「妳在倔什麼？」傅明予說，「怎麼宴安可以順路送妳，我就不可以？」

阮思嫻：「……」

他這個角度好刁鑽我竟然不知道如何作答。

「妳今天心情很不好？」

阮思嫻回頭，站在離他三步遠的地方，「對啊，知道我心情不好就別惹我。」

「我惹妳了嗎？我今天都沒跟妳說話。」

阮思嫻長呼一口氣，「你站在那裡光是呼吸就讓我生氣。」

說完，阮思嫻又繼續走。但她感覺傅明予還跟著她。

阮思嫻回頭道：「你又在幹什麼啊？我昨天晚上都說了，我對你沒感覺。」

傅明予點點頭：「我知道。」

知道你還纏著我！

不等阮思嫻說話，傅明予又說：「那妳今天生我什麼氣？」

對啊。我在生他什麼氣？

阮思嫻愣了一下，抬頭見傅明予眼裡點點笑意，突然反應了過來。

狗男人誤導我！

第十一章　共進晚餐

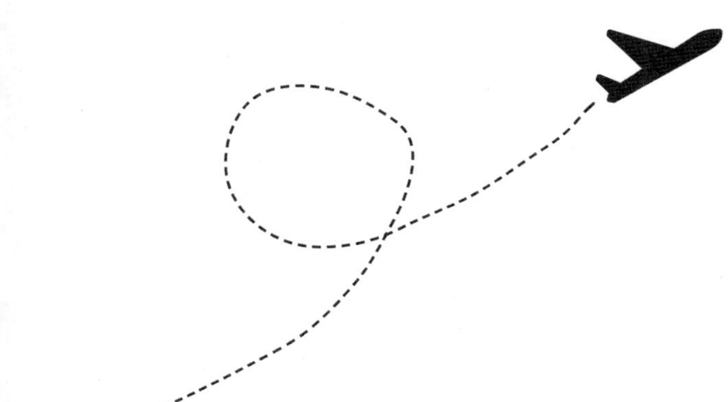

一輛輛飛速行駛的汽車在高架橋上揚起灰塵，從車窗折射進來的太陽格外刺眼。

車內有一股淡淡的若有似無的清洌香味。

阮思嫻安靜地坐在副駕駛座上，飄遠的神思被香味吸引，她輕輕嗅了嗅，有點好奇這個味道哪裡來的。

車座前沒有薰香，後視鏡上什麼東西都沒有，排檔桿旁邊的置物櫃也沒放東西。

她的目光漸漸搜尋至駕駛座，傅明予正好停在紅燈前，朝她看過來。

阮思嫻：「……」

目光一對上，她又別開臉，冷漠地看著前方。

她開始回想自己為什麼坐在他的副駕駛座上。

一定是被太陽曬暈了，被傅明予氣暈了。

這個男人太不要臉，把她堵在世航門口，大中午的人來人往，她不上車，他也不走，就眼睜睜讓來往的員工看著。

他堂堂一個總監，未來總裁，能要點臉嗎？

瞧那架勢，她今天要是不上車，他大概能一路跟著她走到家。

「今天我不是因為你而生氣。」阮思嫻悶了許久，決定主動開口解釋最關鍵的問題，不然傅明予又要多想，「天氣太熱了，我煩躁，誰來我都是這個脾氣。」

傅明予淡淡的「哦」了一聲。

阮思嫻皺眉看他：「真的。」

傅明予臉上依然沒什麼表情波動，「嗯，我知道了。」

可是阮思嫻怎麼這麼不信他的話呢？這個人是怎麼回事，就那麼喜歡別人對他生氣嗎？

阮思嫻憋著氣瞪著眼睛看他，他卻沒什麼反應。

把自己憋了半天，對方都不放一個屁，阮思嫻選擇閉嘴。

她知道自己這個時候要再是開口，說不定又被他帶進坑裡。

累了，真的累了。

車內沉默了半晌，傅明予突然問：「妳在想什麼？」

阮思嫻面無表情地說：「哦，我在想儘快去考個駕照。」

免得總是因為沒車的原因被人拽上副駕駛座。

傅明予如何聽不出她的意思。

考個駕照，自己開車，免得他再用這種理由強行纏著她。

也不知道她上宴安的車時，有沒有產生過這種想法。

他冷冷笑了一聲，「阮思嫻，我跟宴安比到底差在哪裡？」

阮思嫻莫名地看著他，「你突然提他幹什麼？」

傅明予瞇了下眼睛。

他其實很不想問這種問題。

他甚至從來沒有想過要拿自己跟宴安比較。

但是同樣都被拒絕過——

「怎麼妳能心平氣和跟他說話，能讓他開車送妳，我就不行？」

他轉頭看著阮思嫻，「我和他哪裡不一樣？」

當然不一樣。

這句話差點就要脫口而出，幸好阮思嫻臨時剎了個車。

可是哪裡不一樣呢？

傅明予一定會追問她，但是她在心裡想了一圈，也不知道怎麼回答。

反正就是不一樣。

正好停在一個紅燈路口，傅明予停下車，直勾勾地看著阮思嫻，等著她說出下文。

阮思嫻扯著嘴角道：「你比他帥，舒服了吧？」

傅明予又沒什麼反應，慢悠悠地收回目光，前頭綠燈亮了，他踩下油門。

汽車飆出去，眼前的景物飛速倒退，車內又恢復了安靜。

然而就在阮思嫻以為她明顯敷衍的回答已經讓這個話題過去了時，卻聽見他輕飄飄地說：「哦，所以妳怕妳動心？」

「……」

「傅！明！予！」

身邊的人好像又到了忍耐的極限，再戳一下就要炸了。

說出這句話的時候就知道她會生氣，但是傅明予聽到她的反應，心裡卻溢出一絲說不清道不明的愉悅。

他淡淡地勾了勾唇角，不再說話。

十分鐘後，車緩緩停在樓下。

阮思嫻下車的時候沒有跟傅明予道謝，不過他也不在意，反正是他硬要送她回家的。

傅明予就坐在車裡，看著她大步走進大廳，直到人消失在電梯裡。

手機突然響了一下，傅明予看了一眼，是鄭幼安傳來的訊息，問他要不要看看今天拍的照片。

阮思嫻的照片嗎？

傅明予回：『好。』

收到這個訊息後，鄭幼安便把自己關進了暗房。

雖然現在膠捲相機已經陸續停產，但鄭幼安依然認可膠捲相機對色彩的還原和圖像清晰度，所以暗房是她心裡聖地一樣的存在。

她對攝影的要求高，好在家裡條件優渥，經得起她隨便揮霍，家裡鏡頭堆得跟山似的。

而她的成績也不俗，十三歲的時候家裡就為她開了攝影展，十五歲出國留學，七年時間拍了不少作品，其中獲獎不少，她的爸爸以她為傲，逢人就要把她的成績拿出來說一說，而朋友們也時常請她為自己拍照，眼裡全是崇拜的光芒。

就連老師也幾乎沒有批評過她的作品。

自小養成的自信讓她對自己的作品越發嚴苛，即便這次只是拍招募宣傳片，她也當做是藝術片來拍。

可是傅明予卻說什麼？

「確實不太好。」

已經過去了這麼久，鄭幼安每每想到這句話還是不舒服。

我說我自己拍得不太好是謙虛，你說我拍得不太好那就是眼瞎。

她越想越不服氣，暗房裡舒緩的音樂也不能緩解她的心情。

等照片洗出來，她獨自欣賞了很久。

你們世航絕對沒有出現過這麼有藝術氣息的宣傳照。

絕對沒有。

把掃描出來的高清照片寄到柏揚的信箱後，鄭幼安安靜地等著傅明予的評價。

然而過去了半個小時，對方還沒回應。

鄭幼安忍不住又傳了一則訊息問：『明予哥，您看了嗎？』

此時傅明予剛回到世航。

桌上放著剛起草的《飛行資料負面應用清單》，這是他最近最重要的工作。

看到鄭幼安的訊息後，傅明予回了個『稍等，在忙』，便去了會議室。

第一次召開關於改革飛行品質監控的會議，底下坐的股東代表都是持反對意見而來。

這場會議一開就是七個小時。

傅明予走出會議室時，天色已經黑了。

柏揚跟在身後，說道：「剛剛傅董打電話來詢問今天的會議情況，現在回電話嗎？」

「不急。」傅明予朝自己辦公室走去，「結果沒有出來之前不用跟他彙報。」

坐到辦公室後，傅明予脫了外套，手臂搭在靠背上，懶懶地看向落地窗外的霓虹燈。

充斥在腦子裡的各種爭吵聲慢慢散去後，傅明予揉了揉眉骨，突然想起什麼。

「柏揚，今天鄭小姐是不是寄來了新的照片？」

柏揚點頭道：「早就寄過來了，現在要看嗎？」

傅明予：「嗯。」

鄭幼安寄來的照片檔案很大，柏揚花了很長的時間解壓。

等待的時候，他托著下巴看進度條，眼睛似闔未闔。

真想告訴鄭小姐，把阮思嫻的照片寄過來就好了，反正他們日理萬機的傅總也沒有精力看其他人的。

二十分鐘後，柏揚在辦公室裡的螢幕裡點開了鄭幼安寄來的照片。

傅明予呈放鬆的姿態坐在沙發上，握著遙控器，翻了幾張還不見想看的的照片，便直接跳到目錄，選中阮思嫻的照片。

柏揚在一旁面無表情地想：果然。

也不知過了多久，柏揚快要原地入定時，傅明予才隨意滑過其他照片。

但幾秒後，他又翻回了阮思嫻的照片。

柏揚想下班了。

他上前一步，說：「需要我把這幾張照片傳到您手機上嗎？」

傅明予目光一抬，直戳戳地盯著柏揚。

柏揚頓時清醒了，什麼睏意都沒有了。

然而下一秒，卻聽傅明予說了一個字。

「好。」

與此同時，傅明予打開了手機，幾十則訊息瞬間湧了進來。

他大致瀏覽了一遍，不重要的自動忽略，而看到鄭幼安連著傳了好幾則訊息給他時卻有些好奇。

六個小時前。

『您看了嗎？覺得怎麼樣？』

四個小時前。

『明予哥？』

兩個小時前。

『傅總？您看了嗎？』

十分鐘前。

『傅總，您隨便看看吧，提提意見也行（微笑）。』

傅明予見她這麼急切，回憶一下那些照片。

照片選取的畫面、拍攝角度、畫面結構都很有特點，用光也很巧妙。

但精緻有餘，瞬間氣氛不足。

總結來說，是一組非常細膩的人像作品，但作為宣傳片來說，卻是本末倒置了。

不過這不重要，招生宣傳而已，拿去給鄭幼安練練手也無所謂。

傅明予拿著外套起身，準備回家，同時簡單回了兩個字。

『還行。』

這則訊息石沉大海，鄭幼安沒再回覆。

上車時，司機問傅明予回哪裡。

傅明予閉了閉眼，「名臣公寓。」

夜色濃稠，萬家燈火，車窗緊閉，車內安靜而涼爽。

傅明予解開領帶睡了一下，在即將抵達名臣公寓時自然而然睜開了眼。

他微微側頭，看向窗外時，突然說道：「停車。」

阮思嫻搬過來幾個月，卻一直沒有好好瞭解這附近的環境，直到今天晚上想自己做做飯，打開地圖找超市，才發現附近兩三公里的地方有一條商店街。

她洗了個澡出門，慢悠悠地走過來，但人還沒進超市，就看到一家花甲粉絲店門口排了很長的隊伍。

往那邊走了走，香味勾人。

阮思嫻不知不覺停下腳步，站在隊伍最後面。

有這麼香的花甲粉絲，自己還做什麼飯啊。

她排了快二十分鐘了，隊伍才挪動不到兩公尺，墊著腳尖看了看，店家又在準備外送了。

阮思嫻摸了摸肚子，開始思考要不然算了，再等下去她要餓死了。

就在這時，手機響了一下。

她打開一看，竟然是傅明予傳來的訊息。

傅明予：『一起吃個晚飯？』

他的名字一出現，又勾起了上午在車裡的回憶。

阮思嫻現在回想，都還會覺得不對勁。

她為什麼會說不出來他和宴安到底哪裡不一樣。

她也想知道為什麼她就是不能心平氣和的跟傅明予說話。

甚至在傅明予說「妳害怕妳動心？」時，她發現自己竟然真的害怕了。

這種感覺太令人煩躁，她一點都不想再去感受那種氣氛。

阮思嫻：『不用了，我吃過了。』

回了訊息後，阮思嫻呼了一口氣。

但緊接著，他的訊息又來了。

傅明予：『我在妳後面。』

阮思嫻呼吸陡然一緊，後背瞬間崩直。

這人怎麼神出鬼沒的！

沒有回頭看，阮思嫻直接低頭打字。

阮思嫻：『我後面是養豬場。』

這種時候的感知特別靈敏，阮思嫻感覺自己身後有人正在向她靠近。

但她始終沒有回頭看。

直到幾秒後，一個大媽拎著垃圾桶經過她身邊，回了店內。

傅明予沒有走過來，但他的訊息卻過來了。

傅明予：『最近確實想養豬。』

阮思嫻：「……」

門口的火爐轟隆隆響著，滾燙的石鍋躥著火苗，沸騰而出的香味瀰漫整個狹小的店面。

服務生俐落地端走上一桌吃剩的碗，抓了一張油膩的抹布飛速擦著桌子。

「兩位吃什麼？」

阮思嫻看了牆上的菜單一眼，說道：「酸辣的花甲粉絲，多加點花甲哦。」

服務員又看向傅明予，說話聲音卻沒那麼乾脆了，「您呢？」

傅明予淡淡道：「跟她一樣。」

「好嘞！」服務員抬頭朝火爐那邊吼，「兩份酸辣花甲！」

自從傅明予跟著走進來，阮思嫻便能感覺到四周的視線漸漸集中在他身上。

小店內喧鬧擁擠，充斥著煙火氣息，而傅明予氣質矜貴，面色淡漠，與這裡的氣氛格格不入。

他完全不像是會出現在這種地方的人，倒像是店內牆角電視機裡正在播放的電影的畫風。

阮思嫻沒想到他真的進來了。

十分鐘前，撒謊被抓包的阮思嫻表情平靜內心卻十分尷尬地看著走到她身旁的傅明予，聽他問道：「不是吃了嗎？」

阮思嫻僵硬地說：「加餐。」

傅明予望著店內的環境，問：「要不要換個地方？」

阮思嫻心想我都排隊這麼久了怎麼能換呢，現在就算是米其林餐廳也不能把她從花甲粉絲的魔力裡拽走，「不要，我就想在這裡吃。」

說完，她故意問：「傅總，一起吃嗎？」

十幾塊錢一碗的東西，傅明予怎麼可能吃。

況且這裡的環境……反正說不上多乾淨。

然而沒想到他卻點了點頭，「嗯，好。」

於是他在阮思嫻身旁安靜地站了十分鐘，等店家叫號，他便跟著一起走了進來。

阮思嫻覺得自己又挖坑給自己了。

她都能吃的東西，傅明予怎麼不能吃了？

誰比誰高貴還是怎麼的？

但是兩碗冒著熱氣的花甲粉絲端了上來時，仔細聞著，花甲的腥味和醋的酸味十分嗆鼻。

阮思嫻看見對面的傅明予明顯皺眉了。

果然還是下不了口。

阮思嫻直接拿起小碗，盛了點湯，喝下一口，故意表現出大快朵頤的表情。

「真好喝。」

她看向傅明予，朝他揚揚眉，「傅總，動筷子呀，可好吃了。」

她就不信傅明予真的會吃這東西。

果然，傅明予雖是坐著，卻離這桌子半公尺遠，拿紙巾擦了擦勺子，也學阮思嫻的樣子盛了小半碗湯。

但是端起碗時，他還是沒能下口。

整個碗裡充斥著一股劣質的香料味就算了，上面飄浮的油又是什麼東西？

他抬眼，對上阮思嫻狡黠的目光。

放下碗，他決定轉移話題。

「十一月公司將開始全國巡迴飛行學員招生，妳想去嗎？」

「我去幹什麼啊？」

「宣傳演講。」

阮思嫻「哦」了一聲，挑出一顆花甲吃。

「我只是個副駕駛，宣講都是機長去吧。」

「沒關係。」傅明予說，「有女機師宣講會吸引更多女生報名。」

阮思嫻突然抬頭問：「怎麼，你還想再招女機師啊？」

「我從來沒有考慮過機師的性別。」他目光緩緩在阮思嫻臉上流連一圈，嘴角隱隱有笑意，「當然，如果是妳這樣的女機師，我不介意多招幾個。」

阮思嫻呵呵笑，「想近水樓臺先得月啊傅總？」

傅明予沒說話，把桌邊的一個瓶子推到阮思嫻面前。

「幹什麼？」

「妳多加點醋。」

想像力這麼豐富怎麼不去寫小說？

阮思嫻把醋放回原位：「不好意思，我從來不吃醋，吃了會吐。」

傅明予漫不經心地點點頭，卻依然沒有要動筷子的意思。

阮思嫻看了他幾秒，從包裡拿出消毒濕巾，仔仔細細地擦了一雙筷子，遞到傅明予面前。

「傅總，吃呀。」

傅明予接過筷子，頓了頓，說：「我不吃花甲。」

「這個簡單，小阮為您服務。」

阮思嫻笑咪咪地把他的碗拉過來，仔仔細細地挑起了花甲。

雖然知道不懷好意，但是看見她垂下的睫毛忽閃，鼻尖沁著一點汗，嘴角彎彎揚著，傅明予還是笑了。

幾分鐘後，傅明予碗裡的花甲全跑到阮思嫻碗裡。

阮思嫻把碗推回去，笑咪咪地看著他，「好啦。」

傅明予「哦」了一聲，「我也不吃粉絲。」

「……」

「傅明予你找碴是吧？」

「我吃粉絲會吐。」

「好，很好。」阮思嫻拍手鼓掌，「不知道的還以為我在陪皇帝吃飯呢。」

直到阮思嫻吃完面前的花甲粉絲，傅明予也沒動筷子。

但卻在她擱下筷子前去付了錢。

一共三十六塊，傅明予給老闆一張一百。

「不用找了。」

「嘿嘿，您吃好。」

老闆接過錢，笑開了花，心裡卻想有錢人真他媽會找情趣。

傅明予回頭朝阮思嫻招手，「走了。」

阮思嫻有點撐，慢條斯理地擦了擦嘴才緩緩起身。

此時的商店街依然很熱鬧，行人來來往往，腳步卻很悠閒。

五光十色的霓虹燈和嘈雜的音樂聲交相輝映，路邊有擺地攤的女孩在叫賣，一聲聲拉緩了時間的流逝。

「剛剛多少錢啊？」阮思嫻問。

「妳要給我錢？」

「對啊。」

「不用。」

傅明予繼續朝前走。

阮思嫻落後一步，在他身後撇撇嘴。

幾十塊錢的花甲粉絲被他說出一股請了滿漢全席的卻又毫不在乎的高大感。

可是下一秒，卻聽他帶著笑意說：「妳都說了我是養豬場的。」

——那哪能收妳錢呢。

阮思嫻原地憋了憋氣。

兩秒後，她還是忍不住。

「傅！明！予！」

傅明予回頭淡淡道：「怎麼了？沒吃飽？」

阮思嫻不知道自己是怎麼才忍住沒當街打死傅明予的。

是涵養嗎？是家教嗎？

不，是法治和諧社會限制了她。

阮思嫻的腳步快到幾乎小跑起來，但傅明予追上她輕而易舉。

他拉住阮思嫻的手腕，「說真的，巡迴招生妳去不去？十一月十一號啟動，第一站就是妳的母校。」

阮思嫻正在氣頭上，根本沒注意到他說出了「母校」兩個字。

「不去！雙十一我只想趁著打折買你條命！」

「哦？」傅明予神情依然平淡，說出來的話卻不堪入耳，「妳想讓我把命都給妳？太快了點。」

「……」

阮思嫻：『世界上怎麼會有這麼不要臉的人？』

阮思嫻：『是女媧媽媽一時疏忽忘記捏臉給他了嗎？』

阮思嫻：『是胚胎發育的時候一不小心忘了發育一下臉嗎？』

阮思嫻一連串吐槽傳出去，卞璿回了個打呵欠的貼圖。

卞璿：『又是傅明予？』

阮思嫻正在打字的手頓住。

對話欄裡剛寫了一行字——『傅明予簡直就是個蠢蛋。』

她面無表情地刪了這行字。

阮思嫻：『不是，看劇氣的，絕世大蠢蛋。』

卞璿：『哦，我還以為又是妳家傅總呢。』

阮思嫻：『？』

卞璿：『不然能把妳氣成這樣的還能有誰？』

阮思嫻：『妳。』

卞璿：『招呼客人去了，886。』

四天後，阮思嫻飛行時間到達上限，照例休息，她提前約了司小珍一起去郊外的小鎮玩，司小珍對這種事情最積極，提前訂好了酒店。

然而就在阮思嫻準備東西的時候，收到了來自飛行部的訊息。

明天上午例會下午培訓。

行，生活生活，生下來就是要幹活。

阮思嫻渾身寫滿了認命去了世航。

她一邊打著哈欠，一邊和周遭的同事打招呼。

嘴還沒閉上，四周的人突然安靜了一些。

阮思嫻根據直覺看過去，一行人疾步朝電梯走去，為首的又是傅明予。

其他人似乎瞬間虛化了，阮思嫻盯著傅明予，心想你千萬別過來惹我不然我真的不能保證我會在公司給你面子。

半分鐘後，電梯門關上，四周的氣氛又鬆了下來。

好，你今天保住一命要多謝了你目不斜視的習慣知道嗎？

到了會議室後，飛行部經理遲遲沒來。

阮思嫻坐在靠窗的位子，撐著太陽穴往窗外遠眺做眼保健操。

這一眺就眺到了鄭幼安身上。

阮思嫻眨了眨眼睛，清醒了幾分。

她怎麼在這裡？

和她有同樣疑問的還有傅明予。

他站在窗邊打了個電話，收回視線時，瞥見了在樓下機庫站著的鄭幼安。

「她怎麼在這裡？」

柏揚上前道：「今年公司三十週年慶以及世界航展已經開始籌備，她是攝影師。」

今年世航三十週年慶與世界航展撞期，將統一籌備，加之ACJ31新機型入列，本次活動非同小可，宣傳部從年中就劃分專門小組籌備，傅明予從頭到尾盯了下來，直到這個月進入收尾工作，他才放鬆了注意力。

然而這並不代表他對剩下的宣傳工作毫不關心。

世航一直有固定合作的攝影團隊，多年來從未交過讓人不滿意的成果，這使得世航每年的宣傳畫面十分氣派，在各類影像展覽中獨領風騷。

有了上次的招生宣傳照片後，傅明予以為宣傳部已經很清楚鄭幼安的風格並不適合航空業。

但即便這樣，他們竟然擅作主張換了攝影團隊。

傅明予半瞇著眼，抬手將襯衫上的袖箍解下來扔到桌上。

「啪」一聲，柏揚眉心隨著皺緊。

跟著傅明予工作了兩年，他知道這是他極度生氣的表現。

「把宣傳部經理叫過來。」

下午六點，結束培訓的阮思嫻揉著肩膀走出來。

在公司裡坐一天真的比在駕駛艙坐一天累多了。

同行的幾個同事叫她晚上一起吃飯，她答應了，但是在這之前，她要去一趟洗手間。

十六樓是飛行部，相對其他部門，人較少，洗手間很少有人問津。

阮思嫻一邊看手機一邊推門進去，還沒經過洗手檯，就聽見某隔間傳來一道極怒的女聲。

「傅！明！予！有！病！嗎！」

是誰？是誰！

阮思嫻豎起耳朵，想知道究竟是誰！

在傅明予的地盤！說了一句大實話！

第十二章　解氣了嗎？

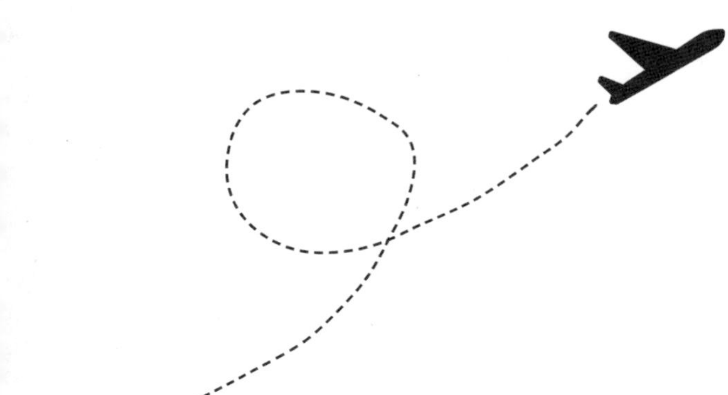

這個洗手間只有兩個隔間，其中一個門開著沒有人，另一個就是剛剛發出怒罵的那個。

正在阮思嫻猶豫著是去上廁所還是先洗個手的時候，隔間突然從裡面被推開。

一個女人氣沖沖地走了出來，跨到洗手檯前，夾著手機一邊洗手一邊說：「別別別，你可別為他說話，我跟你說，遠遠不只這些事，算了，我還在世航，我現在就帶團隊走，我一刻也不留，晚上你出來跟我喝酒我再跟你說。什麼？你有什麼事啊？你推了唄！一定要今天嗎？行了行了，掛了。」

說完的同時她也洗完了手，半探著身子去拿紙巾，卻一不小心讓手機掉地。

「啪嗒」一聲，聽起來很慘烈。

大概人不順的時候做什麼都是坎，她閉眼深吸了一口氣，甚至想一腳踩到手機上。

阮思嫻在一旁愣住。

居然是鄭幼安。

鄭幼安最終還是彎腰去撿手機，直起身時，阮思嫻已經把紙巾遞到她面前。

她看到阮思嫻時也愣怔著，半晌沒去接紙巾。

這時候誰不比誰僵硬呢。

阮思嫻想破頭也想不到在隔間裡罵傅明予的人是鄭幼安。

而鄭幼安也很後悔自己迫不及待在世航吐槽老闆結果被人家員工聽到。

一股微妙的尷尬在兩人之間蔓延，無形之間籠罩著全身。

阮思嫻率先打破僵局，若無其事地把紙巾塞在鄭幼安手裡。

「地上髒，擦擦吧。」

「謝謝啊。」鄭幼安一邊擦著手機，一邊裝作漫不經心地說，「妳這腮紅挺好看的，什麼牌子什麼色號啊？」

「……熱的。」

「哦。」

誰能想到，傅明予好歹一個航空公司太子爺，身高一八七，臉長在當代女性的審美上，卻硬是憑藉一己之實力打翻了老天爺賞給他的滿漢全席，躲過了丘比特射給他的箭林彈雨，成功教育了當代女性看男人不要只看臉。

作為傅明予的下屬，作為仰仗他的錢包生活的卑微員工，阮思嫻一想到這點，就忍不住笑出聲。

已經跨出洗手間一步的鄭幼安突然回頭，有些羞惱：「妳笑什麼？」

怎麼又被抓包了。

阮思嫻有點鬱悶，但是好笑還是大於鬱悶的，她握拳抵著嘴角，想遮住自己的笑容。

「我笑了嗎？」

鄭幼安這下不是羞惱了，是氣惱，「妳是不是聽到了？」

阮思嫻憋著笑點頭：「我不是故意偷聽的，但是妳實在太大聲了。」

鄭幼安瞪著眼睛看著阮思嫻，阮思嫻越發想笑：「我還以為是誰這麼膽大包天敢在世航罵我們傅總呢，原來是妳啊，我之前還以為妳喜歡他呢。」

「誰會喜歡這種出爾反爾的自大狂啊！」

阮思嫻瞇眼看她，「這樣啊……」

鄭幼安被她看得些底氣不足，倔強地抬了抬下巴，「ＯＫ，我之前是有一點喜歡他，不過現在不可能了，誰會喜歡這個神經病啊！」

說完，她頓了一下，似乎是出於女人的直覺，她歪著頭看阮思嫻。

「妳喜歡他啊？」

阮思嫻臉上的笑意瞬間消失得乾乾淨淨，冷笑一聲：「誰喜歡他那種自戀狂？我瘋了嗎？」

話音落下，小小的洗手間詭異的沉默了片刻。

鄭幼安竟然從阮思嫻的話裡聽出幾分討厭的意味。

她好奇地打量著阮思嫻，問道：「真的假的？」

阮思嫻覺得自己今天話是真的多，而且也沒必要跟鄭幼安解釋，於是轉身就要走。

鄭幼安一把拉住她，「難得遇到一個討厭傅明予的人，走啊，晚上一起喝酒？」

「……不了吧？」

「走啊，我請客。」

「不了，我晚上有約。」

「什麼約啊？重要嗎？不重要就推了唄。」

看來這位姐還是屬鴿子的。

但是阮思嫻在這一刻確實猶豫了一下。

一方面，她對鄭幼安的情緒一直有些說不清道不明，探究欲總是不受控制。

另一方面，她真的好好奇傅明予到底怎麼把這位大小姐得罪成這樣的。

不知道是不是和對她一樣，動不動就「妳不如做夢」。

走進卞璿的酒吧那一刻，阮思嫻還處於無限迷茫中。

她也是想破頭都沒有想到自己居然會和鄭幼安坐在同一張桌子上喝酒，牽線人還是傅明予。

鄭幼安面前的酒已經下去一大半了，而阮思嫻的果汁還沒喝兩口。

「明明是你們世航的人打電話邀請我來拍攝，我什麼都準備好了，而且本來最近還有個參展我都推掉了，結果現在他說換掉就換掉，憑什麼嘛！」

「又不是我求著要來幫他們拍的，我也很忙的！而且我們兩家什麼關係，他連這點面子都不給我，是打我的臉還是打我爸的臉呢？我從小到大沒受過這種委屈！」

聽到這邊的動靜，卞璿藉著送食物的機會過來，朝阮思嫻眨了眨眼睛。

阮思嫻輕咳一聲，「我先去上個廁所啊。」

鄭幼安煩悶地揮揮手，「快去快回，我心情鬱悶。」

「哦。」

阮思嫻朝卞璿一使眼色，兩人一起去了廁所。

「妳怎麼和她攪到一起了？」

「誰啊？妳朋友？我怎麼沒見過？」

「鄭幼安。」

「聽起來有點耳熟啊。」卞璿掏了掏耳朵，突然驚詫地說，「妳怎麼和她攪到一起了？」

這個理由實在難以啟齒，阮思嫻咬著後槽牙，半晌才說：「傅……」

後面兩個字還沒說出來就被卞璿截斷，「這也能跟傅明予有關？」

阮思嫻半白著眼睛看她，「負責幫我拍照片的是她，認識了一下。」

「哦，這樣啊。」卞璿訕笑，「我還以為又是因為你們傅總呢。」

阮思嫻想走，卞璿又拉住她，「不過她知道妳是誰嗎？」

根據這幾次的見面，阮思嫻斷定她是不知道的。

「肯定不知道。」

這倒是讓卞璿心裡擰了一下，「妳一直沒去見過那邊啊？」

阮思嫻搖頭。

卞璿心想，看來她媽媽也沒在那邊提過。

「妳到現在完全沒跟妳媽媽聯絡啊？」

以為會得到肯定的回答，阮思嫻卻說：「也不是。」

她靠著牆壁，仰頭呼了口氣，「她一直匯錢給我。」

這次沒等卞璿問，阮思嫻主動說，「這些年她一直匯錢給我，兩三個月就會收到一次吧。」

有。」

「多少？」

阮思嫻白她一眼，掉錢眼裡去了嗎？

「沒注意，零零總總，兩三百萬吧。」

「……」卞璿倒吸一口氣，「這就過分了啊妳這個富婆，前年找妳借錢周轉一下妳還說沒有。」

「我那時候是真的沒有。」阮思嫻說，「我媽給我的錢我一直沒動過。」

「不是，為什麼啊？」卞璿早就想問這個問題了，「多少家庭父母離婚啊，這是很正常的，妳爸媽好像是和平分手吧？也沒撕破臉，而且離婚四年才再嫁，這也沒什麼吧？妳怎麼就這麼介意？」

阮思嫻抬頭看天花板，眼睛霧濛濛的，看不清情緒。

等了一陣子，她只是搖搖頭說：「不說這個了，我過去了。」

卞璿好奇，卻也無可奈何，關於這方面的事情，阮思嫻不想說，誰也撬不開她的嘴。

坐下後，阮思嫻接著剛剛的話題問：「為什麼換掉妳？」

「他說我風格不合適。」

阮思嫻嘀咕道：「他一個學管理的，能懂這個嗎？」

「對對對！」鄭幼安手掌連續拍了幾下桌子，「我打電話問他，他說什麼太細膩不大氣，搞什麼呢？從來沒有人這麼說過我的。我去年去非洲拍的動物大遷徙還得獎了呢！不大氣嗎？他根本就不懂攝影！」

阮思嫻摸了摸下巴，鄭幼安又繼續說道：「還有上次幫你們拍照片，給的錢還不夠我買個包的，他卻說我拍得不好。」

正聽著，阮思嫻的手機響了一下，是傅明予傳來的訊息。

傅明予：『妳還沒回家？』

阮思嫻一邊點頭說是，一邊飛速回了個『？』給傅明予

「還有還有，那次我搭他的順風飛機去西班牙，十幾個小時理都不理我一下，感覺就像把我當做、當做……」

她卡了半天說不出形容詞，阮思嫻補充道：「把妳當做托運行李了？」

「對對對！」鄭幼安激動起來又開始拍桌子，「現在回想起來我都不知道我怎麼忍的。」

同時，傅明予一通電話打來。

阮思嫻看到來電心裡莫名一慌，有一種背後說人壞話即將被抓包的感覺。

她立刻掛了電話，回了則訊息。

阮思嫻：『什麼事？』

傅明予：『接電話。』

阮思嫻：『不方便，你打字不行嗎？』

傅明予：『不行。』

阮思嫻：『不行就算了。』

「還有以前的事情，太多了。」鄭幼安一張小嘴叭叭叭說個不停，「以前一見面，每次我

還沒怎麼呢，他就離我八丈遠，那感覺真的……就……」

「感覺他好像覺得妳很喜歡他一樣？」

鄭幼安猛點頭，五官全都皺在一起，「對對對！好像我非要跟他怎麼樣似的。」

這一點阮思嫻深表同意，冷靜地點了點頭。

可是一個多小時過去，阮思嫻已經開始強行忍瞌睡，忍得眼淚都要出來了。

姐，妳吐槽一個多小時了，來來去去就那麼幾件事，傅明予他不懂得欣賞妳的作品，他沒眼光，他沒眼力，他大豬蹄子。他對妳愛理不理，妳明天讓他高攀不起，而我連晚飯都還沒吃呢。

這就算了，鄭幼安重複這麼多遍後，竟然趴著哭了起來。

「我從小到大就沒受過這麼多委屈。」

阮思嫻一下子背都繃直了。

女人吐槽男人不可怕，可怕的是她還哭了起來，這樣沒個三四個小時別想收場。

清醒使得阮思嫻立刻拿出手機傳訊息給傅明予。

阮思嫻：『不能算了，你現在就過來找我。』

你弄哭的女人你自己來收場，憑什麼要折磨我！

「妳怎麼開始玩手機了？」鄭幼安淚眼婆娑地看著阮思嫻，「妳能不能尊重一下我？」

「……我回個訊息。」

阮思嫻又睏又餓又累，忍住想打哈欠的衝動，起身道，「我去上個廁所。」

「妳怎麼老是上廁所。」

鄭幼安不滿地皺眉，又繼續趴著哭。

阮思嫻拿著手機躲進洗手間，傳訊息給傅明予。

阮思嫻：『你來了沒？』

傅明予：『嗯。』

阮思嫻：『快點！』

傅明予：『別著急，還有幾分鐘。』

催促完，阮思嫻上了個廁所，不過幾分鐘時間，外面就有人趁機而入了。

她遠遠看著，看見一個穿花襯衫小腳褲的男人端著一杯酒俯身站在鄭幼安面前。

「美女，一個人喝酒啊？」

鄭幼安抬起頭，臉上淚痕未乾，看起來楚楚可憐。

男人一下子心都癢了，非常自然地坐到她旁邊，湊到她耳邊說：「哎喲，美女怎麼哭了？」

從小被保護著長大的鄭幼安從來沒遇到過這種情況，腦子沒轉過彎，愣怔地看著對面的男人，襯衫晃得她眼花。

花襯衫對露出這種表情的美女簡直毫無抵抗力，伸手就要去摟她。

然而還沒碰到鄭幼安的肩膀，就被人抓住了手臂。

「你幹什麼？」

花襯衫回頭，見阮思嫻冷冷看著她。

嘿，今天有豔福，又來一個大美女。

「我正在安慰小美女呢。」花襯衫笑著收回手臂，目光黏在阮思嫻臉上，「妳們一起的啊。」

阮思嫻不想在卞璿的店裡惹出麻煩，能動口就儘量不動手，於是她心平氣和地說：「嗯，您這邊有事？沒事的話我和她要走了。」

「別嘛，這才幾點呀，一起喝兩杯唄。」花襯衫說著又往鄭幼安那邊靠，「美女怎麼哭了呢？失戀了？跟哥哥說說，哥哥開解妳。」

阮思嫻在對面的沙發上坐下，抱著臂，說道：「我告訴你為什麼，她今天打斷了一個搭訕她的男人的腿，害怕坐牢，害怕得哭了。」

鄭幼安：「……」

花襯衫嘴邊的笑僵住，幾秒後，乾笑兩聲：「嘿嘿，美女真會開玩笑。」

「沒跟你開玩笑。」阮思嫻活動著雙手，「我這方面經驗比較多，所以她來找我出主意。」

說完，她歪著頭看花襯衫，「你也一起出個主意？」

這要是還聽不出來阮思的意思就是傻子了，花襯衫咬了咬後槽牙，抄起酒杯就走，低低念叨：「真是朵帶刺的玫瑰。」

阮思嫻只當沒聽見他的土味形容詞，遞了張紙巾給鄭幼安。

「擦擦，眼線都花了。」

鄭幼安接過紙巾，卻捂住嘴嘔了起來。

阮思嫻一下子跳起來，「不是吧，這麼點酒妳就吐了？我還以為妳酒量多好呢。」

嘔吐物在喉嚨翻湧，鄭幼安站起來往廁所衝，還不忘解釋一句：「我是被那個男的噁心吐的！」

阮思嫻大步跟著她過去，卻被關在門口。

鄭幼安可不想別人看見她嘔吐的樣子，那多丟人，進去後第一件事是打開水龍頭來掩蓋嘔吐的聲音。

阮思嫻敲了敲門，「妳還好吧？」

「我沒事，吐一下就行了。」

既然這樣，阮思嫻也懶得在這狹小的洗手間擠著。

傅明予就是在這個時候到的。

他推門而入，四周打量一圈，沒有看到阮思嫻的身影，於是往吧檯走去。

正在擦杯子的卞璿一抬頭看見他，雙眼亮了亮，很快又覺得熟悉。

她偏著頭仔細打量，突然恍然大悟。

傅明予突然出現在這裡，卞璿可不會天真到以為他是來喝酒的，除了來接阮思嫻還能幹什麼。

「傅總？」

傅明予正好停在吧檯前：「您認識我？」
還能不認識嘛。
卞璿揶揄地笑：「你不認識我，但是我對你可熟了。」
正在傅明予疑惑時，阮思嫻黑著臉走過來，死亡凝視著卞璿：「妳沒事做？」
卞璿立刻憋著笑意，裝模作樣地晃了晃杯子，「我去招呼客人。」
說完便屁顛屁顛地走了，吧檯處便只剩下傅明予和阮思嫻。
他琢磨了下卞璿的話，大概是他想的那個意思。
所以阮思嫻經常在朋友面前提起他嗎？
他心情越發好了，低頭注視著她，眼裡帶著笑意：「喝酒了？」
「沒有啊。」阮思嫻嗅了嗅，「是你喝酒了吧？」
傅明予點頭：「嗯，今晚有個應酬。」
阮思嫻聽到這話，問：「你是中途過來的？」
如果真的是這樣，耽誤了傅明予的正事，她還有些不好意思。
畢竟要世航好她才好啊。
「不是，我已經回家了，找我什麼事？」
「哦，鄭幼安在裡面吐呢。」
傅明予頓了一下，「鄭幼安？」
「對啊。」阮思嫻說，「她因為你在這裡喝悶酒，你不把她弄走我今晚別想回家睡覺了。」

短暫的沉默後，傅明予的表情一點點冷淡了下來。

竟然是因為鄭幼安把他叫過來的？

晚上應酬喝了不少酒，司機問他回哪裡時，他下意識選擇了比湖光公館更遠的名臣公寓。

理由很簡單，他突然有點想見阮思嫻。

就像最近的無數次莫名冒出來的想法一樣，沒有為什麼，就是突然想見見她。

雖然知道她對自己不會有好臉色，他也不覺得有什麼，甚至覺得她有時候發脾氣時還挺好玩。

至於為什麼不能打字，因為見不到人，聽聽聲音也好。

傅明予當時就是這麼簡單的想法。

所以當她說『不行就算了』時，傅明予的臉瞬間就黑了。

幸好，下一秒，她又補傳了一則：『你現在過來找我。』。

坐在車上時，傅明予看著車窗外的霓虹燈，嘴角勾著淡淡的笑。

她果然還是想見我的。

而且還是酒吧這種地方。

喝了酒，想見的人是我。

可是人到這裡了，傅明予才發現，好像不是這麼一會事。

他偏了偏頭，問：「她怎麼了？」

阮思嫻沒有注意到傅明予的表情變化，帶著點調侃意味，說道：「你自己氣哭的女人你自己去道歉，我可不幫忙，我要回家睡覺了。」

傅明予當然知道自己是怎麼「氣哭」鄭幼安的，但他現在一點都不想理這件事。

原來阮思嫻急急忙忙地把他叫過來，並不是想見他，而只是讓他來收拾鄭幼安的爛攤子，語氣還這麼事不關己，好像他完全是個無關緊要的人，也並不在乎他跟別的女人怎麼樣，甚至刻意把她往別的女人那裡推。

突然覺得自己好像很自討沒趣。

「我氣哭的女人多了，自己要給我找事，我各個都要去道歉嗎？」

說完這句，他突然意識到哪裡不對。

看向阮思嫻時，果然見她臉色變了。

傅明予皺眉，心裡後悔，便放柔了語氣：「我不是這個意思。」

阮思嫻瞪著他：「傅總的詞典裡就沒有道歉兩個字是嗎？」

傅明予承認阮思嫻說的有一部分是對的。

自他成年之後，甚少行差踏錯，身分地位使然，道歉更是少之又少的事情。

然而在想起阮思嫻後的幾個月，他卻幾次想過道歉，可是每每看到阮思嫻對他橫眉冷眼，他很難去開那個口。

直到現在，傅明予才知道，原來那件事依然是她心裡的一根刺，如果不說開，這將是她永遠的心結。

「我現在跟妳道歉。」他突然開口道，幾乎沒有多餘的考慮。

阮思嫻：？

阮思嫻一瞬間沒反應過來，只見他頭微垂著，看著自己的眼睛，似乎在傳達什麼意思。

「以前誤會了妳，是我對不起妳。」

「你……」阮思嫻有些不敢置信，「你想起來了？」

「嗯。」他繼續說道，「能原諒我嗎？不行的話妳提要求，我能做到的都會答應妳。」

阮思嫻愣在原地，有些不知所措。

她曾經幻想過無數次傅明予這個狗男人在她面前低聲下氣的道歉，然後自己無比瀟灑的扭頭就走。

可是真的到了這一天，心情好像跟自己想像中不一樣，並沒有那種大仇得報的感覺。

仔細回想，似乎是因為她已經很久沒有回想以前的事情了。

但是最近每次見到傅明予，她還是會跟他唱反調，跟他對著幹，但她很清楚，絕不是因為以前的事情生氣。

好像是一種下意識的幼稚行為，跟小學生似的。

「妳別不說話。」傅明予的聲音在她耳邊響起，「妳要我怎麼做才能解氣？」

他一說話，阮思嫻心裡更亂了。

因為她覺得自己他媽居然早就不生氣了，這事說出來很沒有面子！

正好這時候，鄭幼安從洗手間出來了。

阮思嫻皺了皺眉，說道：「你先把鄭幼安送回去，她喝多了，在廁所吐了。」

傅明予心頭重重壓著，嘆了口氣，轉身朝鄭幼安走去。

把鄭幼安拉到車門旁往裡塞時，她還用力掙扎著。

「哎呀！你別動我！我可以自己回去，我司機會來接我！」

她不進去，傅明予也沒辦法動她，只能沉聲道：「妳安分點，別給我添亂了。」

「誰給你添亂了？傅明予，我告訴你，我從小到大沒受過這種委屈！」她在傅明予手臂上抓上了一道，「我鄭幼安從此跟你恩斷義絕，你走你的陽關道，我過我的獨木橋！不對，你走獨木橋，我過陽關道，總之！我們以後互不相關！」

傅明予很煩躁，不想再跟醉鬼多說，便讓司機過來安置她。

「把她送回去，安全到家了跟我說一聲，路上別放她下來。」

「你不要假裝很關心我的樣子！我跟你說，我知道你一點都不喜歡我，你以為我就很喜歡你嗎？你以為全世界都喜歡你嗎？你想太多了！不喜歡你的人多的是！」

那句「不喜歡你的人多的是」像一根針，突然扎了傅明予的心一下。

傅明予沒再理鄭幼安，直接轉身回去。

與此同時，阮思嫻坐在吧檯旁，撐著下巴發呆。

偏偏這個時候，剛剛那個花襯衫不知道從哪裡買來了一朵玫瑰，猝不及防遞到阮思嫻面前。

「美女，朋友走了啊？一個人坐吧檯？」

阮思嫻看都沒看他一眼，冷聲道：「走開，別煩我。」

說完，她端起面前的橙汁想喝一口，那花襯衫卻突然拿走她的杯子，咧著一口黃牙笑道：「心煩就更要喝酒了，我請妳喝這裡的招牌日落大道怎麼樣？」

阮思嫻深吸一口氣，轉頭看著他。

花襯衫墊腳坐到另一張高腳凳上，瞥見阮思嫻白皙纖長的手指，一時心癢，伸手摸了上去。

「我最見不得美女煩惱了，來，我們酒逢知己千杯少，先乾一杯？」

垂眸看了看她放在自己手背上的肥手，還不停地摩挲，阮思嫻心底的怒火底線已經瀕臨崩潰。

「我最後警告你一次，我不想給我朋友惹事，但是你再騷擾我，我就不客氣了。」

她抽出自己的手，盯了花襯衫的啤酒肚一眼，譏笑道，「真要動手，你絕對不是我的對手，你信不信？」

花襯衫自然不信一個女人能把他怎麼樣，笑嘻嘻地去摟她的肩膀，「哦？是嗎？要動手嗎？往哪裡動呀？」

正好卞璿過來了，見到這個場景，立刻冷臉道：「先生，請你放尊重一點，不然我就報警了。」

最後花襯衫被卞璿黑著臉威脅走。

阮思嫻又轉過身，繼續撐著下巴發呆。

「怎麼了？」卞璿見傅明予不見了，問道，「他走了？」

「嗯，讓他送鄭幼安回家了。」

「讓他送別的女人回家，妳可真是心大。」

阮思嫻「嘖」了一聲，正想反駁卞璿，突然一隻手伸過來，拍了拍她的肩膀。

「你煩不煩！」

說完，背後的人依然沒有要走的意思，肩膀上的手倒是鬆開了，只不過又去抓她的手腕。

阮思嫻完全忍不了了，心想我五十公斤臂推白推了？我引體向上白做了？不教你做人你就不知道不是任何女人你都能騷擾的？

她蓄力一秒，轉身就是一巴掌搧過去。

「啪」一聲，響徹整個酒吧。

卞璿手裡的杯子瞬間掉地，目瞪口呆地看著眼前的一幕。

而阮思嫻愣在原地，半張著嘴，手掌還火辣辣的疼著，灼熱感久久不散。

阮思嫻整個人都傻了，腦子裡嗡嗡響，連眼睛都忘了眨一下。

傅明予緊抿著唇，幽黑的眼睛緊緊盯著阮思嫻。

他白皙的臉頰至下頜線慢慢浮現出一道紅色掌印。

「解氣了嗎？」

——《降落我心上》未完待續——

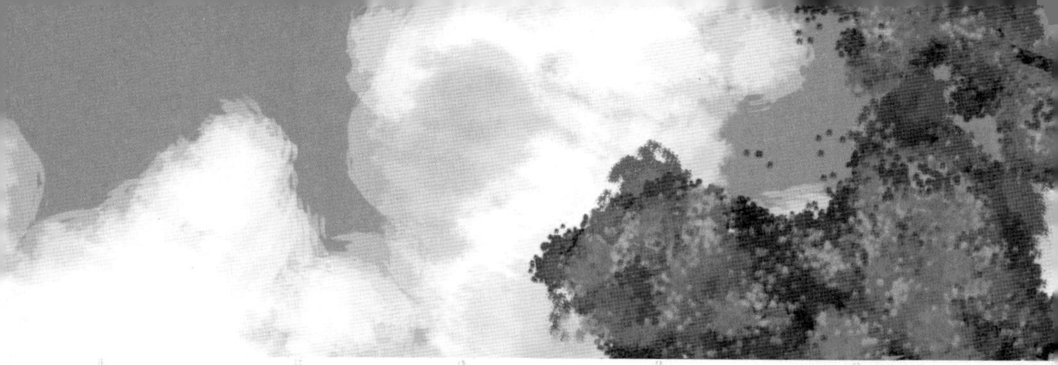

高寶書版集團
gobooks.com.tw

YH 126
降落我心上（上）
作　　者　翹　搖
責任編輯　吳培禎
封面設計　Ancy Pi
內頁排版　賴姵均
企　　劃　何嘉雯

發 行 人　朱凱蕾
出　　版　英屬維京群島商高寶國際有限公司台灣分公司
　　　　　Global Group Holdings, Ltd.
地　　址　台北市內湖區洲子街88號3樓
網　　址　gobooks.com.tw
電　　話　(02) 27992788
電　　郵　readers@gobooks.com.tw（讀者服務部）
傳　　真　出版部(02) 27990909　行銷部 (02) 27993088
郵政劃撥　19394552
戶　　名　英屬維京群島商高寶國際有限公司台灣分公司
發　　行　英屬維京群島商高寶國際有限公司台灣分公司
初　　版　2023年03月

本著作物《降落我心上》，作者：翹搖，由北京晉江原創網絡科技有限公司授權出版。

國家圖書館出版品預行編目(CIP)資料

降落我心上/翹搖著. -- 初版. -- 臺北市：英屬維京群島商高寶國際有限公司臺灣分公司, 2023.03
冊；　公分. --

ISBN 978-986-506-672-7(上冊：平裝). --
ISBN 978-986-506-673-4(中冊：平裝). --
ISBN 978-986-506-674-1(下冊：平裝). --
ISBN 978-986-506-675-8(全套：平裝)

857.7　　112002306